C
H
V

Pat Barker

Die Straße der Geister

Roman

Aus dem Englischen
von Matthias Fienbork

Mit einem Nachwort
von Angela Schader

Carl Hanser Verlag

Die Originalausgabe erschien erstmals 1995
unter dem Titel *The Ghost Road* bei Viking in London.

1 2 3 4 5 04 03 02 01 00

ISBN 3-446-19842-3

Satz: Satz für Satz. Barbara Reischmann, Leutkirch
Druck und Bindung: Clausen & Bosse, Leck
Printed in Germany

Für David

Nach Frankreich führt nun jede Straße,
Und schwer ist der Tritt
Der Lebenden; doch die Toten
Kehren anmutig tanzend heim.

Edward Thomas, *Roads*

Erster Teil

1

Überall am Strand streckten Bradforder Geschäftsleute auf Liegestühlen blanke rosarote Knie in die Sonne.

Billy Prior beugte sich über die Mauer der Uferpromenade. Drei, vier Meter unter ihm packte eine Familie gerade ihre Sachen zusammen, um sich auf den Rückweg in die Pension oder zum Bahnhof zu machen. Eine dicke ältere Frau, deren fleischige Beine aus Schnürstiefeln hervorquollen, ein Mann mit krebsroter Tonsur – mein Gott, morgen wird er es bereuen – und ein kleiner Junge, der von einer jungen Frau abgetrocknet wurde. Sein Schniepel wackelte hin und her, während er dastand und mit weit aufgerissenem Mund »Mamaaa« brüllte. Das Problem war der nasse Sand. Es war immer dasselbe, erinnerte sich Prior. So vorsichtig man die letzte Strecke auch zurücklegte, am Ende waren die Beine wieder mit Sand bedeckt, und das Abrubbeln tat jedesmal weh.

Der Junge wand sich, woraufhin seine Mutter ihm einen kräftigen Klaps versetzte, so daß sich rote Streifen auf seinen runden Pobacken abzeichneten. Er hörte auf zu brüllen, japste fassungslos nach Luft und entschied sich dann für ein kontinuierliches Quengeln. Die ältere Frau protestierte: »Louie, muß das sein?« und schnappte sich das Handtuch. »Komm, gib her, du bist ja so was von ungeduldig.«

Die junge Frau, sie war vielleicht fünfundzwanzig, sechsundzwanzig, zog sich verärgert, aber auch erleichtert zurück. Man konnte ihr Problem verstehen. Zwar verheiratet, sah sie sich durch den Krieg, ob nun zur Witwe gemacht oder des

Mannes bloß beraubt, im Haus ihrer Mutter in Unmündigkeit zurückgedrängt – was war denn der Sinn des Ganzen? Warmes Sperma, das den Schenkel hinunterlief, die Monate der Schwere, das Kind, das in einem Blutschwall zur Welt kam – wenn eine Frau durch all das keine Unabhängigkeit gewann, wodurch dann? Nun ja, und frustriert war sie gewiß auch. Schlief wieder in ihrem alten schmalen Bett oder vielleicht mit dem Kleinen in einem Doppelbett und mußte sich das Schnarchen und die Furzerei der Eltern mit anhören, deren quietschendes Bett auf der anderen Seite der Wand stand.

Sie wühlte in ihrer Handtasche und entdeckte zwischen Busfahrscheinen, Kamm und Portemonnaie schließlich ein Päckchen Woodbines. Während sie nach Streichhölzern suchte, hing die Zigarette feucht an ihrer Unterlippe. Ihre Lippen waren voll, blaßrosa in der Mitte, zum Rand hin dunkler, von einem fast bräunlichen Rot. Sie blickte hoch, sah, daß sie beobachtet wurde, und errötete, nicht aus Freude – seine Begierde war zu offensichtlich, als daß sie ihr schmeicheln konnte –, aber trotzdem fühlte sie sich an ihre unbekümmerte Jugend erinnert.

Ihre Mutter half dem Knaben, dessen Hand wie ein Seestern mit Grübchen auf ihrer breiten Schulter lag, in die Hose. Das aufflammende Zündholz erregte ihre Aufmerksamkeit. »Mein Gott, Louie«, rief sie ärgerlich, »wenn du wüßtest, wie ordinär du aussiehst ...«

Louie sah unverwandt nach oben. Ihre Mutter drehte sich um, blinzelte in die Sonne und erblickte die charakteristische Silhouette, die »Offizier« besagte. »Achtet auf die mageren Knie«, wurde den deutschen Scharfschützen erklärt, aber wo sie ein Opfer sahen, sah diese Frau den Jäger. Wäre er ein einfacher Soldat gewesen, hätte sie ihn gefragt, warum er so dämlich gucke. So sagte sie: »Schönes Wetter heute, Sir.«

Prior erkannte den Tonfall seiner Mutter, die Sprache von Proletariern, die etwas Besseres sein wollten, und lächelte amüsiert. »Hoffentlich bleibt es so.«

Er tippte an seine Mütze und ging weiter. Das Mädchen, dachte er, war weder verwitwet noch verheiratet. Der Abscheu, mit dem die Mutter das Wort »ordinär« ausgesprochen hatte, verriet alles. Louie war kein Kind von Traurigkeit, auch nach der Geburt des Kleinen nicht. Und ihre Mutter hatte völlig recht, mit der Zigarette im Mundwinkel sah sie wirklich ordinär aus. Wunderbar, umwerfend, *aufreizend* ordinär.

Er müßte wieder zurück in die Kaserne. In einer knappen Stunde war die medizinische Untersuchung, und keuchend dort einzutreffen war sicher nicht empfehlenswert. Es gab keinen Grund für ihn, an der Uferpromenade herumzulungern und den Mädchen hinterherzusehen. Aber er guckte trotzdem, verschlang goldenen Flaum auf nackten Armen, den bläulichen Schatten zwischen Brüsten, die von einem Mieder aneinandergedrückt wurden, roch schweißdurchsetzten Lavendel.

Die dröhnende Musik auf dem Rummelplatz lockte ihn zum Eingang. Die jungen Männer, die er an diesem Tag gesehen hatte, waren bis dahin allesamt uniformiert gewesen, aber hier stieß er auf Männer seines Alters, die Zivil trugen. Munitionsarbeiter. Einer redete auf ein junges Mädchen mit auffallend gelber Haut ein. Prior spürte, wie ihm automatisch die Galle hochkam, drehte sich um und zwang sich, den Blick auf das spärliche Gras zu richten. Ein kleines Mädchen, das einen Stiel mit Zuckerwatte in der Hand hielt, wandte sich nach ihm um, beobachtete den Mann, der inmitten dieses Trubels so seelenruhig dastand. Er lächelte, als er sie bemerkte, und erinnerte sich an das süße weiche Zeug, das einem im Gaumen klebte. Das Mädchen warf den Kopf zurück, drehte sich um und griff nach dem Rockschoß ihrer Mutter. Sehr vernünftig.

Er ging weiter, jetzt nicht mehr lächelnd. Auch er hätte Munitionsarbeiter werden können, dachte er. Eine ruhige Kugel schieben. Geld verdienen. Sein Vater hätte ihm einen netten, ungefährlichen Job vermittelt und ihn dafür nicht einmal verachtet, wie andere Väter. Mit seiner Weigerung, für »die da oben« in den Krieg zu ziehen, hätte sich der schmächtige Bengel zumindest wie ein *vernünftiger* schmächtiger Bengel verhalten. Doch für ihn war das nie ernsthaft in Frage gekommen.

Wieso eigentlich nicht? fragte er sich jetzt. Er erinnerte sich an den Munitionsarbeiter, der einem Mädchen mit einem Klaps auf den Po in die Schiffschaukel half, und dachte, weil ich nicht zu *denen* gehören will. Nicht aus Pflichtgefühl, nicht aus Patriotismus, nicht aus Angst vor dem, was die anderen Leute dachten, das schon gar nicht. Nein, eher seine ... anspruchsvolle Art. Als Kind hatte er sich einmal heimlich fette Hammelfleischstücke in die Hosentasche gesteckt, weil er es nicht schaffte, sie runterzuschlucken, und als die Missetat herauskam, hatte sein Vater voller Verachtung erklärt: »Der ist ja kaum lebensfähig, so empfindlich ist er.« Viel zu empfindlich, dachte Prior. Bitte, da hast du's. Den Marschbefehl nach Frankreich noch nicht in der Tasche, und schon eine Grabinschrift. Dieser Gedanke erheiterte ihn mächtig.

Inzwischen befand er sich schon auf dem Weg zur Kaserne, ein steiler Anstieg, der ihn aber nicht übermäßig anstrengte. Sein Asthma war im Moment ganz gut, so gut wie schon seit Monaten nicht mehr. Trotzdem mochte es vielleicht sinnvoll sein, sich irgendwo ein paar Minuten hinzusetzen, ehe er den Untersuchungsraum betrat. Letztlich konnte er nicht mehr tun, als in einem halbwegs vernünftigen Zustand einzutreffen und die Fragen ehrlich zu beantworten (oder zumindest keine Lügen aufzutischen, die irgendwann einmal vermutlich herauskommen würden). Die Entscheidung selbst würden andere treffen. Wie immer.

Eine Entscheidung hatte er allerdings ganz allein getroffen.

Seine Gedanken wanderten zu Charles Manning und dem letzten Abend, den sie in London miteinander verbracht hatten.

»Hast du vergessen, was passiert, wenn du nicht zurückgeschickt wirst?« hatte Manning gefragt. »Sechs Monate,

mindestens sechs Monate, wahrscheinlich bis zum Ende des Krieges, mußt du kontrollieren, ob sich die Rekruten die Füße gewaschen haben.«

»Könnte reizvoll sein.«

»Jede Menge Routinearbeit, die genausogut ein anderer erledigen könnte. Im Ministerium wärst du viel besser aufgehoben. Ich kann nicht versprechen, daß ich dir die Stelle freihalten kann.«

»Nein, Charles, danke vielmals.«

Nein, danke vielmals. Er kam am Clarence Gardens Hotel vorbei, wo er im letzten Winter kurze Zeit stationiert gewesen war, bevor der Marschbefehl nach London gekommen war. Jede Menge Routinearbeit. Er und Owen, sein Mitpatient aus Craiglockhart, waren am selben Tag eingetroffen, vom Kommandeur aber nicht begrüßt worden. Man hatte ihnen »leichte Aufgaben« zugewiesen. Prior erledigte die administrative Dreckarbeit, brachte Ordnung in das chaotische Ablagesystem des Bataillons. Owen hatte es noch schlechter getroffen. Er mußte die Putzfrauen herumscheuchen, Gemüse bestellen, in Klobecken nach unmilitärischen Flecken suchen. Mitchell hatte ihnen das Leben zur Hölle gemacht. Prior bekam ihn morgens ab, wenn er *völlig* ungenießbar war, Owen abends, wenn Brandy ihn etwas milder gestimmt hatte.

»Was erwartest du?« hatte Prior gesagt, als Owen sich beschwerte. »Er hat zwei Söhne verloren. Und wen kriegt er dafür? Zwei neurotische Schwulis aus einer schottischen Klapsmühle.«

Owen schwieg.

»So sieht er es, verstehst du.«

Am Kasernentor holte ihn eine Abteilung Soldaten ein, die in Turnhemd und Turnhose vom Waldlauf zurückkehrten. Er trat zur Seite, und während sie mit entblößten, schlammbespritzten Schenkeln, dampfenden, schwitzenden Oberkörpern, glasigen Augen und offenen Mündern keuchend an ihm vorbeistampften, erkannte er Owen, der sich an der Spitze der Kolonne umdrehte und ihm zuwinkte.

»Meine Güte«, sagte Mather, als Prior sein Hemd auszog. »Sehr viel sind Sie aber nicht an die frische Luft gekommen, was?«

»Ich habe im Rüstungsministerium gearbeitet.«

Mather war schon etwas älter, hatte faltige Wangen, sandfarbenes Haar, wirkte hellwach.

»Na schön, Hosen runter. Nach vorn beugen.«

Immer haben sie's mit dem Arsch, dachte Prior, während er sich vorbeugte. Eine Armee marschiert auf dem Bauch und hoppelt auf den Hämorrhoiden. Er spürte, wie behandschuhte Finger seine Pobacken auseinanderdrückten, und dachte, Bessere als du haben dafür bezahlt.

»Ich sehe, Sie haben Asthma.«

Dort? »Jawohl, Sir.«

»Umdrehen!«

Noch eine unpassend intime Handbewegung.

»Husten!«

Prior räusperte sich.

»Husten, hab ich gesagt.« Die Finger fuhren hinein. »Noch einmal.« Dann die andere Seite. »Und noch einmal.«

Prior merkte, wie er keuchte, als er wieder Luft holte.

»Seit wann?«

Prior sah ihn ausdruckslos an, stammelte dann: »Sechs Monate, Sir.«

»Sechs Monate? Hier steht doch ...«

»Ich meine, der Arzt hat meiner Mutter gesagt, daß ich schon mit sechs Monaten Asthma hatte, Sir.«

»Aha.« Mather schlug eine neue Seite der Krankenakte auf. »Klingt schon besser.«

»Anscheinend habe ich keine Milch vertragen.«

Mather blickte auf. »Widerspenstiges kleines Kerlchen gewesen, was? Also, dann wollen wir mal.« Er nahm sein Stethoskop und trat heran. »Was haben Sie denn im Rüstungsministerium gemacht?«

»Geheimdienst, Sir.«

»Oha, sehr eindrucksvoll. Irgendwen geschnappt?«

Prior sah starr vor sich hin. »Ja.«

»Eine Patrouille hier hat einen deutschen Spion auf den Klippen erwischt«, schnaubte Mather, während er das Stethoskop aufsetzte. »War wohl eher ein Bauerndepp aus der Gegend, den sie mit ihren Bajonetten gekitzelt haben.«

Prior wollte schon etwas sagen, doch Mather hörte seine Brust ab. Nach einer Weile richtete er sich auf. »Tja, es rasselt ein bißchen.« Er bemerkte die Narbe auf Priors Ellbogen und drehte den Arm zu sich hin.

»Die Somme«, sagte Prior.

»Muß weh getan haben.«

»Der Ausdruck ›Musikantenknochen‹ erschien mir damals nicht ganz passend.«

Mather trat wieder an seinen Schreibtisch und setzte sich. »Jetzt wollen wir mal sehen, ob ich alles verstanden habe. Sie wurden wegen Granatschock krank geschrieben. Richtig? Im April letzten Jahres?«

»Jawohl.«

»Und Sie kamen erst nach Netley und dann nach Craiglockhart, wo Sie bis ... bis November blieben.« Er blickte hoch. »Ich nehme an, es gibt in solchen Orten viele Fälle von Dipsomanie. Trunksucht, Mann«, erklärte er, als Prior ihn noch immer ausdruckslos ansah.

»Von Alkohol habe ich dort nichts bemerkt, Sir. Sonst hätte ich bestimmt welchen getrunken.«

»Was waren denn Ihre Symptome?«

»Ich hatte Sprachstörungen, Sir. Manche Leute hielten es für eine verbesserte Version des Grundmodells.«

Aber Mather las, hörte nicht zu. »W. H. R. Rivers«, sagte er. »Ich kannte ihn. Er war zwei Jahrgänge über mir am Bart's. Paralytisches Stottern.«

Prior sah ihn verblüfft an. »Nein.«

»Ach? Hat seine Stimme also wiedergefunden. Er ist bestimmt gut.« Er tippte auf die Akte. »Im Entlassungsbericht ist von Asthma die Rede.«

»Ich hatte zwei Anfälle während meines Aufenthalts.«

»Hm.« Mather lächelte. »Zur Zeit irgendwelche Probleme mit den Nerven?«

»Nein.«

»Appetit?«

»Ich könnte mehr essen, als ich bekomme.«

»Wer könnte das nicht, mein Freund. Schlaf?«

»Letzte Nacht war es nicht so gut. Das Mistzelt ist undicht.«

»Im allgemeinen?«

»Ganz gut.«

Mather lehnte sich zurück. »Wie sind Sie reingekommen?«

»Durch die Tür.«

Mathers Zeigefinger fuhr in die Höhe. »Vorsicht, Freundchen. Ich meine, wie sind Sie in die Armee gekommen?«

Eine kurzer Kampf, der so endete, wie Priors Kämpfe mit der Versuchung meistens endeten: »Ich habe den Doktor angelogen, Herr Doktor.«

Mather lachte überraschenderweise, ein kurzes Bellen.

»Alle haben gelogen«, sagte Prior.

»Stimmt, ich erinnere mich noch gut. Ich habe Gefängnisinsassen gesehen, die aus dem Fenster des Krankenreviers geklettert sind, um sich zu melden. Syphilis, Epilepsie, Tuberkulose, Rachitis. Einer – dünne Piepsstimme, nicht ein Haar am Kinn, vierzehn allerhöchstens – sah mir direkt in die Augen und schwor bei seiner Mutter, daß er neunzehn ist.« Mather lächelte, so daß man seine braunen Zähne sah. »Nicht einer von ihnen hat mich überlistet.«

Scheiße.

»Gasübungen«, sagte Mather.

Schweigen.

»Nun?«

»Ganz hervorragende Idee«, sagte Prior ernst.

»Sind Sie durch die Baracken gegangen?«

»Nein.«

»Ihnen haben bestimmt schon schwache Konzentrationen zu schaffen gemacht.«

»Ich war als Bataillonskanarienvogel bekannt, Sir. Zum Teil deswegen. Aber auch wegen meiner fröhlichen, unbeschwerten Art.«

Mather musterte ihn. »Ziehen Sie sich an.«

»Das Entscheidende ist, daß ich es drei Jahre lang geschafft habe. Ich habe mich nicht einmal wegen Asthma oder Beschwerden nach einem Gaseinsatz krank gemeldet.«

»Ja, mein Junge.« Mather sah ihn unerwartet mitfühlend an. »Und man könnte sagen, daß Sie Ihre Pflicht getan haben.«

Ein Zucken des bleichen, stolzen Gesichts. »Ich weiß nicht.«

»Und in Frankreich hatten Sie nie Schwierigkeiten mit Ihrem Asthma?«

»Nie.«

»Zwei Anfälle in Craiglockhart. Keiner in Frankreich. Wie soll ich mir das erklären?«

»Das Leben an der frischen Luft hat meiner Lunge gutgetan, Sir.«

»Die Armee ist doch kein Sanatorium, mein Freund. Kommen Sie, ziehen Sie sich an. Dann gehen Sie links den Korridor hinunter, am Ende biegen Sie nach links um die Ecke, dort stehen ein paar Stühle, da warten Sie dann.«

Mather ging in das benachbarte Zimmer, um sich dort seinem nächsten Opfer zu widmen. Prior zog sich an und wischte sich dabei den Schweiß von der Oberlippe. Wie vor einem Sturmangriff, dachte er. Nein. Es gab nichts Vergleichbares. Prior starrte in den kleinen Spiegel über dem Waschbecken und kontrollierte den Sitz seiner Krawatte. Wenn sie ihn nicht zurückschickten, würde er sich furchtbar einsam fühlen unter all den Zivilisten mit ihrem oberflächlichen Gerede. Sein Spiegelbild grinste ihm entgegen. *Einsam? Du? Ach was, Kleiner. Du kannst dich jederzeit aufspalten.* Davon zumindest wußte die ärztliche Kommission nichts. Sofern Rivers ihnen nichts davon geschrieben hatte. Ein *paralytisches* Stottern. Nicht irgendein x-beliebiges Stottern. Paralytisch. Interessant, dachte Prior und verließ das Zimmer.

Es roch wie in einer Kaserne. Nun ja, es war auch eine, aber im Clarence Gardens Hotel hatte es, nach Monaten militärischer Nutzung, nicht im entferntesten so gerochen. Seine Nase zuckte, registrierte den Geruch von Achselhöhlen, Füßen, Socken, Öl, Stiefelwichse sowie der Karbolseife, mit der ein Junge den Fußboden schrubbte. Hinterteil wie ein Lastwagen und das entsprechende Gesicht dazu, aber Prior lächelte ihm trotzdem freundlich zu, weil er es sich selbst schuldete, und schritt weiter, eine Spur schmieriger Fußstapfen auf dem nassen Korridor hinter sich herziehend.

Ein Mann wartete. Owen.

»Die O' und die P' mal wieder«, sagte Owen, nahm einen Stapel *John Bull* von dem freien Stuhl und packte ihn auf den Fußboden. Zuletzt hatten sie in Craiglockhart gemeinsam so gewartet, vor der abschließenden Prüfung.

Prior nickte zur Tür. »Wer ist drin?«

»Nesbit. Eine halbe Stunde schon.«

»Und warum dauert es so lange?«

Owen zögerte und flüsterte dann: »Tripper.«

Nun ja, dachte Prior, auch eine Methode. Und dann dachte er, du unbarmherziger Hund, woher willst du wissen, daß er ihn sich absichtlich geholt hat? Und dann dachte er, tja, ich bin eben ein unbarmherziger Hund.

»Bei mir dauert es nicht lange«, sagte Owen. »Ich bin schon kv. geschrieben.«

»Warum bist du dann hier?«

»Herzrhythmusstörungen. Ich hab meinen Namen auf die Liste gesetzt, aber nach der abschließenden medizinischen Untersuchung wurde er prompt gestrichen.«

»Du hast dich freiwillig gemeldet? Dann stimmt doch was mit deinem Herzen nicht.«

Owen lachte und sah zur Seite. »Ich hatte gerade von Sassoons Verwundung gehört. Es schien mir das einzig Sinnvolle zu sein.«

Ja, dachte Prior, glaube ich gern. Er erinnerte sich an die beiden in Craiglockhart: das ungleiche Paar, Sassoon so groß, Owen so klein, die Liebe, die Owen nicht hatte verheimlichen können oder wollen.

»Und außerdem«, sagte Owen, »ging es mir langsam auf die Nerven, als ›neurotischer Schwuli aus einer schottischen Klapsmühle‹ betrachtet zu werden.«

Prior lächelte. »Für mich galt das doch auch.«

Ihm fiel auf, daß Owen sich beim Rasieren geschnitten hatte. Schuppige Blutreste schimmerten braun über der Hautfalte zwischen Wange und Ohrläppchen.

»Was meinst du, ob du es diesmal schaffst?«

Owen sagte fröhlich: »O ja, ich glaube schon. Ich bin viel gelaufen.«

»Hab ich gesehen.«

Die Tür ging auf. Nesbit kam mit auffällig bleichem Gesicht heraus.

Owen stand auf. »Soll ich rein?«

»Ich weiß nicht.«

Owen setzte sich wieder. »Schlimmer als beim Zahnarzt, was?« sagte er und zwang sich zu einem Lachen.

Ein paar Minuten später wurde er hereingerufen. Prior lauschte dem Stimmengemurmel und dachte, welches Glück er mit Mather hatte. Manche Ärzte würden einen Toten an die Front zurückschicken, wenn man ihnen einen präsentierte, besonders jetzt, da jeder Mann für den allerletzten von zahllosen »letzten Vorstößen« gebraucht wurde. Plötzlich, noch ehe er bereit war, ging die Tür auf, und Owen kam heraus. Er wollte etwas sagen, merkte aber, daß der Sekretär mitgekommen war, und hob statt dessen nur den Daumen. Woraus Prior schloß, daß Owens Chancen, am Ende des Jahres taub, blind, stumm, gelähmt, zweifach inkontinent, geistesgestört, hirngeschädigt oder – wenn er Glück hatte – einfach nur tot zu sein, deutlich gestiegen waren. Wir sind alle verrückt, dachte er und folgte dem Sekretär in das Zimmer, salutierte, setzte sich auf den leeren Stuhl, der vor dem langen Tisch stand, und blickte zuversichtlich, aber nicht allzu zuversichtlich, in die Runde. War es denn, angesichts der allgemeinen Verrücktheit, wirklich fair, einen Mann zu bestrafen, bloß weil er in extremen Streßsituationen dazu neigte, sich in zwei Persönlichkeiten aufzuspalten? Immerhin konnte man den Standpunkt vertreten, daß es für die Armee ein vorteilhafter Deal war.

Nach den ersten Fragen legte sich seine Anspannung. Es ging hauptsächlich um sein Asthma und die Risiken eines Gasangriffs, und auf diese Fragen hatte er eine absolut überzeugende Antwort parat: er war dreimal in Frankreich gewesen, und kein einziges Mal war er wegen seines Asthmas krank geschrieben oder gar in die Heimat zurückgeschickt worden. Schützengrabenfieber – ja, Verwundungen – ja, Granatschock – ja. Asthma – *nein.*

Als die letzte Frage gestellt und beantwortet war, sammelte Mitchell die Papiere ein, die vor ihm auf dem Tisch lagen, und stapelte sie säuberlich aufeinander. Prior beobachtete die großen weißen Hände mit den Altersflecken und den schattenhaften Härchen an der Seite.

»Gut«, sagte Mitchell schließlich, »ich glaube, das wär's …«

Die Pause war so lang, daß Prior sich fragte, ob er je wieder sprechen würde.

»Ihr Asthma ist schlimmer, als Sie es sich anmerken lassen, stimmt's?« Er tippte auf den Entlassungsbericht. »Jedenfalls nach dem hier.«

»In Craiglockhart war es schlimm, Sir. Aber ich kann ehrlich sagen, daß es dort schlimmer war als zu irgendeiner Zeit in Frankreich.«

»Also«, sagte Mitchell. »Die Ergebnisse werden heute nachmittag bekanntgegeben.« Er lächelte knapp. »Sie brauchen nicht lange zu warten.«

2

Schlichte Reproduktionen von Tenniels Illustrationen zu *Alice im Wunderland* schmückten die eine Wand von Station sieben, denn zu Friedenszeiten war dies ein Kinderkrankenhaus gewesen. Alice, die so winzig war, daß sie in einem Meer aus ihren eigenen Tränen schwimmen konnte, Alice, die sich wie ein Teleskop bis auf drei Meter Länge ausfahren konnte, Alice, die so groß geworden war, daß ihr Arm aus dem Fenster heraushing, und am auffallendsten die Alice mit dem Schlangenhals, die sich in den Baumkronen wiegte.

Hinter Rivers fuhr ein quietschender Teewagen von Bett zu Bett: das Frühstücksgeschirr wurde abgeräumt.

»Kommen Sie, Captain McBride, trinken Sie aus«, sagte Schwester Roberts energisch. »Wir haben nicht den ganzen Tag Zeit.«

Sie hatte es laut gesagt, damit Rivers es hörte. Er war zu früh gekommen, auf der Station war man noch nicht bereit für ihn.

»Sie haben ihn gekannt, nicht wahr?« sagte Elliot Smith, der herangetreten war und ihm über die Schulter sah.

Rivers sah ihn fragend an.

»Lewis Carroll.«

»O ja. Ja.«

»Was war er für ein Mensch?«

Rivers spreizte die Hände.

»Haben Sie ihn gemocht?«

»Ich glaube, ich habe mir sehr gewünscht, daß er mich

mochte. War aber nicht der Fall.« Ein leises Lächeln. »Ich bin vermutlich der letzte, den man über ihn befragen sollte.«

Elliot Smith zeigte auf den Schlangenhals. »Interessant, nicht?«

»Fertig, Captain Rivers«, sagte Schwester Roberts und rauschte davon. Sie sahen ihr hinterher.

»*Captain*!« murmelte Elliot Smith.

»Ich bin in Ungnade gefallen. Mit Herr Doktor redet sie mich nur an, wenn sie mit mir zufrieden ist.«

Hinter den Wandschirmen lag Ian Moffet, nackt von der Hüfte abwärts. Sein Blick war trotzig, nervös, voll zerbrechlichem, labilem Stolz. Seine Haut hatte eine grünliche Blässe, die aber vom Licht herrühren mochte, das durch die grünen Schirme rings um sein Bett fiel und eine ganze Welt schuf, einen Tümpel voller verborgenem Leben. Rivers schob einen Schirm zurück, so daß Licht vom Fenster hereinströmte. Moffets Beine, die auf der Bettdecke lagen, hatten das intensive Grauweiß von nicht mehr ganz frischem Kabeljau. Die Muskeln schlaff, aber nicht verkümmert, wie das bei einer Wirbelsäulenverletzung der Fall gewesen wäre, auch wenn er seit über drei Monaten nicht mehr gehen konnte, eine ungewöhnlich lange Zeit für eine hysterische Lähmung.

In gewisser Weise war es eine simple Geschichte. Auf dem Weg an die Front war Moffet, kurz nachdem er zum erstenmal Geschützdonner gehört hatte, in einem »Schwächeanfall« zu Boden gestürzt. Als er das Bewußtsein wiedererlangte, konnte er die Beine nicht mehr bewegen.

»Lächerliche Vorstellung, von mir zu *erwarten*, daß ich an die Front gehe«, hatte er bei ihrem ersten Gespräch gesagt. »Ich vertrage keinen Lärm. Sobald irgendwo ein Champagnerkorken knallt, muß ich sofort das Zimmer verlassen.«

Du armes Schwein, hatte Rivers gedacht, plötzlich ohne Mitgefühl. Mehr als bei jedem anderen Patienten lagen ihm bei Moffet die Worte »Reiß dich zusammen, Mann« auf den Lippen.

»Warum haben Sie denn keine Dienstbefreiung beantragt?« hatte er statt dessen gefragt.

Moffet hatte ihn angesehen, als hätte man ihn soeben beschuldigt, Kartoffeln mit dem Messer zu schneiden. »Man ist schließlich kein Pazifist.«

Er hatte alles bei Moffet ausprobiert. Nein, nicht ganz. Er hatte beispielsweise keine Elektroden an Moffets Beinen angebracht und dann den Strom eingeschaltet, wie Dr. Yealland es mittlerweile bestimmt getan hätte. Er hatte ihm keine Radiumröhren an die Haut gehalten, bis sie versengt war. Er hatte ihm keine subkutanen Ätherinjektionen gegeben. Alle diese Dinge wurden praktiziert, um Soldaten wieder einsatzfähig zu machen oder überhaupt an der Front zu halten. Er hatte ihn nicht einmal hypnotisiert. Statt dessen hatte er es mit Vernunft probiert. Sein Vorhaben *gefiel* ihm zwar nicht, doch es war offensichtlich, daß irgendwelche rationalen Ansätze nicht funktionieren würden, solange Moffet weiterhin auf seinem körperlichen Symptom beharrte.

»Ist Ihnen klar, was ich mit Ihnen vorhabe?« fragte er.

»Ich *weiß*, was Sie vorhaben.«

Rivers lächelte. »Dann sagen Sie es mir.«

»Nun ja, soweit ich weiß, wollen Sie ... äh ...« – winzige Muskeln um Nase und Lippen zuckten, so daß Moffet wie ein arrogantes Kaninchen aussah – »... Strumpfenden aufmalen. Hier, auf meinen Beinen.« Mit spitzen Fingern beschrieb er zwei Linien am oberen Ende seiner Schenkel. »Und dann wollen Sie den oberen Rand ... äh ... Stück für Stück, jeden Tag etwas mehr ... äh ... nach unten schieben, die Strümpfe sozusagen runterrollen, und auf diese Weise soll die ... Lähmung ...« – eine ausgesprochene Orgie von Zuckungen – »verschwinden.«

»Stimmt genau.«

Moffets Stimme troff vor Verachtung. »Und Sie sind überzeugt, daß diese Methode funktioniert?«

Rivers sah ihm so intensiv in die Augen, daß er für einen

Moment nur das Schwarz der Pupillen wahrnahm. »Absolut.«

Moffet starrte ihn an, drehte sich dann zur Seite.

»Wollen wir anfangen?« Rivers hob Moffets linkes Bein und begann, zwei Fingerbreit unterhalb der Lende eine breite schwarze Linie auf die Haut zu malen.

»Ich hoffe, man kriegt es weg.«

»Natürlich. Morgen muß ich es ja entfernen.«

Rivers betrachtete Moffets Beine und überlegte, wie lange er wohl brauchen würde, bis er bei den Zehen angekommen war. Zwei Wochen? Einschließlich der Sonntage, was bedeutete, daß sein Plan, das Wochenende bei seinen Schwestern in Ramsgate zu verbringen, ins Wasser fallen würde. Katharine ging es überhaupt nicht gut; sie war praktisch ans Bett gefesselt, und zwar aus sehr ähnlichen Gründen wie Moffet. Rivers runzelte die Stirn vor Konzentration, während er die Linie auf der Unterseite des Schenkels auftrug. Moffets schlaffe Haut wehrte sich gegen die Spitze des Stifts.

Elliot Smith' Kommentar zu der Schlange: »Interessant.« Er selbst hatte auch nicht mehr gedacht. Offensichtlich hatten Schlangen das Recht verloren, einfach nur Schlangen zu sein. Dodgson hatte sie gehaßt, ungewöhnlich heftig sogar, und in den Wäldern rings um Knowles Bank wimmelte es von ihnen, besonders im Frühjahr stolperte man regelmäßig über ineinander verknäulte Nattern, manchmal dreißig bis vierzig, die vom Winterschlaf noch ganz benommen waren. Einmal war die ganze Familie spazierengegangen, Ethel und Katharine hielten Dodgsons Hand, er selbst und Charles trotteten hinterher und imitierten seinen ziemlich affektierten, gluckenhaften Gang, immer auf der Hut, daß ihr Vater sie nicht dabei erwischte. Sie kamen um eine Biegung, Dodgson und die Mädchen voraus, und mitten auf dem Weg war eine Schlange. Zickzackmarkierung, Schwarz auf Gelb, orangefarbene Augen, gespaltene Zunge, die aus dem weit aufgerissenen, zynischen (anthropomorpher Unsinn) Mund hervorschoß. Dodgson erbleichte. Er setzte sich auf einen

Baumstumpf, genauer gesagt, er ließ sich darauf fallen, und die Mädchen fächerten ihm mit ihren Hüten Luft zu, während Vater die Schlange mit einem Stock einfing und sie in hohem Bogen davonschleuderte, ein schwarzes S am Himmel, das sich im Fallen entknäuelte.

Später ging er wieder hin, um nach ihr zu suchen. Eine Stunde lange suchte er im feuerroten Farndickicht, fand aber nur eine abgestreifte, durchsichtige Haut auf einem Stein, deren Zeichnung nicht mehr leuchtete – der Geist einer Schlange.

Warum wurde der Teufel als Schlange dargestellt? hatte er seinen Vater gefragt – es war die einzige Frage, die er zu stellen wußte.

Später hatte es noch andere Fragen gegeben, andere Möglichkeiten, Antworten zu finden. Einmal, während er übers Wochenende zu Hause war, merkte Katharine, daß sie auf einer Natter saß, und kam schreiend nach Hause gelaufen. Er war sofort losgerannt und hatte das Tier getötet, wie er glaubte, und sich vorgenommen, es in der Klinik zu sezieren. Im Wohnzimmer hatte er die Schlange vor den Kamin geworfen, um sie der versammelten Familie zu zeigen, mußte aber feststellen, daß die Natter alles andere als tot war. Die Mädchen versteckten sich kreischend hinter dem Sofa, während er, sein Vater und Charles das Tier tottrampelten.

Wie würdest du *heute* über einen solchen Zwischenfall denken, fragte er sich, während er mit der zweiten Linie begann. Wahrscheinlich glaubt jede Generation, daß sich die Welt ihrer Jugend bis zur Unkenntlichkeit verändert hat, aber ihm schien, daß für seine Generation – und für die Moffets natürlich auch – die Aufgabe, sinnvolle Bezüge herzustellen, ungewöhnlich schwierig war. In den letzten Jahren war viel Unschuld verlorengegangen. Nicht nur auf den Schlachtfeldern.

Er legte Moffets Bein hin und ging um das Bett herum. Von hier aus konnte er durch einen Lücke zwischen den Wandschirmen die Bilder von Alice sehen. Und während er

Moffets gelähmtes Bein an sich drückte, erschienen ihm die Zeichnungen auf einmal nicht als nebensächliches Relikt jener Zeit, als Kinder in diesem Krankensaal gelegen hatten, sondern als grausam, brutal angemessen. All diese körperlichen Veränderungen, die all diese Probleme verursacht hatten. *Aber auch gelöst hatten.* Alice im Hysterieland.

»So«, sagte er und legte das Bein wieder hin. »Könnten Sie sich ein wenig aufrichten?«

Moffet stützte sich auf die Ellbogen und betrachtete seine Beine. »Abgesehen von allem anderen«, sagte er, wobei er jedes Wort deutlich betonte, »sieht es furchtbar obszön aus.«

Rivers schaute hin. »Jaa«, sagte er. »Aber das gibt sich, wenn wir unterhalb des Knies sind. Und *morgen* werden Sie in diesem Bereich hier« – er umriß ihn mit den Fingern – »wieder ganz normale Empfindungen haben.«

Ihre Blicke trafen sich. Moffet hätte gern geleugnet, daß es möglich war, doch er sah weg. Er hatte schon begonnen, die Linien mit Macht auszustatten.

Rivers tippte ihm auf die Schulter. »Also, dann bis morgen früh«, sagte er.

Rasch lief er hinunter, und während er sich in das Labyrinth der Flure stürzte, dachte er daran, ob ihm wohl Zeit bleiben würde, die Akten der neuen Patienten zu studieren, ehe die ersten von ihnen eintrafen. Er blickte auf seine Uhr, und irgend etwas an dieser Geste aktivierte seine Erinnerung. *Das* wäre nun wirklich »interessant«, dachte er. Ein unschuldiger junger Mann merkt, daß er das Objekt der abnormen Gefühle eines Erwachsenen ist. Drastisch formuliert, der Reverend Charles Do-Do-Do-Do-Dodgson kann die Finger nicht von ihm lassen, da dieser Gentleman jedoch ein ausgeprägtes Gewissen hat, passiert nichts Unschickliches. Die Jahre gehen vorüber, die Pubertät kommt, die Freundschaft schwindet. Im Erwachsenenleben dieses Knaben zeigen sich keine Anomalitäten, außer vielleicht eine gewisse Schwierigkeit, den Sexualtrieb mit den übrigen Teilen der Persönlichkeit in Einklang zu bringen (was meinst du mit

»vielleicht«? fragte er sich), bis der Patient in mittlerem Alter unter der Vorstellung zu leiden beginnt, daß er sich in ein übergroßes, exzentrisch gekleidetes weißes Kaninchen verwandelt, das ständig Korridore entlangläuft und dabei auf seine Uhr blickt. Was für eine Fallgeschichte. Schade, daß es nicht so gekommen ist, dachte er, während er die Tür zu seinem Sprechzimmer aufstieß, es würde viel erklären.

Manchmal glaubte er, Katharines Kindheit besser zu verstehen als seine eigene.

Miezekatze! Miezekatze! hatten er und Charles gerufen, während sie auf Dodgsons Schoß saß und bis über beide Ohren grinste. Den Spitznamen, so beiläufig verliehen, hatte sie die ganze Kindheit über behalten, und sein einziger Trost war, daß es ihr nichts ausgemacht hatte. Arme Kath, sie hatte seitdem wenig Grund zum Lachen gehabt.

Die Krankenberichte, erinnerte er sich. Er holte sie aus der Aktentasche und begann zu lesen. Geoffrey Wansbeck, zweiundzwanzig Jahre alt. Wansbeck hatte einen deutschen Gefangenen – nun ja, man mußte wohl sagen: ermordet, und zwar, wie er selbst erklärt hatte, nur deswegen, weil er müde und reizbar gewesen war und keine große Lust hatte, den Mann hinter die Linie zu eskortieren. Acht Monate – genauer gesagt, fast zehn – verspürte er keine Schuldgefühle, doch dann, während er sich im Lazarett von einer kleineren Verwundung erholte, hatte er die ersten hypnagogischen Halluzinationen gehabt, bei denen er plötzlich aufwachte und den toten Deutschen neben seinem Bett erblickte. Und immer war damit der Geruch von Verwesung einhergegangen. Nach einigen Wochen hatte sich die halluzinatorische Geruchswahrnehmung verselbständigt, nur daß der Geruch jetzt von Wansbeck selber auszugehen schien. Er war überzeugt, daß die anderen es ebenfalls rochen, und ganz gleich, wie sehr man ihn dazu aufforderte, er vermied es nach Möglichkeit, anderen Leuten allzu nahe zu kommen.

Hmmm. Rivers setzte seine Brille ab, rieb sich die Augen und drehte sich auf seinem Stuhl zum Fenster herum. Er hatte schlecht geschlafen, und es fiel ihm schwer, sich zu konzentrieren. Das Licht einer mostfarbenen Spätaugustsonne fiel in das Zimmer, und plötzlich erfaßte ihn Traurigkeit, eine banale, vom Kalender diktierte Traurigkeit um den Sommer, der vorüber war wie all die anderen Sommer auch.

Beim Abendessen hatte sich Mr. Dodgson einmal zu Mutter herübergelehnt und gesagt: »Ich l-l-l-liebe alle K-k-k-k ...«

»Die Lokomotive fährt noch nicht los«, hatte Charles gewispert.

»Kinder, M-mrs. Rivers, s-s-solange es M-m-m-m-mädchen sind.«

Er hatte die beiden Knaben am Tisch angesehen, und Rivers war, als hätte sich Dodgsons Zunge aus schierer Bosheit gelöst.

»Knaben sind eine Fehlkonstruktion.«

Charles hatte es nichts ausgemacht, daß Mr. Dodgson nichts für kleine Jungen übrig hatte, aber ihn wurmte es. Mr. Dodgson war der erste Erwachsene, den er erlebte, der so stark stotterte wie er, und die Ablehnung schmerzte.

»S-s-s-ind wir eine F-f-f-fehlkonstruktion?« hatte er seine Mutter beim Zubettgehen gefragt. »W-w-w-ieso?«

»Natürlich seid ihr keine Fehlkonstruktion«, hatte seine Mutter gesagt und ihm dabei die Haare aus der Stirn gestrichen.

»W-w-w-w-warum sagt er d-d-d-dann so w-w-w-was?«

»Vermutlich kann er mit Mädchen mehr anfangen als mit Jungen.«

»Aber w-w-w-warum?«

Wansbecks Augen waren gerötet, doch es war schwer zu sagen, ob er geweint hatte oder ob es an seiner Erkältung lag.

Rivers wartete, bis sich der letzte Hustenanfall gelegt hatte. »Sie wissen, wir müssen das jetzt nicht machen. Wir können unser Gespräch auch führen, wenn es Ihnen etwas besser geht.«

Wansbeck fuhr mit dem Handrücken über die wunde Nase. »Nein, mir wär lieber, wir bringen es hinter uns.« Er rutschte auf dem Stuhl hin und her, fuhr mit der Zunge über seine rauhen Lippen und sah sich nervös im Zimmer um. »Könnten Sie wohl das Fenster öffnen?«

Rivers war überrascht – trotz der Sonne wehte ein beißend kalter Wind –, erhob sich aber und machte das Fenster auf, denn im selben Moment wurde ihm klar, daß Wansbecks Bitte mit seiner Angst vor dem Geruch zu tun hatte. Der Wind saugte die dünnen Gardinen durch den Spalt. Rivers setzte sich wieder und wartete.

»Ich habe ein Bajonett verwendet, das ich bei einer Leiche gefunden hatte. Wir kamen durch ein Waldstück, es hatte schwere Kämpfe dort gegeben. Ich erinnere mich noch an den Soldaten, dem ich es wegnahm. Er war mit unglaublich schmerzverzerrtem Gesicht gestorben. Groß, dunkel, viel Blut um die Nase, bedeckt mit Fliegen, eine Art ... schwirrender Schnurrbart. An ihn erinnere ich mich besser als an den Mann, den ich getötet habe. Er ging vor mir, ich konnte es nicht von hinten tun, also rief ich ihm zu, er solle sich umdrehen. Er wußte sofort Bescheid. Ich stieß es ihm rein, und er schrie ... Ich zog es raus und stach wieder zu. Und wieder. Und immer wieder. Er lag auf dem Boden, da war es leichter. Er rief dauernd: ›Bitte, bitte.‹ Und legte die Hände ...« Wansbeck hob die Hände zu einer abwehrenden Geste. »Das Merkwürdige war, ich habe es englisch gehört. Bitter. Bitter. Ich kannte das Wort, aber ich wußte nicht, was es bedeutete.«

»Hätte es etwas geändert?«

Die Lippen kräuselten sich.

»Woran dachten Sie in dem Moment, unmittelbar bevor Sie das Bajonett zückten?«

»An nichts.«

»Überhaupt nichts?«

»Ich wollte einfach schlafen gehen, und dieser Kerl hinderte mich daran.«

»Wie lange hatte Ihr Fronteinsatz da schon gedauert?«

»Zwölf Tage.« Wansbeck schüttelte den Kopf. »Nicht gut genug.«

»Was ist nicht gut genug?«

»Das. Als Entschuldigung.«

»Gründe sind keine Entschuldigungen.«

»Nein?«

Rivers dachte lange nach. »Was meinen Sie, was könnte ich für Sie tun?«

»Nichts. Mit Verlaub.«

»Ach, verdammt noch mal.«

Wansbeck lächelte. »Wie Sie meinen.« Er hielt sich das Taschentuch vor den Mund, da er von einem Hustenanfall gepackt wurde. »Ich werde versuchen, Sie zumindest damit zu verschonen.«

Wansbeck war ungewöhnlich durchtrainiert, hochgewachsen, breite Schultern, mächtiger Brustkorb. Während Rivers Körpergröße, Gewicht, Muskeltonus einschätzte, das Zittern der kräftigen Hände und ein leises Zucken des linken Lids bemerkte, wurde ihm – auf einer anderen Ebene – bewußt, wie pathetisch ein starker, aber gebrochener Körper wirkte – obwohl er sich nicht erklären konnte, weshalb ihm das Wort »gebrochen« eingefallen war. Objektiv gesehen, litt Wansbeck nämlich an nicht mehr als einer schweren Erkältung. Seine Verletzung war inzwischen gut verheilt.

»Wann haben Sie den Geruch zum erstenmal bemerkt?«

»Im Lazarett. Hören Sie, alle reden darüber. Ich weiß, daß es ihn nicht gibt.« Ein schwaches Lächeln. »Es ist nur so, daß ich ihn trotzdem riechen kann.«

»Wann war das erste Mal?«

»In einem Dreierzimmer. Ein Mann war ziemlich böse zugerichtet, ein Granatsplitter steckte in seinem Rücken. Er hieß Jessop, nicht daß es wichtig ist. Der andere hatte eine leichte Armverletzung, es ging ihm offensichtlich schon ziemlich besser, und mir war klar, daß ich mit Jessop übrigbleiben würde. Demjenigen, der sich nicht bewegen konnte.

Und ich fing an, mir Sorgen deswegen zu machen, denn er war hilflos, und ich wußte, wenn ich ihn töten wollte, dann konnte ich es tun.«

»Konnten Sie ihn denn nicht leiden? Jessop?«

»Ganz im Gegenteil, nein, nein.«

»Es war also nur der Umstand, daß er hilflos war?«

Wansbeck dachte einen Moment nach. »Ja.«

»Waren Sie dann tatsächlich mit ihm allein?«

»Ja.«

»Und, was ist passiert?«

Er lachte, aber es klang wie ein verächtliches Schnauben. »Es war eine lange Nacht.«

»Wollten Sie ihn töten?«

»Ja ...«

»Nein, denken Sie nach! Hatten Sie den Wunsch, ihn zu töten, oder hatten Sie Angst, Sie könnten ihn töten wollen?«

Schweigen. »Ich weiß es nicht. Wo ist da der Unterschied?«

»Das ist ein riesiger Unterschied.«

»Ich hatte wohl Angst. Ich bat dann darum, in den großen Krankensaal verlegt zu werden. Und um Ihre Frage zu beantworten, zum erstenmal habe ich den Geruch am nächsten Morgen bemerkt.« Ein langes Schweigen. Er setzte mehrmals an, bis er schließlich sagte: »Wissen Sie, als ich dem Arzt erklärte, daß ich nicht allein mit Jessop in einem Zimmer liegen wollte, sagte er: ›Wie lange leiden Sie schon an homosexuellen Impulsen?‹« Ein rascher Blick, aber Wansbeck konnte seine Empörung nicht verbergen. »Ich wollte ihn doch nicht *ficken*, ich wollte ihn *umbringen*.«

»Fällt es Ihnen noch immer schwer, mit Menschen allein zu sein?«

Wansbeck sah sich im Zimmer um. »Ich vermeide es, so gut ich kann.«

Sie tauschten ein Lächeln aus. Wansbeck hob die Hand und massierte sich den Hals.

»Haben Sie dort Schmerzen?«

»Ein bißchen.«

Rivers trat um den Schreibtisch herum und tastete Wansbecks Drüsen ab. Er starrte mit angestrengtem Blick an ihm vorbei. Offensichtlich war der Geruch besonders unangenehm. »Ja, sie sind ein wenig geschwollen.« Er fühlte Wansbecks Stirn, prüfte dann den Puls. »Ich glaube, Sie sollten sich lieber ins Bett legen.«

Wansbeck nickte. »Verstehen Sie, ich weiß, daß der Geruch nicht real ist, weil ich ihn noch immer rieche. Meine Nase ist viel zu verstopft, als daß ich etwas anderes riechen könnte.«

Rivers lächelte. Er fing an, Wansbeck sympathisch zu finden. »Sagen Sie Schwester Roberts, ich habe Sie ins Bett geschickt, und daß Sie bei Ihnen Fieber messen möchte. Ich schaue später bei Ihnen vorbei.«

Wansbeck drehte sich an der Tür um. »Vielen Dank für das, was Sie *nicht* gesagt haben.«

»Nämlich?«

»›Es war doch nur ein Boche – wenn ich es entscheiden könnte, würde ich Ihnen einen Orden geben. Niemand wird Ihnen deswegen einen Vorwurf machen.‹«

»Sie meinen, andere haben das wirklich gesagt?«

»Ja. Der Gedanke, daß Bestrafung eine Erleichterung sein könnte, scheint diesen Leuten fremd zu sein.«

Rivers musterte ihn scharf. »Selbstjustiz?«

»Nein.«

Die Spur eines Zögerns?

»Gehen Sie«, sagte Rivers. »Ich komme gleich nach.«

Sobald Wansbeck gegangen war, schloß Rivers das Fenster, stand eine Weile da und sah den Jungen zu, die auf dem Platz spielten. Hohe, gellende Schreie, wie Möwen.

»S-s-s-sind wir eine F-f-f-fehlkonstruktion? W-w-w-wieso?«

»Natürlich seid ihr keine Fehlkonstruktion«, hatte seine Mutter gesagt und ihm das Haar aus der Stirn gestrichen.

»W-w-w-warum sagt er d-d-d-dann so w-w-w-was?«

»Vermutlich kann er mit Mädchen mehr anfangen als mit Jungen.«

»Aber w-w-w-warum?«

Rivers lächelte. Ich weiß, dachte er, ich weiß. Fragen über Fragen.

»Jungen sind ruppig und laut. Und sie kämpfen.«

»M-m-m-m-manchmal m-m-muß man aber k-k-k-kämpfen.«

Ja.

3

Prior schlenderte vor sich hin, ließ dabei den Ärmel seiner Uniformjacke an der Mauer entlangscheuern und blickte über den hellen, flachen, dreckigen Sand bis dorthin, wo die Wellen ans Ufer klatschten. Eine erholsame Stille nach dem Stimmengewirr im Kasino: wer mit dem nächsten Transport rausfuhr, wer zur Beförderung anstand, wer für das Military Cross empfohlen worden war. Die Blicke, die erst über die Brust glitten und dann zum linken Ärmel wanderten. Die Kartenspieler, der Klatsch, die Belanglosigkeiten, das Getuschel, das Geschwätz – er war froh, mit alldem nichts mehr zu tun zu haben.

Er würde an die Front zurückkehren. Den ganzen Abend hatte er Briefe geschrieben: an Sarah, seine Mutter, Charles Manning, Rivers. Der letzte Brief hatte ihn an Craiglockhart erinnert, so daß seine Gedanken jetzt dorthin zurückgingen, zu den Lichtreflexen auf Rivers' Brille, zu dem endlosen Plopp-plopp der Tennisspieler, das sich mit dem Rhythmus von Reden und Schweigen verwob, während Rivers mühsam Erinnerungen an Frankreich aus ihm herausholte, eine nach der anderen, wie ein Zahnarzt beim Zähneziehen.

Er überlegte, was Rivers davon halten würde, daß er an die Front zurückkehrte. Nicht viel.

Der Strand unter ihm war dunkel. Die Munitionsarbeiter mit ihren Freundinnen, die Kriegsgewinnler, die mit Wurstfingern im *John Bull* blätterten, sie waren alle verschwunden. Manchmal tauchten hier deutsche Schiffe auf. »Aber weit draußen«, hatte Owen gesagt, während sie auf die Namenliste warteten. Und dabei gelacht, mit diesem leicht erschrockenen Blick, den er manchmal hatte.

Eine freundliche, träge sich räkelnde See. Man konnte darin schwimmen und würde nicht frieren. Er schlenderte weiter, ohne zu wissen, wohin seine Füße ihn tragen würden oder warum. Bald hatte er die Landspitze erreicht und blickte hinüber zu den Klippen der South Bay, auf denen sich weiße georgianische Häuserzeilen entlangzogen. Einige seiner Offizierskollegen amüsierten sich jetzt dort oben in den teuersten Restaurants der Stadt. Vorgestern war er selbst dort gewesen, doch heute abend stand ihm nicht der Sinn danach.

Eher nach den Souvenirläden, Spielbuden, Schiffschaukeln, den lustigen Hütchen, dem Schießbudenlärm, den Schrekkensschreien in der Geisterbahn, in der einem Pappskelette mit grün blinkenden Augen aus Schränken entgegensprangen. Wenn sie wüßten ... Ach, laß gut sein, laß gut sein.

Hinter ihm, an der Straße zur Kaserne, standen freudlose Pensionen mit schweren Tüllgardinen, die das vulgäre Treiben der Tagesausflügler abschirmten. Wohin man seine Schritte auch lenkte, überall in Scarborough begegnete man den Schauerlichkeiten der englischen Klassengesellschaft.

Er hörte einen Ausruf neben sich, und eine Hand griff nach seinem Ärmel. Eine rothaarige Frau, auffällig gekleidet, allein. »'schuldigung, es sind diese blöden Absätze.« Sie strahlte ihn an. »Da knicke ich immer um.«

Sie lehnte sich dicht neben ihm auf die Mauerbrüstung, so daß ihr rechter Ellbogen leicht seinen Ärmel berührte.

»Nein danke.«

»Wieso, hab ich was angeboten?«

Sie murmelte weiter. Es sei schon ziemlich stark, daß eine anständige Frau sich nicht ausruhen könne, ohne ... *belästigt* zu werden. Und für wen er sich eigentlich halte? Ein Paar goldene Tressen an der Uniform, und schon glauben sie, ihre Scheiße duftet nach Veilchen ...

»Ich bezahle nicht.«

Dröhnendes Gelächter. »Umsonst kriegst du's jedenfalls nicht.«

Er lächelte und verlieh seiner Stimme einen pathetischen Anflug, als er sagte: »Nächste Woche muß ich wieder nach Frankreich.«

»Verschwinde!«

Einen Moment hoffte er, sie werde selber verschwinden, doch sie reagierte nicht. Sie standen so dicht nebeneinander, daß sie sich fast berührten, aber er war meilenweit entfernt, erinnerte sich an Lizzie MacDowell und den Tag des Kriegsausbruchs. »Die lange Liz« hieß sie, denn mit ihren eins achtzig war sie eine auffällige Erscheinung unter den Mädchen, die anschaffen gingen und von denen die meisten im Arbeitshaus groß geworden waren. Sie war die Mutter seines besten Freundes, woran er aber nicht sofort dachte, als er ihr, auf dem Heimweg von der Kneipe, in einer Seitengasse begegnete und erzählte, daß er sich freiwillig zum Militärdienst gemeldet habe.

»Bravo, mein Junge!« hatte sie gesagt.

Lizzie war eine begeisterte Patriotin. Irgendwie war er mit ihr nach Hause gegangen, den Flur entlanggestolpert und hinein in das hintere Schlafzimmer, bis sie schließlich, bedeckt von einer kühlenden Schweißschicht, auf dem durchhängenden Bett lagen, während die Wanzen sich gütlich taten und aus dem Nachttopf unter dem Bett Uringestank hochstieg. Sie hatte ihm von ihren Stammkunden erzählt. Einer kam jeden Monat, drehte einen Stuhl um und schob sich nacheinander alle vier Stuhlbeine in den Arsch. Sie selbst solle überhaupt nichts tun, sagte sie. Bloß zugucken.

»Na, du weißt ja, was für ein Angsthase ich bin. Dauernd denke ich, und was ist, wenn so ein verdammtes Ding steckenbleibt?«

»Absägen.«

»Ich bitte dich, das ist der einzige anständige Stuhl, den ich habe.«

»Was ist denn so komisch?«

»Mußte gerade an eine alte Bekannte denken.«

Seinerzeit hatte kein Geld den Besitzer gewechselt. Für Lizzie war es eine patriotische Geste gewesen: Er war einer von sieben Männern. Die Arme, sie war sehr desillusioniert, als sich herausstellte, daß fünf der sieben sich gar nicht gemeldet hatten.

»Wie wär's mit uns beiden?«

Er musterte sie. »Du läßt nicht so schnell locker, was?«

Und plötzlich war ihm alles unerträglich, das Geschrei, das Krachen der Gewehre, der warme Biergeruch, der in Schwaden aus den Kneipen drang. Alles, nur nicht der Ölklecks auf dieser schmutzigen Brühe sein. »Na schön.«

Das mit ihren Schuhen stimmte. Auf den steilen Stufen zu den ruhigeren Straßen hinter der Strandpromenade wäre sie mehr als einmal gestürzt, wenn sie sich nicht an seinem Arm festgehalten hätte.

»Wie heißt du?« fragte sie. Ihr Atem roch nach Portwein.

»Billy. Und du?«

»Elinor.«

Klar, dachte er. »Nicht vielleicht Nellie?«

»Manchmal«, sagte sie mit pikiert spitzer Stimme. »Wir sind gleich da.« Vielleicht spürte sie, daß ihn Zweifel beschlichen, denn ihr Griff wurde fester. »Es ist nicht mehr weit.«

Noch ein paar Stufen, dann standen sie vor dem Haus. Während sie mit dem Schlüssel herumhantierte, sah er sich um und wäre fast über einen Haufen ungespülter, grünpelziger Milchflaschen gestolpert.

»Sieh dich vor«, sagte sie. »Sonst gucken alle.«

In der dunklen Diele roch es nach Abwasser und Mäusen. Ein Gesicht – nicht mehr als ein schmaler Streifen eingefallener Haut und ein Auge – spähte linker Hand durch einen Türspalt.

»Schön leise sein«, flüsterte Nellie, und als sie das Gesicht sah, das gerade hinter der Tür verschwand, rief sie: »Hier wohnen ein paar stinkneugierige Penner.«

Sie stiegen die schmale Treppe hinauf, einander umfassend, so daß Schultern und Hüften sich berührten, und lachten einander ins Gesicht, bis ihre Beschwipstheit sich auf ihn übertrug und jeder Zweifel und alles Zögern sich auflöste.

Sie schloß die Tür auf. Im Licht einer nackten Glühbirne sah er ein zerwühltes Bett, einen Stuhl, auf dem sich Mieder stapelten, einen Waschständer sowie, erstaunlich professionell, ein sauberes Handtuch und ein Stück gelbe Seife.

»Es macht dir hoffentlich nichts aus, dich kurz zu waschen.«

Es machte ihm nichts aus. Darauf verlassen würde er sich aber nie und nimmer.

»Stell dir vor«, sagte sie, während sie sich die Bluse aufknöpfte. »Letzte Woche hatte ich einen Kerl, der sich die *Hände* gewaschen hat.«

Prior zupfte an seiner Krawatte, während er sich umsah, wo er seine Kleider hinlegen konnte. Er entdeckte einen Stuhl neben dem Kamin, einem ziemlich großen Kamin, dessen Sims mit Blumen- und Fruchtgirlanden verziert, der aber natürlich zugemauert und mit Gasheizung versehen war. Als er sich gerade die halb aufgeknöpfte Uniformjacke über den Kopf zog, registrierte er einen Gasgeruch. Schwach, aber unverkennbar. Umhüllt von dunklem Khaki, wehrte er die Panikattacke ab, während ihm schon der Schweiß aus allen Poren lief, nicht der allmähliche Schweiß körperlicher Anstrengung, sondern ein jäher Strom, übelriechend, glitschig, warm und sofort wieder kalt. Er befreite sich aus der Jacke und riß das Fenster auf, sah hinaus über spitzgieblige, mondbeschienene Dächer zur See. Er sagte sich, daß es keinen Grund gab, Angst zu haben, aber er hatte Angst. All die üblichen Symptome: trockener Mund, nasse Achselhöhlen, unregelmäßiger Herzschlag, der Kloß im Hals, der Hustenreiz. Straffer Hodensack, zusammengeschrumpelter Schwanz. Ach du liebe Scheiße, und darüber würde er sich einen Pariser ziehen müssen, das war ja wie ein Dreikäsehoch in Vaters Mantel.

Er hörte seine Stimme, sie klang unsicher, jünger, als er sich fühlte. »Ich glaube, es geht nicht.«

»Ach komm, Schätzchen, das werden wir schon ...«

Gespielte Wärme. Sie war es gewöhnt, schlaffe Schwänze aufzupumpen.

»Nein.«

Er drehte sich wieder um und sah sie an. Das Haar fiel ihr über die Schultern, nicht in einer wallenden Masse, sondern in vielen einzelnen Löckchen, wie man sie auf dem Boden eines Friseursalons liegen sieht. Rote Streifen auf der Haut verrieten, wo sich die Korsettstangen ins Fleisch gedrückt hatten. Vergeblich versuchte sie, die Stellen wegzureiben, als sie seinen Blick bemerkte. Er verhielt sich nicht so, wie sich ihre Kunden normalerweise verhielten, und jede Abweichung vom Üblichen machte sie nervös. Die Angst zweier Menschen erfüllte jetzt das Zimmer. Aber ihr Blick blieb fest, erstaunlich fest, wenn man bedachte, daß sie fünf Minuten zuvor noch zu beschwipst gewesen war, um aufrecht gehen zu können. Und jetzt ... nun ja, sie hatte etwas getrunken, war aber eindeutig nicht betrunken. Vielleicht brauchte sie die Maske des Betrunkenseins mehr als den Alkohol.

»Hab ich einen Pickel auf der Nase oder was?«

»Nein«, sagte er, weil ihm nichts anderes einfiel.

Sie starrten sich an.

»Könntest dich ruhig hinlegen. Es tut nicht weh«, sagte sie.

Er zog sich ganz aus, trat auf sie zu und legte probehalber die Hände um ihre Brüste. Sie hatte ihm noch gar nicht die Einkaufsliste vorgelegt, dachte er, diese elende Litanei, die jedesmal begann, wenn man in Covent Garden oder Strand den Blicken einer Frau begegnete. »... und Tittenlecken kostet fünf Shilling extra.«

»Zwei Pfund«, sagte sie. Sie hatte seine Gedanken gelesen. »Dort auf den Tisch.«

Er stieg ins Bett. Daß er eine kalte, feuchte Stelle unter der linken Arschbacke fühlte, war sicher nur Einbildung. Er langte mit der Hand hin. Es war keine Einbildung. Auf dem Laken entdeckte er hier und dort kleine Schamhaarkringel. Er fragte sich, in wessen Sperma er lag, ob er ihn kannte, wie sorgfältig sie sich hinterher wohl gewaschen hatte. Er suchte in seiner Phantasie nach dem angemessenen Ekelgefühl, fand aber nur Erregung, nein, etwas viel Stärkeres, die nüchterne Gewißheit von Macht.

All die Soldaten, die auf dem Weg nach Frankreich durch Scarborough gekommen waren, durch dieses Zimmer, durch diese Frau ... Und wie viele von ihnen tot? Während sie sich über das Bidet hockte, um sich zu waschen – oberflächlich, wie er mit Befriedigung feststellte –, fühlte er, wie sie sich in der Diele versammelten, die schmale Stiege heraufkamen, sich an die Tür drückten. Auf der Schwelle nur deswegen stehenblieben, weil es so hell war.

»Könnten wir das Licht ausmachen?« sagte er. »Es blendet mich.«

Und nun konnten sie eintreten. Doch sie warteten, bis die Matratze unter dem Gewicht der Frau zu quietschen begann. Seine Hände waren die Hände der Männer, ihre ausgehungerten Augen waren die seinen. Die Pupillen, im Sternenlicht weit geöffnet, richteten sich auf einen cremefarbenen Bauch und ein dunkles Haarbüschel. Er streichelte sie und murmelte etwas, und ihre Finger schlossen sich um ihn. »Na bitte, ich hab's dir doch gesagt.«

Er vögelte sie langsam. Nach einer Weile packte sie seinen Arsch, grub ihre Fingernägel ein, aber es war nicht zu erkennen, ob sie die Veranstaltung beschleunigen wollte oder ob es das Aufflackern einer echten Empfindung war. Er spürte das Gewicht der vielen Männer auf sich, spannte die Muskeln an, war bereit, es zu tragen ...

Und dann ging etwas schief. Er sah das verschlossene Gesicht unter sich und erkannte den Ausdruck, nicht in den Augen, sondern an den Gesichtsmuskeln, denn auch er hatte so dagelegen und darauf gewartet, daß es vorbei war. Bis er zum erstenmal gekommen war, hatte er ein ganzes Jahr gefickt auf dem schmalen priesterlichen Bett, über ihm das Kruzifix, an der Wand gegenüber – nie würde er es vergessen – eine Darstellung des heiligen Laurentius auf dem Rost. Beim erstenmal hatte Pater Mackenzie gekniet, ihm die Arme um die Hüfte gelegt und ausgerufen: *Diesmal sind wir aber fündig geworden, was?* So konnte man es auch nennen, aber warum *wir*? Wieso wir, verdammt? Später – allerdings nicht sehr viel später, denn er war ein frühreifes Kind gewesen – hatte er angefangen, Geld dafür zu nehmen, es war, als hätte er die Prostitution erfunden, denn er kannte niemanden, der auf diese Weise Geld verdiente. Zuerst Pater Mackenzie. Dann andere.

Wenn er nicht sie sein wollte, mußte er sie hassen. Er kniff die Augen zusammen, so daß ihre Gesichtszüge verschwammen, und verwandelte sie in ein Gesicht, wie es bei Schießübungen verwendet wurde. Ein zähnefletschender, kinderfressender Boche. Aber damit waren sie nicht einverstanden, die Männer, die seine Augen und Hände benutzten, als wären es ihre eigenen. Er spürte, daß sie zurückwichen, wie eine Welle, die zurückschwappt.

Also gut, dann eben *ich*. Er senkte den Kopf, so daß er ihre Stirn berührte, wußte aber auch so, daß sie sich nicht würde küssen lassen. Sie zappelte ein wenig unter ihm, so daß er sich etwas leichter machte. Ganz langsam steckte sie den Zeigefinger tief in den Mund, holte ihn mit einem lauten Plopp wieder heraus, und dann – er ahnte schon, was sie vorhatte – kitzelte sie ihn so raffiniert über dem Hintern, daß er erschauerte und noch tiefer zustieß, und schließlich rammte sie den Finger tief in seinen Arsch. Ah, stöhnte er, mehr schockiert als erregt, aber da explodierte er schon, ergoß sich, sank nieder, keuchend, lachend, wieder keuchend, rollte sich mit tränenden Augen von ihr und lag ruhig da. Auf den eigenen Trick reingefallen. Zu dieser Methode hatte *er* immer gegriffen, um Kunden, die sich allzuviel Zeit ließen, anzutreiben.

Sie stand sofort auf und hockte sich über die Schüssel. Er

verstand den Wink, zog sich an und schnüffelte, während er sich die Uniformjacke zuknöpfte, am Kamin herum.

»Was'n mit dir los?«

»Ich dachte, ich rieche Gas.«

»Ach das, ja richtig. Der Hahn schließt nicht ganz. Ich hab keine Lust mehr, mich dauernd zu beschweren.«

Nie wieder, dachte er und schnallte sich den Gürtel um. Bei einigen Männern funktionierte es, aber ... nicht bei ihm. Bei ihm war alles drunter und drüber gegangen. Am Ende war er nicht sicher gewesen, wer wen fickte. Selbst die Erregung, die er bei dem Gedanken gespürt hatte, in das Sperma eines anderen hineinzugleiten, war zumindest ambivalent. Nicht daß ihm Ambivalenz etwas ausmachte – er hätte überhaupt nicht leben können, wenn ihm *das* etwas ausmachte –, aber das war die Sorte Ambivalenz, hinter der sich die Menschen versteckten. Und dazu war er zu stolz.

Auf dem Rückweg in die Kaserne hatte er sie schon wieder vergessen. Ein paar hundert Meter vor dem Tor holte er eine Gruppe Offiziere ein. Die meisten hatten sich einigermaßen gezügelt und waren jetzt nüchterner als noch am Abend, als er ihnen über den Weg gelaufen war. Dalrymple war allerdings in einem unmöglichen Zustand. Er bewegte sich mit dem verzückten, visionären Blick eines Menschen, dessen einziges Ziel im Leben es ist, rechtzeitig die Toilette zu erreichen.

»Wird er's schaffen?« fragte Prior.

»Wir kümmern uns um ihn«, sagte Bainbrigge.

Als sie das Kasernengelände betraten, grummelte es am Horizont, ein Blitz zuckte durch die Wolken. Prior wartete, bis die anderen verschwunden waren, ehe er ins Hauptgebäude ging, um sich zu waschen. Er zog sich aus, spritzte sich kaltes Wasser über Brustkorb und Lenden und dachte dabei, daß ein nächtlich leerer Waschraum mit seinen weißen Kacheln und den nackten Glühbirnen das treffendste Bild ist, das sich die menschliche Phantasie von der Hölle machen kann. Er sah in den braunfleckigen Spiegel, erinnerte sich an den Moment, als Nellies Gesicht sich in ein Zielscheibengesicht verwandelt hatte.

»Was ist das Schlimmste, das Sie hätten tun können?« fragte Rivers.

Eine Scheinfrage. Rivers glaubte nicht an die schlimmsten Dinge. Er hielt Prior für einen Schauspieler. Und vielleicht war er ja wirklich einer, dachte Prior, als er im Spiegel die Reihe der Abteile hinter sich sah und spürte, wie sich die »schlimmsten Dinge« hinter ihm drängten und sich um das Privileg stritten, ihm auf die Pelle zu rücken. Als er um vier oder fünf Uhr zu sich gekommen war, ohne zu wissen, wie er die Nacht verbracht hatte, war es ihm sogar möglich erschienen, daß er jemanden getötet hatte. Und doch, warum sollte dies das »Schlimmste« sein? Hohläugig starrte ihn sein Spiegelbild an. Mord war nichts anderes als Töten am falschen Ort.

Der Wind wehte schon stärker, als er über den rauh asphaltierten Hof zu seinem Zelt lief. Er beugte sich hinunter, machte sich gefaßt auf den Gestank von Achselschweiß und Socken, der schwer auf der angestauten Hitze des Tages lag, denn obwohl sie den Verschluß offengelassen hatten, verwandelten sich die Zelte bei Hitze in Backöfen. Er holte tief Luft, so tief, wie er nur konnte, und kroch in die stinkende Dunkelheit.

Eine Stimme sagte: »Hallo.«

Natürlich, Hallet. In der letzten Woche hatte er das Zelt für sich allein gehabt, weil Hallet auf einem Artillerielehrgang in Ripon gewesen war.

»Kannst du genug sehen?«

Der Schein einer Taschenlampe fiel auf grünes Gras, das mit Kippen übersät war.

»Danke, es geht.«

Prior blinzelte, um sich an die Dunkelheit zu gewöhnen, und stieg in seinen Schlafsack.

»Du bist gerade aus London zurück, stimmt's?«

Er fand sich damit ab, sich unterhalten zu müssen. »Ja. Letzte Woche schon.«

Ein zuckender Blitz fand das Weiße von Hallets Augen. »Schon vor der Kommission gewesen?«

»Ich gehe mit dem nächsten Transport zurück. Und du?«

»Ich auch.«

Lässige Stimme, aber trockener Mund.

»Zum erstenmal?« fragte Prior.

»Ja.«

Mittlerweile hatte er sich an die Dunkelheit gewöhnt. Hallet war deutlich zu sehen. Olivfarbener Teint, fast mediterran, hübscher Mund mit hervorstehenden Schneidezähnen, für die er sich offenkundig schämte, da er fortwährend die Oberlippe herabzog, um sie zu verbergen. Ganz einnehmend. Nicht daß Prior sich unter diesen Bedingungen je hätte einnehmen lassen.

»Eigentlich freue ich mich schon.«

Die Worte lagen in der Luft, verlangten offensichtlich eine Reaktion, aber was sollte er sagen? Er selbst hatte eine Scheißangst, und zwar zu Recht, wie er fand, und jede »beruhigende« Bemerkung konnte dazu führen, daß er ihn auf die eine oder andere dieser unschönen Tatsachen aufmerksam machen würde.

»In meinem Zug gibt es ein paar Männer, die sind schon zum drittenmal draußen«, sagte Hallet. »Das ist wahrscheinlich das einzige, was mir wirklich Sorgen bereitet. Wie zum Teufel führt man Männer an, die erfahrener sind als man selbst?«

»Man betet, daß man einen guten Sergeant hat. Ein wirklich guter Sergeant sagt einem, welche Befehle man ihm erteilen soll, sorgt dafür, daß niemand es sieht, und läßt es einen nicht spüren.«

»Wie oft bist du ...?«

»Dies ist das viertemal. Verwundung, Granatschock, Schützengrabenfieber. Nicht in der Reihenfolge.«

Von Hallet, der, die Hände hinter dem Kopf verschränkt,

auf dem Rücken lag, war aus Priors Position nicht viel mehr zu sehen als das Kinn. Wie schrecklich zufällig doch alles war. Hätte Hallets Vater seine Anwandlung zwei Jahre später gehabt, wäre Hallet jetzt nicht hier. Womöglich hätte er vom Krieg überhaupt nichts mitbekommen und würde den Rest seines Lebens von dem irrationalen Schuldgefühl geplagt, Glück gehabt zu haben. »In erzwungener Unterwerfung vor den Geistern der Freunde, die starben.« Genau so war es, besser konnte man es nicht formulieren. Überall Geister. Selbst die Lebenden waren nur werdende Geister. Man lernte, sparsam mit seinen Gefühlen ihnen gegenüber umzugehen. Dieser Moment im Zelt war fast schon ein erinnertes Ereignis. Vielleicht wurde er ja nur alt. Aber er war schließlich alt, nach Schützengrabenzeit gerechnet. Eine Generation dauerte sechs Monate, an der Somme noch weniger, höchstens drei Monate. Er war der Urgroßvater dieses Jungen hier.

Er blickte wieder zu Hallet hinüber, sah die warme Halspartie, und überlegte, was er sagen konnte, etwas Unbeschwertes, Heiteres, doch es fiel ihm nichts ein. Statt dessen starrte er auf die fleckige Zeltbahn, hinter der Sommerblitze aufleuchteten, und stellte fest, daß der größte Fleck ihn an die Umrisse von Afrika erinnerte.

4

Zwei schwarze Linien zogen sich direkt oberhalb der Knie um Moffets Beine.

»Machen Sie die Augen zu«, sagte Rivers. »Ich möchte, daß Sie mir genau berichten, was Sie fühlen.«

»Nadelstiche.«

»Wie viele?«

Die Nadeln piksten wieder.

»Zwei.«

Wieder.

»Eine.«

Wieder.

»Zwei.« Moffet klang gelangweilt. »Zwei. Zwei.« Eine Pause. »Weiß nicht genau.«

»Gut. Sie können jetzt die Augen aufmachen.«

Er hatte nicht einmal gelogen. Er hatte mit geschlossenen Augen dagelegen, unter den dünnen Lidern hatte es leise gezuckt, und in jeder Linie und Falte seines Gesichts hatte die Versuchung gestanden zu lügen, und doch waren seine Antworten durchweg korrekt gewesen. Er konnte zwar nicht gehofft haben, überzeugend lügen zu können, jedenfalls nicht lange, aber es war interessant, daß er es gar nicht erst probiert hatte. Es war die reinste Hysterie, von keinerlei Simulation befleckt.

»Rivers, denken Sie manchmal, daß Sie im falschen Jahrhundert geboren sein könnten?«

Rivers sah ihn überrascht an.

»Sie erinnern mich einfach an mittelalterliche Hexenjäger. Die haben auch Menschen mit Nadeln gepikst.«

»Wahrscheinlich haben sie das gleiche gesucht. Extrem schmerzempfindliche Bereiche.«

»Ob sie was gefunden haben, was meinen Sie?«

Rivers hob Moffets linkes Bein und begann, etwa drei Fingerbreit unterhalb der Linie vom Vortag eine neue Linie aufzuzeichnen. »Warum nicht. Manche Hexen waren vermutlich hysterisch. Zumindest lassen viele der berichteten Symptome diesen Schluß zu.«

»Und die Hexensucher?«

»Weiß nicht. Die waren einfacher. Unangenehmer.«

»Mir gefällt dieser Ausdruck nicht. In diesem Zusammenhang.«

»Hysterie?« Rivers konnte gut verstehen, daß ihm der Begriff »Granatschock«, so nutzlos und ungenau er auch war, sympathischer war. Er klang zumindest richtig männlich. »Ich glaube, er gefällt niemandem. Es ist nur so, daß auch die Alternativen niemandem gefallen.«

»Das Wort«, fuhr Moffet mit harter Stimme fort, »kommt vom griechischen *hystera*. Gebärmutter.«

»Ja«, sagte Rivers trocken. »Ich weiß.«

Das Problem bei Moffet war, daß er viel zu intelligent war, als daß er eine so simple Erklärung wie Lähmung akzeptiert hätte. Derart schwere hysterische Reaktionen – Lähmungserscheinungen, Taubheit, Blindheit, Sprachverlust – traten meist unmittelbar nach einem Trauma auf, hielten sich aber normalerweise nur bei Personen, die ungebildet oder ganz einfach dumm waren. Moffet war weder das eine noch das andere.

Und ob diese einigermaßen drastische Form der Therapie half ... O ja, die Lähmung würde sie beseitigen, aber bestand nicht auch die Möglichkeit, daß sie den Glauben an magische Lösungen verstärkte? Rivers seufzte und trat auf die andere Seite des Bettes. Gefühlsmäßig war er dagegen, aber er wußte, daß es ihm mit dieser Methode gelingen würde, Moffet wieder auf die Beine zu bringen. Ein Medizinmann würde das schaffen, dachte er, während er zu zeichnen begann, und wahrscheinlich sogar besser als ich. Dabei fiel ihm jemand ein, der es ganz hervorragend geschafft hätte ...

In Melanesien hatte er bald die Gewohnheit angenommen, Njiru auf seinen Rundgängen zu begleiten. Gemeinsam zogen sie los, immer hintereinander, denn der Pfad, der sich durch den dichten Urwald wand, war zu schmal, als daß sie nebeneinander gehen konnten.

Von hinten konnte er deutlich sehen, wie krumm Njirus Wirbelsäule war. Er überlegte, wie derartige Mißbildungen gedeutet wurden – welcher Geist verhängte sie und warum? Der Schweiß lief über seine zerstochenen Augenlider, immer wieder mußte er sich mit dem Arm über das Gesicht wischen. Hauptsächlich wegen der Hitze, aber auch vor Nervosität. Es war fast wie am ersten Tag in einer neuen Schule, dachte er, man wußte, daß man sich sofort zurechtfinden mußte, aber im Grunde hatte man kaum eine Chance, weil alles so fremd war. Nur kann man in der Schule, sofern man gleichzeitig mit den anderen anfängt, das Problem lösen, indem man sich einordnet und mit all den anderen kleinen grauen Wichten herumtollt. In der Menge war man geschützt, doch hier war er allein, abgesehen von Hocart, aber Hocart hatte seit ihrer Ankunft Fieber, und heute hatte er beschlossen, im Zelt zurückzubleiben.

Im Dorf kroch er in eine Hütte, hockte sich auf die Erde und beobachtete Njiru, der sich mit einer Patientin beschäftigte. Eine alte Frau, so wie sie lachten und scherzten, offensichtlich eine Stammkundin von ihm. Sie wurde ihm als Namboko Taru vorgestellt. »Namboko«, was er zuerst für einen Namen hielt, war freilich ein Titel, nämlich »Witwe«, konnte aber auch »Witwer« heißen, wurde bei Männern jedoch nicht als Ehrentitel verwendet. Noch zwei verwirrende Fakten, die zu seiner frustrierend kleinen Sammlung kamen.

Namboko Taru legte sich hin und schob den braunen Lendenschurz so weit hinunter, daß ihr Bauch freigelegt war.

Njiru goß Kokosnußöl auf den Unterleib und begann sie zu massieren, während Rivers festzustellen versuchte, was ihre Beschwerden sein mochten. Verstopfung offenbar. War es, wollte er fragen, eine altersbedingte, chronische Verstopfung, oder hatte sich das Darmverhalten in jüngster Zeit geändert? Und war es einfach nur Verstopfung oder kam noch alternierend Durchfall hinzu? Doch seine Versuche, »alternierende Diarrhöe« in einer Mischung aus Pidgin und Zeichensprache auszudrücken, drohten zu einem Abbruch der ganzen Veranstaltung zu führen, so daß er aufgab, während Namboko Taru Tränen lachte. Er mochte nicht zur Therapie beitragen, aber er lenkte die Frau zweifellos von ihrer Krankheit ab.

Njirus Handbewegungen konzentrierten sich mittlerweile auf eine Gegend links unterhalb des Nabels. Leise singend und sich wiegend, bearbeitete er das schlaffe Fleisch wie eine Frau, die Teig knetet. Das ununterbrochene Gemurmel und die rhythmischen Bewegungen hatten etwas Hypnotisierendes. Plötzlich stieß Njiru einen gellenden Schrei aus, er schien etwas gefangen zu haben, hielt es in seinen Händen, kroch zur Tür und warf es dann in hohem Bogen in Richtung Urwald. Ein kurzes Gespräch zwischen Arzt und Patientin, dann band sich Namboko Taru den Lendenschurz wieder hoch und ging in den Busch, aus dem sie zehn Minuten später, sichtlich erleichtert, wieder zurückkehrte.

Unterdessen sprachen Rivers und Njiru miteinander. Namboko Tarus Beschwerden gehörten zu einer Gruppe von Krankheiten mit Namen *tagosoro*, die der Geist Mateana verhängte. In diesem speziellen Fall – *nggasin* – hatte sich ein Oktopus im Dickdarm eingenistet, von wo aus er seine Fangarme ausstreckte, bis er schließlich den Rachenraum erreichte. Dann war die Krankheit nicht mehr zu heilen. Wie so oft konnte man hinter diesem Glauben der Eingeborenen die vagen Umrisse einer Krankheit entdecken, die in der abendländischen Medizin nur allzu bekannt war, doch nützte diese Sicht nicht viel. Namboko Taru hielt sich für geheilt. Und bei einer einfachen Verstopfung gab es kaum etwas Besseres als diese Massage, die sich auch, bis auf das Ende, nicht wesentlich von abendländischen Formen der Massage unterschieden hatte.

Rivers zeigte auf sich und dann auf das Kokosnußöl. Njiru nickte, goß sich etwas Öl in die Handflächen und begann, während er sich singend hin- und herbewegte, mit der Massage ... Wieder diese eigentümlich hypnotisierende Wirkung, dieses Gefühl, mit ungeteilter Aufmerksamkeit umsorgt zu werden. Njiru war ein guter Arzt, wie viele Oktopusse er im Dickdarm auch entdeckte. Der Druck der Finger verstärkte sich, der Gesang wurde schneller, die Handbewegungen näherten sich einem Höhepunkt, und dann – nichts. Njiru lehnte sich lächelnd zurück und beendete den körperlichen Kontakt so einfühlsam, wie er ihn begonnen hatte.

Rivers deutete die Bewegung an, die Njiru bei ihm nicht gemacht hatte. »Du nicht werfen ... *nggasin*?«

Ironisch blitzte es in seinen Augen. »Du nicht haben *nggasin*.«

Aber *du*, dachte Rivers und entfernte die schwarzen Linien, die er tags zuvor auf Moffets Beine gemalt hatte.

»Und morgen«, erklärte er bestimmt, während er mit den Fingern den Bereich umriß, »werden Sie hier wieder normale Empfindungen haben.«

Moffet funkelte ihn an. »Sie haben es ganz bewußt darauf angelegt, mir meine Selbstachtung zu nehmen.«

»Die wird sich schon wieder zeigen, sobald Sie auf den Beinen sind, passen Sie auf.«

Schwester Carmichael, die ihm das Instrumentenwägelchen entreißen wollte, lief hinter den Wandschirmen auf und ab. Sie fand es empörend, daß Rivers unbedingt alles selbst machen mußte, auch die alten Linien abwischen. Ein Arzt wäscht keine Patienten. Das machen die *Schwestern*. Sie wäre nicht sehr viel empörter gewesen, wenn sie ihn beim Aufwischen des Bodens überrascht hätte. Rivers konnte ihr einfach nicht vermitteln, daß die Regeln der Medizin und die Regeln des Rituals zwei völlig verschiedende Dinge sind.

Wansbeck habe eine schlimme Nacht gehabt, sagte sie, sobald sie ihm das Wägelchen entrissen hatte. Vierzig Grad Fieber, und ständig wolle er das Fenster aufmachen.

»Na schön. Ich sehe ihn mir gleich an.«

Die Schwestern hatten Wansbeck gerade fertig gewaschen, halbnackt lag er in dem Bett, gegen dessen Schneeweiß seine Haut von einem käsigbläulichen Weiß war. Rivers bemerkte, wie ein Frösteln über Wansbecks Arme und Brust lief, so daß die Haut dunkler und rauh wurde. Die Schwestern trockneten ihn ab, deckten ihn zu, und nun konnte er sprechen, doch vor lauter Entkräftung brachte er nur ein paar Worte heraus.

Rivers machte sich Sorgen um ihn. Seine Grippe war ungewöhnlich heftig, und es hatte ihn schlimm erwischt, doch ihn selbst schien seine Verfassung nicht zu interessieren. Rivers nahm sein Handgelenk. »Hören Sie, Sie müssen dagegen ankämpfen.«

»Kämpfen« war vermutlich das einzige Wort, das er verstand. »Hab genug gekämpft«, murmelte er und drehte sich zur Seite.

In Westminster nahmen die Blätter schon eine andere Farbe an. Allerdings nicht die leuchtenden Rot- und Goldtöne, wie man sie auf dem Land sah, sondern eher ein dreckiges, trübes Gelb. Noch ein paar Wochen, und sie würden herunterfallen. Das Schlimmste an London war, daß der Sommer immer so schnell zu Ende ging.

»Wissen Sie«, sagte Rivers vorsichtig, und seine Brillengläser funkelten, als er sich vom Fenster abwandte, »manchmal hilft es, einfach zurückzugehen und und und ... sich ein paar Dinge in Erinnerung zu rufen. Also, wollen wir mal schauen, ob ich Sie richtig verstanden habe. Sie waren nach einem Reitunfall im Krankenhaus ...«

»Ja, stimmt. Ich hatte den Gaul nicht gesehen.«

»Ja. Und in dieser Zeit hat eine der Krankenschwestern

Ihren Penis abgeschnitten, ihn in ein Glas Formaldehyd gesteckt und in den Keller runtergebracht.«

Telford schüttelte den Kopf. »Ich habe nicht For-for ...«

»Formaldehyd. Nein, ich weiß, das haben Sie nicht gesagt. Dort wird zum Aufbewahren kein Essig verwendet.«

»Na ja, Sie müssen es wissen.«

Ein tiefer Atemzug. »Warum hat sie das wohl getan, was glauben Sie?«

Telford zuckte mit den Achseln: »Weiß nicht.«

»Aber Sie müssen sich doch etwas gedacht haben. Ich meine, es war doch ein ziemlich ungewöhnlicher Vorfall.«

»Es war nicht an mir, Fragen zu stellen.« Telford beugte sich vor, um zu dem, wie er glaubte, entscheidenden Schlag auszuholen. »Sie würden es doch auch nicht gutheißen, wenn ich Ihnen sage, wie Sie Ihre Arbeit zu tun haben, oder?«

In diesem Moment wäre ihm von jeder Seite Beistand willkommen gewesen. »Hat der Arzt nichts gesagt?«

»Kein Wort.«

»Telford.« Rivers knetete die Hände. »Womit pinkeln Sie?«

»Mit meinem Schwanz, Sie Trottel, womit pinkeln denn Sie?«

Rivers konzentrierte sich darauf, seinen Tintenlöscher im rechten Winkel hinzustellen. »Ich überlege gerade, ob es uns weiterhilft, wenn wir ein wenig über Frauen sprechen?«

Vielleicht hätte es genützt. Er sollte es nie erfahren. Kurz darauf erklärte Telford: »Ich kann nicht behaupten, Rivers, daß mir der Ton dieses Gesprächs gefällt. Vielleicht ist es Ihrer Aufmerksamkeit entgangen, aber wir sind hier nicht in einer Kaserne.« Er erhob sich. »Ich habe weiß Gott kein Interesse daran, meinen Rang herauszukehren, aber ich wäre Ihnen dankbar, wenn Sie mich in Zukunft mit *Major* Telford anreden würden.«

Er ging hinaus und schlug die Tür hinter sich zu.

Moffet lag mit geschlossenen Augen da und begleitete die piksende Nadel mit einem gepreßten »*Ja, ja, ja, ja*«.

Die übliche Prozedur, und doch war etwas anders. Die Gleichgültigkeit war verschwunden. Rivers bewegte die Nadel absichtlich in den Bereich hinein, der eigentlich noch empfindungslos sein sollte.

»*Ja, ja, ja.*«

Die Nadelstiche hörten auf. Moffet öffnete die Augen und lächelte müde. »Sie können ganz hinuntergehen, wenn Sie wollen.« Er schloß die Augen wieder. Rivers bewegte die Nadel in Abständen von fünf Zentimetern immer weiter abwärts. »Ja. Ja. Ja. Ja.« Moffets mittlerweile etwas erschöpfte Jas kamen exakt in dem Moment, wenn die Nadelspitze die Haut berührte. Das Schienbein entlang, über die Ferse bis zur Spitze des großen Zehs. »*JA.*«

Moffet hatte das Wort herausgebrüllt. Durch eine Lücke zwischen zwei Wandschirmen sah Rivers andere Patienten, die sich umdrehten und zu dem verborgenen Bett herüberstarrten. Er legte die Nadel weg. »Tja.«

Er war nicht sonderlich überrascht: hysterische Lähmungen verschwanden oft – man konnte fast sagen: generell – ebenso plötzlich, wie sie aufgetreten waren. Mit bleichem Gesicht auf dem weißen Kissen lag Moffet da und unternahm keinen Versuch, seine Niedergeschlagenheit zu verbergen. Warum sollte er auch. Sein einziger Schutz vor dem Unerträglichen war ihm ersatzlos genommen worden.

»Wann ist es passiert?«

»Sofort.«

»Haben Sie versucht zu gehen?«

»Noch nicht.«

»Wollen Sie?«

»Scheint der nächste logische Schritt zu sein. Sozusagen.«

»Könnten Sie sich herumdrehen? Auf die Bettkante setzen?«

Rivers kniete sich hin und begann, Moffets schlaffe Waden zu massieren.

»Ich nehme an, ich muß dankbar sein.«

»Nein.« Er stand auf. »Gut, wollen wir's mal versuchen? Stützen Sie sich auf meinen Schultern ab.«

Moffet stemmte sich von der Bettkante hoch.

»Wie fühlen Sie sich?«

»Weiß nicht. Komisch.«

»Wollen Sie ein paar Schritte versuchen?« Linkisch wie zwei unbegabte Tänzer schlurften sie los, vorbei an den Gardinen, die sich ihnen entgegenbauschten. Rivers hob die Hände und lockerte Moffets Griff. »Keine Sorge, ich passe schon auf.« Zwei Schritte, dann fiel Moffet nach vorn in seine Arme. Rivers brachte ihn wieder zu seinem Bett. »Ich denke, das genügt für heute.«

Moffet sank zurück.

»Es ist wichtig, daß Sie es immer wieder versuchen. Aber fürs erste würde ich zusehen, daß ein Pfleger dabei ist.« Er zögerte. »Sie wissen, daß wir darüber sprechen müssen, *warum* es passiert ist?«

Er wartete, aber Moffet schwieg hartnäckig.

»Ich schaue später wieder vorbei.«

Später am Nachmittag kam Major Telford – er durfte keinesfalls vergessen, ihn so anzureden – und tippte ihm diskret auf die Schulter. »Na, Major Telford, was gibt's?«

»Kleines Problem in der Latrine«, wisperte er verschwörerisch.

Während er ihm in den Waschraum folgte, überlegte er, welches Körperteil Telford nunmehr abhanden gekommen sein mochte.

Telford deutete auf die Tür des Badezimmers. »Seit Ewigkeiten hockt da jemand drin.«

»Ja, aber ...«

»Und stöhnt. Na ja, inzwischen nicht mehr.«

Rivers rüttelte am Griff. »Hallo?«

»Hab schon versucht, es ist abgeschlossen.«

Unmöglich – es gab keine Schlösser. Rivers beugte sich

herab und schaute unter der Tür hindurch. Der Fußboden war überschwemmt, und ein Arm hing über den Wannenrand – ein weißer, geschwollener Arm, aus dessen Handgelenk Blut sickerte. Der Türgriff wurde von innen durch einen Stuhl festgeklemmt. Rivers versuchte, ihn wegzuschieben, aber es klappte nicht. Er stand auf und trat gegen die Tür, die kaum stärker als Pappe war (die einzelnen Abteile waren billig eingebaut worden, als das Kriegsministerium die Klinik für militärische Zwecke hatte umbauen lassen), und beim zweiten Tritt brach die Tür auseinander. Rivers stürzte in den Raum und sah erstaunt sein eigenes Gesicht im Spiegel. Moffet lag in der Wanne, hellrotes Wasser schwappte über den glänzenden Bauch, der sich hob und senkte. Jedenfalls atmete er noch. Der Kopf war seitlich weggerutscht, aber die Nasenlöcher waren über dem Wasser. Eine Whiskyflasche rollte über den Boden, als Rivers neben der Wanne hinkniete. Einschnitte an beiden Handgelenken, oberflächlich am rechten, tief am linken. Blutverlust wahrscheinlich ziemlich stark, aber unter Wasser war das nicht genau zu sagen. Er schob Moffets Augenlider hoch, roch seinen Atem, fühlte den Puls ...

»Tot, was?« krähte Telford fröhlich.

Sturzbetrunken. »Ich glaube, er kommt durch.«

Die Enge war das Problem. Zwischen Waschbecken und Badewanne konnte man sich nur mit Mühe hindurchzwängen. Rivers mußte sich weit hinunterbeugen, um die Arme um Moffets Oberkörper legen zu können, aber auf der kalten, fleischigen Haut fanden seine Fingerspitzen keinen Halt. Telford stand da und sah zu.

»Nehmen Sie die Beine!«

Sie hoben beide an, allerdings unkoordiniert. In dem Moment, als Telford, des Wartens überdrüssig, die Beine wieder losließ, gelang es Rivers, die Schultern aus dem Wasser zu hieven. Sie keuchten beide und stießen mit den Schultern aneinander.

»Los jetzt, gleichzeitig«, sagte Rivers. »Eins, zwei ...«

Moffet kam ein Stück heraus, fiel aber mit einem Klatscher wieder zurück, so daß das Wasser hoch aufspritzte und sie beide durchnäßte.

Sie unternahmen einen neuen Versuch, Telford stieg sogar in die Wanne, um Moffet an den Schenkeln packen zu können, während Rivers ihn an Kopf und Schultern hochhob. Einen Moment verharrten sie in dieser Stellung, eine absurde und fast obszöne Pietà. »Geht es so?« fragte Rivers.

»Ja, ich hab ihn.«

Während sie alle miteinander zu Boden gingen, floß das Blut aus Moffets linkem Handgelenk jetzt stärker, helle Tropfen platschten auf die gesprenkelten Kacheln. Rivers riß ein sauberes Handtuch von der Stange und drückte es fest gegen die tiefste Schnittwunde. »Hier, machen Sie weiter«, sagte er. »Ich hole Schwester Roberts. Nur drücken, mehr ist nicht nötig. *Keine Aderpresse.*«

»Würde mir nicht im Traum einfallen«, sagte Telford und straffte die Schultern.

Rivers fing Schwester Roberts auf dem Weg zur Station ab. »Moffet«, sagte er und zeigte hinter sich. »Hat sich die Handgelenke aufgeschnitten. Wir brauchen einen Rollstuhl.«

Als er in den Waschraum zurückkehrte, war Telford gerade dabei, Moffet, der inzwischen halb zu sich gekommen war, mit einer Geschichte von einem unerfahrenen Pferdeburschen zu unterhalten, der am Bein seines Lieblingspferdes eine Aderpresse angelegt hatte. »Daraufhin kam es zu Wundbrand, stellen Sie sich vor! Wir mußten das arme Tier erschießen.« Telford blickte auf die zuckenden Lider. »Dabei war es nur eine Schürfwunde.«

Moffet warf sich hin und her wie ein gestrandeter Fisch, stöhnte und erbrach gelbe Galle. Rivers klopfte ihm auf die Wange. »Haben Sie irgend etwas genommen?«

Schwester Roberts erschien mit einem quietschenden Rollstuhl an der Tür. Als Telford sie erblickte, griff er erschrokken zu einem Tuch, das neben der Badewanne lag, und bedeckte damit Moffets Genitalien.

»Menschenskind, Telford«, fauchte Rivers, »sie ist *Krankenschwester.*« Nach Telfords eigener Geschichte zu schließen, war es aber vermutlich nicht Schwester Roberts' Schicklichkeit, die er schützen wollte. »Wenn Sie uns bitte ein paar Decken bringen könnten«, sagte er. Es war so eng, daß er sich kaum bewegen konnte.

Moffets Kopf kippte zur Seite, als sie ihn in den Stuhl hievten und in Decken wickelten. Rivers vermutete allmählich, daß er weniger betrunken war, als es schien.

»Also«, sagte er und richtete sich auf. »Ich glaube, ich werde schon mit ihm fertig, Major Telford. Vielen Dank, Sie haben mir sehr geholfen.«

»Schon gut.« Er sah hinunter zu Moffet und schnaufte. »Mal eine Abwechslung am Nachmittag. Und überhaupt, wieso reden Sie mich dauernd mit Major an?« fragte er und boxte Rivers dabei neckisch auf den Bizeps. »Lassen Sie doch diese Förmlichkeiten, Mann.«

Und damit entfernte er sich, »Lustig ist das Zigeunerleben« vor sich hin pfeifend.

Moffet wurde in ein Einzelzimmer verlegt, da es nichts Schlimmeres gibt für die Moral eines Krankensaals mit »Granatschockopfern« als einen Selbstmordversuch. Ausgenommen natürlich einen gelungenen Selbstmord. Rivers dachte an den Patienten, der sich in Craiglockhart erhängt hatte. Ganz abgesehen von der persönlichen Tragödie, hatte dieser Mann wochenlange geduldige Arbeit mit anderen Leuten zunichte gemacht.

Die tiefste Wunde mußte genäht werden. Rivers machte sich sogleich an die Arbeit und stellte überrascht fest, wie stoisch Moffet reagierte. Er sah zu, wie die Nadel in die Haut stach und wieder herauskam, und nur einmal, gegen Ende, fuhr er sich mit der Zunge über die Lippen.

»So, das wär's«, sagte Rivers.

Moffet warf unruhig den Kopf hin und her. »Ich hab mich ziemlich blöd angestellt, nicht wahr?«

»Das geht den meisten so. Ich kenne nur einen, der es richtig gemacht hat, und das war ein Chirurg – er hat sich praktisch die linke Hand abgetrennt.« Er stand auf, dehnte sich und stemmte eine Hand ins Kreuz. »Wieviel Whisky haben Sie getrunken?«

»Eine halbe Flasche. Vielleicht ein bißchen mehr.«

Sinnlos also, mit ihm zu reden.

»Wo haben Sie ihn her?«

»Von meiner Mutter. Ist das wichtig?«

»Und die Rasierklinge?«

Moffet sah ihn erstaunt an. »Gehört mir.«

»Na schön. Versuchen Sie, ein bißchen zu schlafen.«

»Werden Sie die Polizei benachrichtigen müssen?«

»Nein.« Rivers sah hinunter zu ihm. »Sie sind Soldat. Sie stehen unter Disziplinarrecht.«

Schwester Roberts erwartete ihn schon. »Ich glaube, wir können das nicht durchgehen lassen«, sagte er. »Die Schränke sollen regelmäßig kontrolliert werden.«

»Ich werde Miss Banbury fragen. Sie war die letzte, die sie durchsucht hat.«

Sie war Schwester Roberts ein Dorn im Auge, und zwar nur deswegen, weil sie guten Willens, tolpatschig, enthusiastisch und keine ausgebildete Krankenschwester war und aus der Oberschicht kam.

»Den Whisky hat er von seiner Mutter.«

»Überrascht mich nicht. Törichtes Weibsstück.«

Aus zahlreichen Gesprächen, die er bei Luftangriffen im vorangegangenen Winter mit Schwester Roberts geführt hatte, wußte er, daß sie das älteste von neun Kindern war. Sie hatte sich aus den Slums von Gateshead hochgearbeitet und glaubte daher die Ansicht vertreten zu müssen, daß der menschliche Charakter durch gutes Essen, gutes Wohnen und eine gute Schulbildung verdorben werde.

»Telford blieb ziemlich gelassen, fanden Sie nicht?« sagte sie. »Sehr aufschlußreich.«

»Ach, um Telford brauchen wir uns keine Sorgen zu machen. Solange er sein großes Maul nicht aufmachte, wußte doch niemand, daß er verrückt war.« Fast ohne Hintergedanken fügte er hinzu: »Er arbeitet im Kriegsministerium.«

Draußen auf dem Flur stieß er auf Wansbeck, dem es zwar schon erheblich besserging, aber doch nicht so sehr, als daß er hätte umherspazieren sollen.

»Wie fühlen Sie sich?« fragte Rivers.

»Bißchen schwach. Der Hals tut noch etwas weh, aber ich muß nicht mehr so viel husten.«

»Sie sollten sich besser wieder hinlegen. Los, ab mit Ihnen ins Bett!«

Während die Türen hinter Wansbeck zuschlugen, registrierte Rivers ein stetiges Klickern, das er sich im ersten Moment nicht erklären konnte. Der lange Korridor lag leer vor ihm, auf dem grauen, matt schimmernden Fußboden zeichneten sich die Schatten der Fensterrahmen ab. Klack, klack, klack. Und dann erkannte er, daß das Geräusch von den Jalousiekordeln kam, die im leisen Wind aneinanderstießen. Die Tatsache, daß er es identifiziert hatte, nahm ihm jedoch nichts von seiner Eindringlichkeit. Es klang ein wenig wie die klappernde Takelage eines Segelboots, aber die Erinnerung reichte noch tiefer.

Rivers stand vor dem Aufzug, noch ehe er sie heraufbefördert hatte. An jenem Tag, als Njiru ihn zu den Schädelhäusern von Pa Na Gundu mitgenommen hatte, waren sie meilenweit in glühender Hitze gelaufen, kaum ein Lüftchen wehte, kein Geräusch, nur das Summen der Fliegen. Unversehens waren sie an einer Lichtung herausgekommen, Sonnenstrahlen schnitten grell durch die Bäume, und vor ihnen, am Hang, standen sechs oder sieben Schädelhäuser, an deren Geländer dekorative Muschelschnüre hingen. Dieses Gefühl des Beobachtetwerdens, das man bei Schädeln immer hatte. Wie benommen von dem gleißenden Licht, stieg er hinter Njiru den Hügel hinauf, einem Knäuel von Schatten entgegen, und dann rührte sich eine der Schattengestalten, es war Nareti, der blinde Totenpriester, der dort mit spitzen Knien und Ellbogen hockte und aus dessen Augenwinkeln schleimiger Eiter lief.

Da das hinterste Schädelhaus repariert werden sollte, hatte man die Bewohner herausgeschafft und auf die Erde gelegt, so daß die Lichtung auf den ersten Blick wie mit Schädeln gepflastert schien. Rivers blieb zurück, da er nicht genau wußte, wie nahe er herantreten durfte, und in diesem Moment fuhr ein heftiger Windstoß durch die Bäume, so daß die vielen aufgehängten Votivmuscheln klappernd und klingelnd aneinanderstießen.

Die Aufzugtüren flogen ratternd auf und holten ihn in die Gegenwart zurück.

5

Ada Lumb trug immer Schwarz, weniger zum Zeichen der Trauer um ihren Mann – wenn sie je einen gehabt hatte –, sondern eher, weil sie sich auf diese Weise, ohne großen finanziellen Aufwand, mit einer Aura eindrucksvoller Ehrbarkeit umgeben konnte.

Ehrbarkeit war Adas Götze. Achtzehn Jahre zuvor war sie in dieses Viertel gezogen, frisch verwitwet, wie sie jedenfalls behauptete, mit zwei hübschen, immer adrett gekleideten Töchtern im Schlepptau. Das Haus hatte einem Mann mit Namen Dirty Dick gehört, der vor sich hin brabbelte und die Kinder auf der Straße erschreckte. In jedem Zimmer lagen stapelweise vergilbte Zeitungen herum. Binnen weniger Wochen war Adas Haus gestrichen, die Türschwelle gescheuert, der Küchenherd repariert, und an den Fenstern hingen Gardinen. In sicherer Entfernung vom Haus richtete sie sich einen kleinen Laden ein, in dem sie gebrauchte Kleider und – unter dem Ladentisch – diverse Mittelchen verkaufte, die angeblich bei einer unerwünschten Schwangerschaft oder bei Tripper halfen. »Pennyroyal Sirup«, Dr. Lawsons Kur bei Obstipationen und Blockaden, Kräftigungs- und Stärkungsmittel für den Mann, das Spezialmittel von Sir Samuel Hannay, Bumsteads »The Unfortunate's Friend« und Davys Lac-Elephantis, eine übelriechende, aus Schlemmkreide und Gott weiß was bestehende Paste, angeblich Elefantenmilch mit medizinischer Wirkung.

Sonntags machte sie den Laden jedoch zu und empfing den Herrn Pfarrer, Reverend Arthur Lindsey, in einem Zimmer, das aussah, als sei es extra zu diesem Zweck ausstaffiert worden. Dunkle Eichenmöbel, Pflanzen mit dicken, kräftigen, gummiartigen Blättern – für Blumen, die ständig die Köpfe hängen ließen und dahinwelkten, hatte Ada nichts übrig –, und auf einem kleinen Beistelltisch lag unübersehbar die Familienbibel, aufgeschlagen an einer besonders tröstlichen Textstelle. In dieser Atmosphäre goß Ada Tee in dünne Porzellantassen, tupfte mit einer gestärkten Serviette ihre Mausefalle von Mund und führte leichte oder, mit Rücksicht auf den Sabbat, erbauliche Gespräche über aktuelle Themen.

Am anderen Tischende saß Billy Prior, was ein Zugeständnis an seinen neuen Status als künftiger Schwiegersohn war. Weitere handfeste Zugeständnisse hatte es nicht gegeben: er und Sarah waren keine Sekunde allein. Obwohl Ada sich über die Verlobung gefreut hatte. Sie glaubte an die Ehe, um so mehr, vermutete Prior, als sie selbst nie verheiratet gewesen war. *Du weißt es nicht*, sagte er sich. Doch dann sah er sich im Zimmer um und dachte, *Doch, ich weiß es.* Auf der Anrichte standen Photos von Sarah und Cynthia, aber keines von den Großeltern oder vom Vater. Kein Porträt von Ada als schüchterne Braut. Und der erbauliche Bibeltext, den sie ausgewählt hatte, war das Kapitel aus dem Buch Hiob, in dem Eliphas von Teman seinen Freund besucht, dessen Leib vollständig mit Geschwüren bedeckt ist, und ihn mit dem Hinweis tröstet, daß der Mensch für sein Schicksal selbst verantwortlich ist. Ada besaß jedenfalls Humor. O ja, und ein Auge für männliche Körper. Tags zuvor, als er ihr beim Gardinenaufhängen behilflich gewesen war, hatte sie seine Lenden mit einem so eindeutig anerkennenden Blick bedacht, daß er fast errötet wäre. *Du kannst Lindsey etwas vormachen*, dachte er, *aber nicht mir*.

Er versuchte, sich auf die Unterhaltung zu konzentrieren. Sie sprachen darüber, daß Frauen über Dreißig das Stimmrecht bekommen hatten, eine Entscheidung, die Ada heftig mißbilligte. Gott dem Allmächtigen habe es gefallen, sagte sie, das eine Geschlecht erkennbar und unzweifelhaft über das andere Geschlecht zu stellen, und mehr gebe es dazu nicht zu sagen. Bei Lindseys albernem Gekicher konnte man nur annehmen, daß er zu wissen glaubte, welches Geschlecht gemeint war. Er war einer von diesen katholischen jungen Männern, die in einem Miasma aus abgestandenem Weihrauchduft und Samenflüssigkeit schweben. Prior kannte diesen Typ – auch im biblischen Sinne.

Sarah berührte die Kanne und stand auf. »Ich glaube, wir könnten etwas frischen Tee gebrauchen. Billy?«

»Braucht es zwei dazu, Sarah?«

»Billy muß mir die Tür aufhalten, Mutter.«

In der Küche platzte es aus ihr heraus. »Also wirklich, was glaubt sie eigentlich, in welchem Jahrhundert sie lebt?«

Prior zuckte mit den Schultern. Vom Küchenfenster aus ging sein Blick auf die steil abfallende Melbourne Terrace, über unendlich viele rotgraue Dächer, die in Schwaden von Dunst und Regen halb versteckt waren. Er fragte sich, ob Ada dieses Haus wegen der Aussicht gewählt hatte, denn der Blick über die gepflasterte Straße, die endlos sich aneinanderreihenden, rauchenden Kamine war auf seine Weise so atemberaubend wie der Blick über eine Gebirgskette und, was Ada betraf, sehr viel interessanter. Denn dort unten spielte sich das Leben ab, vor dem sie ihre Töchter schützte: rachitische Kinder, übel zugerichtete Frauen, Wanzen, Straßenkämpfe, Heiratsanzeigen, die zur Demütigung der Nachbarn, die derlei nicht zu bieten hatten, ins Fenster gestellt wurden. Er verstand sehr gut, daß einer Frau, die einen solchen Kampf geführt hatte, Fragen des Wahlrechts nebensächlich erschienen.

Sarah stellte sich neben ihn ans Fenster, legte die Arme von hinten um seine Brust und drückte ihr Gesicht an seine Schulter. »Hoffentlich ist es morgen schöner. Mit dem Wetter hast du nicht viel Glück gehabt.«

Nicht nur mit dem Wetter. Er drehte sich zu ihr um. »Wann werden wir mal ein bißchen Zeit für uns allein haben?«

»Ich weiß es nicht.« Sie schüttelte den Kopf. »Ich werde mir etwas ausdenken.«

»Hör zu, du könntest doch so tun, als würdest du zur Arbeit gehen, und ...«

»Ich kann nicht nur so tun, Billy. Wir brauchen das Geld. Komm, sie wird sich schon fragen, wo wir bleiben.«

Prior bekam einen Teller mit fettigem Kuchen in die Hand gedrückt und ging mit Sarah wieder in das vordere Zimmer.

Lindsey verriet gerade, worüber er am nächsten Sonntag predigen wollte – der christliche Opferbegriff, das sei doch ein faszinierendes Thema. Ach ja? dachte Prior und knallte den Teller hin. Die frisch verwitwete Cynthia hing, vermutlich auf Veranlassung ihrer Mutter, an Lindseys Lippen. Von den beiden Mädels war sie eindeutig die standesgemäßere Partie. Prior setzte sich hin, begann, unter dem Tisch vorsichtig mit Lindseys Fuß zu spielen, und stellte erfreut fest, daß sich ein leichtes Erröten um den Priesterkragen herum bemerkbar machte und langsam aufwärts wanderte. Ein verstohlener Blick, der sich schüchtern wieder senkte ... *Bei dem vergeudest du deinen fettigen Kuchen, Ma*, sagte Prior in Gedanken zu seiner künftigen Schwiegermutter und verschränkte dabei die Arme.

Nachdem Lindsey gegangen war, schlüpfte Ada wieder in ihre Alltagssachen und setzte sich mit einer Tüte Bonbons und einem Roman vor den Kamin, wobei sie den Rock so weit anhob, daß ein Hüftgürtel und ein Stück weißer Schenkel zu sehen war. Der sich erwärmende Rock verströmte einen schwachen Uringeruch. Ada pflegte nämlich, wie Prior von Sarah wußte, sich nach alter Sitte breitbeinig wie ein Ackergaul hinzustellen, wenn sie unterwegs mal mußte, und in den Rinnstein zu pinkeln. Daß er diese Intimitäten mit ansehen durfte, war ein weiteres Zugeständnis an den Ring an Sarahs Finger.

Die jungen Leute scharten sich um das Klavier, und nachdem die erforderliche Anzahl von Kirchenliedern heruntergehämmert und -geschmettert worden war, ging man zu den Vorkriegsschlagern über.

»Diesen kennst du doch bestimmt, Ma«, sagte Prior, der ihr über die Schulter einen Blick zuwarf. Zu seiner Überraschung fiel sie mit ein.

For her beauty was sold
For an old man's gold,
She's just a bird in a gilded cage!

»Weiß der Teufel, soviel Glück hatte ich nie«, sagte Ada und wandte sich wieder ihrem Buch zu.

Prior sah auf seine Uhr. »Hast du Lust zu einer Runde ums Karree?« fragte er Sarah und schloß den Klavierdeckel.

»Ja.« Ein rascher Blick in Richtung Cynthia.

»Ich bin zu müde«, sagte Cynthia.

»Ihr wollt doch bei dem Wetter nicht etwa nach draußen?« sagte Ada. »Hört nur, wie es stürmt.«

Sie hatte recht.

»Außerdem mußt du morgen wieder zur Arbeit, Sarah«, sagte Ada und klappte ihr Buch zu. »Ich denke, wir sollten alle zu Bett gehen. Hast du's einigermaßen bequem auf dem Sofa, Billy?«

»Ja, vielen Dank.« Abgesehen von dieser blöden Metallspirale, die sich in die Kissen bohrte.

»Vielleicht solltest du versuchen, auf dem Rücken zu liegen.«

Im Mittelalter hätte man sie verbrannt. Sarah brachte Decken und Kissen aus ihrem Zimmer und gab ihm, scharf beobachtet von Ada, die am Fuß der Treppe stand, einen züchtigen Gutenachtkuß.

Ich hab meinen Marschbefehl in der Tasche, hätte er am liebsten losgebrüllt. Wir sind doch verlobt.

Die Tür schloß sich hinter ihr. Er hatte keine Lust, jetzt schon schlafen zu gehen – jedenfalls nicht *allein*. Er zog Jacke und Stiefel aus, wanderte im Zimmer umher, betrachtete

Photographien, warf sich schließlich auf das Sofa und griff zu einem von Adas ausrangierten Romanen.

Ada besaß einen großen Vorrat an Büchern. Ein paar Liebesromane, die sie offenkundig mit großem Vergnügen las, denn immer wieder brach schallendes Gelächter aus dem schwarzen Seidenkleid hervor wie eine heiße Quelle aus vulkanischer Erde. Lieber waren ihr jedoch die Groschenromane, die sie in der Küche, an eine Milchflasche gelehnt, beim Vorbereiten des Abendessens las. Fettige, teigverkrustete, marmeladenverklebte Flecken zierten jede Seite. Blutige Daumenabdrücke führten zu einem besonders grausigen Mord. In allen Büchern kamen Morde vor, die stets von Frauen verübt wurden. Vornehme Damen, die im Ausland lebten, ihre Ehemänner in Flüsse, von Balkonen, über Felsklippen, vor Züge stießen oder aber, wenn es sich um eher häuslich veranlagte, feminine Frauen handelte, zu Hause blieben und ihre Männer zu Tode ritten. Nur die letzten Seiten wiesen nie Flecken auf, was ihm lange Zeit rätselhaft blieb, bis ihm klar wurde, daß die ehebrecherischen Mörderinnen im letzten Kapitel gefaßt und bestraft wurden. Das war nichts für Ada. *Ihre* Heldinnen kamen ungeschoren davon.

Die Uhr tickte laut, wie schon in der vorangegangenen Nacht, ein bösartiges Ticken, das ihn am Einschlafen hinderte. Er nahm die Uhr, um sie in die Küche zu bringen, doch sie blieb sofort stehen und ging erst wieder, als er sie auf dem Kaminsims abgestellt hatte. So ein Mist, dachte er, selbst diese blöde Uhr hat gelernt, die Knie aneinanderzupressen.

Er konnte hören, wie sich die Mädchen im Zimmer über ihm auszogen. Das dumpfe Geräusch von Schuhen, die in die Ecke geworfen wurden, Gesprächsfetzen, Kichern und – wie er sich sagte – das Rascheln von Unterröcken, die zu Boden fielen. Sarah, die einen Moment lang nackt war, bevor der weiße Schleier des Nachthemds sie umfing. Er stand auf und ging zum Klavier, strich über die Tasten und sang leise.

Far, far from Wipers
I long to be,
Where German snipers
Can't get at me.

Damp is my dug-out,
Cold are my feet
Waiting for Whizzbangs
To put me to sleep.

Die Tür ging auf. Er drehte sich um und sah Sarah, eine weiße Gestalt im Nachthemd, der ein dicker Zopf über die linke Schulter herabhing.

»Entschuldige«, sagte er und klappte den Deckel zu. »War ich zu laut?«

»Nein, ich wollte dich bloß sehen.«

Unglaublich, unmöglich – das backfischhafte Geflüster und Gekicher dort oben ging weiter.

»Cynthia«, sagte Sarah und schloß die Tür. »Sie tut so, als wär ich noch da.«

Sie ließ sich auf dem Kaminvorleger nieder und begann, die restlichen Holzscheite in das Feuer zu legen. Vorsichtig, um die Flammen nicht zu ersticken, gab sie dann glänzende Kohlestückchen in die glutroten Höhlen, die das ersterbende Feuer hinterlassen hatte. Es zischte, denn die Kohle war noch feucht nach dem letzten Regen, und für einen Moment verdunkelte sich der Schein auf ihrem Gesicht und den Haaren, bevor er wieder aufleuchtete.

»Sieht aus, als würden wir nie zueinander kommen«, sagte sie.

»Du meinst, wir werden mit Absicht daran gehindert.«

Diese erstaunlichen Haare, dachte er. Selbst jetzt, da sie für die Nacht zurückgebürstet und gebändigt waren, konnte er die fünf, sechs verschiedenen Farbtöne sehen, Kupfer, Braunrot, Bronze, ja sogar eine Strähne von reinem Gold, die so aussah, als gehörte sie einer anderen.

Sie wandte sich zu ihm. »Es ist ihr Haus, Billy.«

»Habe ich etwas gesagt?«

Der Feuerschein, der golden auf ihrem Gesicht lag, verdeckte das Munitionsarbeiterinnengelb ihres Teints.

»Wir könnten uns eine Sondergenehmigung besorgen und heiraten«, sagte er. »Jedenfalls nehme ich an, daß es geht, ich weiß nur nicht, wie lange es dauert.«

»Nein, das geht nicht.«

Stimmt, dachte er, denn nach dem Krieg wird alles anders sein. Ich könnte vorankommen in der Welt, würde nicht unbedingt eine Frau aus der Beale Street am Hals haben wollen. Ich muß mich vor mir selbst schützen. Sarah hatte ein ausgeprägtes Ehrgefühl. Für eine Frau etwa so nützlich wie ein Suspensorium, aber so war es nun mal, Sarah mußte damit fertig werden. »Ich liebe dich, Sarah Lumb.«

»Ich liebe dich, Billy Prior.«

Sie lehnte sich zurück, er knöpfte ihr Nachthemd auf, streifte es über die Schultern, so daß eine ihrer schweren Brüste von der Seite in golden flackerndes Licht getaucht wurde. Er glitt neben sie auf den Boden und nahm sie in die Arme, spürte ihre Nervosität. »Schon gut, schon gut.«

In diesem Moment wollte er einfach nur sein Gesicht zwischen ihren Brüsten verbergen und das gnadenlose Ticken der Uhr nicht mehr hören müssen. Aber eine Stimme rief von oben: »Sarah? Cynthia? Es wird Zeit, daß ihr schlaft!«

»Ich muß gehen.«

»Na gut.«

Doch seine Hände weigerten sich, sie freizugeben, so daß sie sich von ihm losreißen mußte.

»Paß auf, morgen abend geht sie zu ihrer Séance. Ich werde sagen, daß ich Kopfschmerzen habe, vielleicht kann ich zu Hause bleiben.«

Am nächsten Morgen, als alle zur Arbeit gegangen waren, stieg er, erschöpft von einer abermals schlaflos verbrachten Nacht, durch die ihn die Glockenschläge der Uhr begleitet hatten, hinauf in Sarahs Zimmer. Er mußte sich in das Bett legen, in dem Sarah geschlafen hatte, unter die Laken schlüpfen, die schmutzig waren, denn sogar in diesem gnadenlos sauberen Haushalt färbte die Haut der Mädchen die Bettwäsche gelb, und man konnte die Tücher noch so oft waschen, diese Farbe bekam man nicht mehr heraus. Ihn störte es nicht. Zufrieden würde er in der Kuhle liegen, die ihr Körper hinterlassen hatte, und den schwachen Duft von Lavendel und Seife riechen.

Auf dem Nachttisch stand ein Photo von ihm, das ihn als frischgebackenen Offizier zeigte. Unreifes Milchgesicht. War er wirklich so jung gewesen? Nackt im Bett liegend, blinzelte er zu den halb zugezogenen Gardinen hinüber und überlegte, ob sich die Mühe lohnte, extra aufzustehen und sie richtig zuzuziehen. Nein, dachte er, er würde sich einfach zur Wand umdrehen.

Er drehte sich um und schloß für eine Sekunde die Augen. Sein Gehirn hatte nicht sofort registriert, was er in diesem kurzen Moment gesehen hatte. Dann richtete er sich wieder auf. Auf der Frisierkommode stand das Photo eines jungen Mannes in Uniform, der Uniform eines einfachen Soldaten. Es war nicht Cynthias Mann – dessen Gesicht kannte er von Hochzeitsbildern. Er stand auf, um sich das Photo genauer anzusehen. Johnny, natürlich. Wer sonst. Sarahs erster Verlobter.

Das übliche, töricht lächelnde Gesicht war in der Sonne nur schwach zu erkennen. Dahinter ein paar Quadratmeter unzerstörtes Frankreich. Warum sollte er es ihm mißgönnen? *Weil ich geglaubt hatte, ich würde seinen Platz einnehmen.* Er hatte nicht einmal darüber nachgedacht, war einfach davon ausgegangen. Sie hatte nur ein einzigesmal über Johnny geredet, und da war sie betrunken gewesen von dem Portwein, den er ihr aufgedrängt hatte, weil er ihr an die Wäsche wollte. Loos. Richtig. Das Gas, das der Wind über die britischen Linien zurückgetrieben hatte. Wieder starrte er auf das unbekannte Gesicht. Die überbelichteten Partien schienen fast ein ungewolltes Symbol jener Vergessenheit zu symbolisieren, in der wir alle versinken. Gestern abend hatte er überlegt, wie Sarahs Haut wohl ausgesehen haben mochte, als sie noch nicht mit den Chemikalien in Berührung gekommen war. Dieser Mann hatte es gewußt. Er hatte *diese* Sarah gekannt – er griff zu einem Schnappschuß –, dieses glückliche, etwas mollige, ausgelassene Mädchen, das auf der Schiffschaukel stand und den Rock festhielt. Bemerkenswert an Sarah fand er jetzt die hohe, runde Stirn, die hervorstehenden Wangenknochen, den hellen, kühlen, amüsierten Blick. Immer dieses Gefühl, daß sie etwas zurückhielt. Die ganze Zeit hatte er ein von Trauer gezeichnetes Gesicht gesehen, doch das wurde ihm erst jetzt klar.

»Ein kleiner Spaziergang in der frischen Luft«, sagte Ada und spießte eine Hutnadel durch schwarzen Filz. »Genau das richtige bei Kopfschmerzen.«

»Was heißt hier frische Luft, Mam. In dem Raum ist es immer furchtbar stickig.«

Ada beugte sich herunter, warf ihrer Tochter einen scharfen Blick zu. »Sarah, du gehst und holst deinen Mantel!«

Sarah sah Billy an und zuckte leicht mit den Schultern.

»Ich komme mit«, rief er und stand auf.

»Bist du sicher?« fragte Ada. »Solche Séancen sind nicht jedermanns Sache.«

»Wollte ich immer schon mal erleben.«

Gemeinsam gingen sie die Straße hinunter, allen voran Ada mit ihrem wehenden schwarzen Rock, denn in puncto Rocklänge machte sie keine Zugeständnisse an den Geschmack der Zeit. Wie auf unsichtbaren Rollen schien sie dahinzugleiten.

»Hoffentlich weiß sie, daß Kontaktaufnahme mit Toten Ketzerei ist«, sagte Billy. »Der Pfarrer sieht das bestimmt nicht gern.«

»Ach, sie glaubt nicht daran. Sie geht nur hin, um sich einen schönen Abend zu machen.«

Die Versammlung fand über einem Laden statt, in dem chirurgische Instrumente verkauft wurden, worauf der Besitzer aus naheliegenden Gründen nur sehr diskret hinweisen konnte. Im Schaufenster, dessen roter und grüner Krepppapierschmuck noch von Weihnachten übriggeblieben war, stand lediglich das Bild eines weißhaarigen Mannes, der seine Enkelin hoch in die Luft hielt.

Über eine schmale Treppe gelangten sie in ein kleines Zimmer. Ein Klavier, ein Tisch mit Blumenvase, fünf oder sechs Stuhlreihen, Vorhänge, deren Schatten wie Tätowierungen auf Haut fielen. Da sie keine vier Plätze nebeneinander fanden, setzte sich Prior auf einen Stuhl hinter Sarah.

»Wie geht's deinem Kopf?« fragte Ada.

»Etwas besser, Mam.«

Und wie geht's deinen Eiern, Billy? Beschissen, Ma.

Ein Mann stand auf, trat ans Rednerpult und sah sich aufmerksam im Raum um. Zählte er die Pennys, die für Tee und Kekse gespendet würden? Versuchte er, die allgemeine Glaubensbereitschaft einzuschätzen? Oder war er womöglich kein Betrüger, sondern bloß ein Spinner? Nein, kein Spinner. Ein kleines, selbstzufriedenes Männchen mit braunen Zähnen.

Prior folgte seinem Blick, während die Jalousien schon heruntergelassen wurden, so daß kein Sonnenlicht mehr hereinfiel. Frauen, meist schwarzgekleidet, ein paar Männer, allesamt älteren Jahrgangs, bis auf einen, dessen Gesicht und Hände unkontrollierbar zuckten. Zu viele Witwen. Zu viele Mütter, die Kontakt zu ihren verlorenen Söhnen suchten – und hier in dieser Gegend hatten sich die Jungs geschlossen gemeldet. Ganze Straßenzüge an einem Tag. Und dieser Mann, der sich über das schüttere Haar strich, die Nummer des Chorals bekanntgab, hatte sie alle gekannt, Muttermale, Spitznamen, kleine Eigenarten – er wußte genau, was jede Frau in diesem Raum hören wollte. Betrug, dachte Prior, und dadurch, daß er sich selbst etwas vormachte, wurde die Sache auch nicht besser.

Engel des Herrn, Engel des Lichts,
Singet den nächtlichen Pilgern ein Lied.

Alle setzten sich hin, mit den üblichen Hustern, unter Stühlescharren und Magenknurren, während er vor ihnen stand, um Ruhe bat, um äußerste Ruhe.

Schließlich war er soweit. Die Verstorbenen seien mitten unter ihnen, sagte er, sie seien im Raum anwesend. Die ersten Botschaften kamen. Erst eine Beschreibung, dann ein rascher Blick zu jener Frau, deren Mann oder Sohn er beschrieben hatte, dann die Botschaft. Stets tröstlich. Man schien sich mordsmäßig zu amüsieren, dort drüben im Jenseits, fern von diesem Jammertal, man sang Choräle, pries das Lamm, spielte in der spiegelglatten See mit goldenen Kronen. Ja, ja, wollte Prior fragen, aber wie steht es mit dem Vögeln?

Plötzlich, ohne Vorankündigung, stand der zuckende Mann auf und begann zu reden. Keine Wörter. Eine Aneinanderreihung von gurgelnden Lauten, die an das Überlaufventil einer Wasserleitung erinnerten, trotzdem mit Modulationen, mit Pausen, Betonungen, mit allem, was Sprache ausmacht, nur eben ohne jeden Sinn. Die Leute drehten sich um, sahen ihm zu, wie er mit zurückgeworfenem Kopf und glasigen Blicks dastand und die Laute aus ihm hervorsprudelten. Der Mann am Rednerpult zwang sich zu einem matten Lächeln. Zwei Hysteriker, die einander die Schau stahlen. Mit euch beiden könnte ich es aufnehmen, dachte Prior.

Er tippte Sarah auf die Schulter. »Ich halte es nicht mehr aus. Ich warte draußen.«

Er lief die Treppe hinunter, quer über die Straße, hinein in die gegenüberliegende Gasse und blieb zwischen zwei stinkenden Abflußlöchern stehen. Er zündete sich eine Zigarette an und dachte *Glossolalie.* »Eine geistliche Gabe ohne eigentliche Bedeutung, sofern derjenige, der sie besitzt, das Empfangene nicht in einer Weise deuten kann, die der Erbauung der Gemeinde dient.« Pastor Mackenzie während des Konfirmandenunterrichts, als er ... wie alt gewesen war?

Elf? Zwölf? Was für ein Lehrer dieser Mann gewesen war – mit oder ohne Soutane.

Während er von seiner Position aus die Gegend wie ein Fremder beobachtete, sah er Sarah herauskommen und die menschenleere Straße auf und ab blicken.

»Sarah!«

Sie kam herübergelaufen, das Gesicht bleich unter dem Munitionsfabrikgelb. »Was war denn los?«

»Nichts. Ich hab's nur nicht mehr ausgehalten.« Eine Pause. »Wir müssen sterben, aber wir brauchen nicht so ein Theater darum zu machen.«

Sie standen da, sahen die Straße auf und ab, hier und dort eine Pfütze vom letzten Regen. Launenhafte Sonnenstrahlen.

»Ich geh nicht wieder zurück.«

»Gut.«

Sie wartete, noch immer besorgt.

»Wir könnten nach Hause gehen«, sagte sie.

»Hast du einen Schlüssel?«

»Ja.«

Sie sahen sich an.

»Komm!« sagte er und griff nach ihrem Arm.

Sie liefen die glänzende Straße entlang, stürmten durch Pfützen, daß das Wasser aufspritzte, während Sarahs Haar sich in einer Kaskade von Nadeln auflöste, bogen in eine Gasse ein, in der weiße, wehende Laken und Hemdsärmel ihnen entgegenflatterten, nasse Baumwolle ihnen ins Gesicht und auf den Nacken klatschte. Mit rotem Gesicht erreichten sie die Tür, Sarahs Haar hing aufgelöst über die Schulter.

Sie stieß den Schlüssel ins Schloß, während Prior dastand und zurückblickte auf den Weg, den sie gekommen waren, halb in der Erwartung, Ada zu sehen, die ihnen auf Rollen hinterhergeeilt käme. Sie stürzten in die Diele, er lief zur Treppe. »*Nein*«, rief sie. *Nein*, dachte er. Dann also im vorderen Zimmer. Er wollte schon die Gardinen vorziehen. »Nein, laß das, sie werden denken, es ist jemand gestorben. Hinter dem Sofa.« Schon kniete er vor ihr, schob die Hände unter ihren Rock, tastete nach ihrem Schlüpfer, riß ihn herunter, warf ihn weg, ihm war ganz egal, wo er landete. Im letzten Moment dachte er, so geht es nicht. Sie würden die Haustür offenstehen lassen müssen – sie würden unmöglich erklären können, warum sie geschlossen war –, aber die Vorstellung, daß Ada Lumb einem auf den nackten Arsch starrte, schaffte den stärksten Mann.

»Sieh dich vor«, sagte Sarah, als er in sie eindrang.

Doch er ist immer vorsichtig, immer vorbereitet – allerdings nicht auf die Woge der Lust, die ihn jetzt überkommt. Er ist wie ein Wassertier, ein Otter, der in seine Höhle zurückkehrt, seine Partnerin mit einem Nasereiben begrüßt, sich zusammenrollt, sicher, warm, dunkel, feucht. Sein Bewußtsein schrumpft soweit zusammen, daß er nur noch auf Schritte achtet, aber sein Schwanz schwillt an, wird riesig und blind, füllt die Welt. Seine Stöße werden tiefer und schneller, doch dann zwingt er sich, ihn zurückzuziehen, leichter zu werden, wie ein flatternder Schmetterling, er weiß, daß es ihr so gefällt. Ihre Hände kommen hoch und packen seine Arschbacken – immer ein sehr gefährlicher Moment –, und eine Weile muß er aufhören, stillhalten, mit geöffnetem Mund. Dann fängt er vorsichtig wieder an. Ihre Halsmuskeln treten hervor, ihr Bauch wird straff, die Finger auf seinem Arsch werden zu Klauen. Sie stöhnt, und er spürt das Zittern ihrer Bauchmuskeln. Wieder Stöhnen, ein Schrei, und jetzt kann er nicht mehr aufhören, jeder Stoß so notwendig wie der nächste Atemzug für einen Ertrinkenden. Sie hebt die Schenkel hoch, so daß er noch tiefer kommen kann, und er versucht, die Verzweiflung ihrer Keucher zu überhören, die Enttäuschung in ihrem letzten Schrei, während er sich in sie ergießt.

»Ja?« keucht er, sobald er sprechen kann.

»Nein.«

O Gott. Er macht weiter, stößt wild weiter, ohne Reibung, sein Riemen glüht, er spürt, daß sie kurz davor steht, und dann, endlich, ist es soweit, sie schwingt sich hinüber, umklammert zuckend seinen schrumpfenden Schwanz, bis er vor Schmerz aufschreit. Ah, aber sie ist gekommen, sie lacht, tief in seiner Brust hört er ihr Lachen.

Aber seine Lende ist naß, zu naß. Er löste sich von ihr und sah hinunter. Sperma, fest wie geschlagenes Eiweiß, klebte in ihren Haaren, wie Schaum auf einer Pferdetrense, wie Gischt auf einer brechenden Woge, doch für ihn bedeutete das nur: Der Pariser – ein unpassendes Wort unter diesen Umständen – war noch drin. Er fischte ihn heraus, sie starrten ihn an.

Sarah fühlte nach. »Ich glaube, es ist okay«, sagte sie. »Es ist alles draußen.«

Keine geölten Rollen, sondern feste Schritte näherten sich dem Haus. Er warf den Gummi in den Kamin, eine Million Billys und Sarahs, die in einer zuckenden Flamme verendeten. Wenig tröstlich, wenn noch einmal eine Million in ihr drin waren. Sie zog ihre Röcke hinunter und setzte sich, schwitzend und keuchend, auf den Stuhl ihrer Mutter. Er wollte sich ebenfalls setzen, als er ihren Schlüpfer bemerkte, der mitten auf der Bibel gelandet war, wie ein Anstandsschleier über Hiob und seinen Geschwüren lag. Er griff danach und stopfte ihn sich ins Hemd, weshalb ihm keine Zeit mehr für den Hosenstall blieb. Er griff nach der Bibel, setzte sich und hielt sich die Bibel auf den Schoß.

»Na«, sagte Ada, »was war denn mit euch los?«

Sarah sagte: »Billy mußte an einen Freund denken, Mam.«

Prior saß da, den Kopf in eine Hand gestützt, eine passable Imitation von David, der Jonathan betrauert.

Ada schnaufte. »Ich sehe, du hast vergessen, Wasser aufzusetzen, Sarah. Es stimmt schon, dieser Ausspruch: Wenn du etwas haben willst im Leben, dann mußt dich selbst darum kümmern.«

Sie verschwand in der Küche. Cynthia setzte sich auf den Rand des Sofas und blickte sie furchtsam an. Billy zog Sarahs Schlüpfer aus dem Hemd und warf ihn ihr zu. Cynthia quiekste und preßte die Schenkel aneinander wie ein kleines Mädchen, das Angst hat, sich in die Hose zu machen. Sarah stand auf und zog seelenruhig den Schlüpfer an, während Prior unter der Bibel an den Hosenknöpfen herumfummelte.

Ada kam wieder zurück. »Ihr habt eine ausgezeichnete Veranstaltung verpaßt«, sagte sie. »Mrs. Roper mußte hinausgetragen werden. Na ja, ihr hattet bestimmt Besseres zu tun.« Sie nickte in Richtung Bibel.

»Ich habe gerade versucht, Sarah die Stelle mit dem Schlachtroß zu zeigen. Aber es geht auch so. Ich kann es auswendig.« Er sah Ada direkt in die Augen. »*Es stampft auf den Boden und freut sich, mit Kraft zieht es aus, den Geharnischten entgegen. Es spottet der Furcht und erschrickt nicht und flieht nicht vor dem Schwert. Sooft die Trompete erklingt, wiehert es ›Hui!‹ und wittert den Kampf von ferne, das Rufen der Fürsten und Kriegsgeschrei.*«

Er stand auf, legte die Bibel wieder an ihren alten Platz und registrierte dabei, daß ihn drei Gesichter anstarrten. Ein merkwürdiger Moment. »Und jetzt, wenn ihr nichts dagegen habt«, sagte er, »möchte ich mich ein bißchen hinlegen.«

Sarah durfte ihn zum Zug bringen. Seelisch und körperlich erschöpft standen sie auf dem leeren Bahnsteig und fühlten sich verpflichtet, diese letzten gemeinsamen Augenblicke zu genießen, doch insgeheim und schuldbewußt wünschten sich beide, daß es schon vorbei wäre.

Er nahm ihre Hand und küßte den Ring. »Sei unbesorgt, Sarah.«

»Das bin ich.« Sie lächelte. »Heute in einem Jahr.«

Er hatte gar nicht mehr ans Heiraten gedacht, nachdem sie erklärt hatte, daß sie keine Kriegshochzeit wolle. Nächstes Jahr, das war ein ganzes Leben weit weg. Oder noch weiter. Er beobachtete eine Taube, die an der Bahnsteigkante entlangtrippelte. »Komm«, sagte er, »laß uns ein bißchen auf und ab gehen.«

Sie blieben unter dem schützenden Dach stehen, denn es nieselte leicht. Weißes, nördliches Licht fiel durch das rußige Glas. Sarahs Gesicht war vor Kälte ganz schmal.

»Schreib, sobald du angekommen bist«, sagte sie.

»Ich schreibe dir von London aus. Wenn du willst, schreib ich im Zug.«

Sie lächelte und schüttelte den Kopf. »Jedenfalls bin ich froh, daß du es deiner Mutter erzählt hast.«

»Sie war entzückt.«

Sie war entsetzt.

Eine Fabrikarbeiterin heiraten, meinetwegen, solange du glücklich bist, aber hättest du dir nicht was Besseres suchen können?

Sein Vater wollte es nicht glauben.

Heiraten? Du?

Prior hatte sich die Bemerkung *Dad, auch Oscar Wilde war verheiratet* nicht verkneifen können.

Aber immerhin war sein Vater mit zum Bahnhof gekommen – das erstemal in vier Jahren –, und dazu hatte er aufstehen müssen, denn er hatte Nachtschicht, *und* er hatte sich den Sonntagsanzug angezogen, *und* er hatte sich rasiert, *und* er war nüchtern gewesen. Mein Gott, hatte Prior gedacht, jetzt fehlt nur noch der Kranz.

Erschrocken spürte er einen kleinen Kloß im Hals. Eine Ahnung? *Nein*, ganz so schlimm war es nicht. Eher so ein Gefühl, als fordere er das Schicksal heraus. Dies war das viertemal, und vier war einmal zuviel.

»Sie werden dich bestimmt einladen.«

Sarah lächelte. »Ich glaube, ich warte lieber, bis du zurück bist.«

Er schaute verstohlen auf seine Uhr. Wo blieb nur dieser blöde Zug? Und dann sah er ihn von weitem, wie er, Dampfwolken ausstoßend, zaghaft angezockelt kam. Noch konnte er ihn nicht hören, aber wenn er näher an die Bahnsteigkante trat, fühlte oder ahnte er ein Vibrieren der Gleise. Er drehte sich um, stellte sich so vor Sarah, daß sie den Zug nicht sehen konnte.

Sie blickte hinauf zu den Dachträgern. »Hast du sie gesehen?«

Er folgte ihrem Blick und sah, daß auf jedem Träger Tauben hockten. »Die Wärme vermutlich«, sagte er unbestimmt.

Das Donnern des herannahenden Zuges erschreckte die Tauben. Sie stiegen alle auf einmal hoch, verließen unter viel Geflatter und Flügelschlagen das Glasdach, tauchten in einer Kurve ab und stiegen wieder auf, eine schwarze Woge am rauchverhangenen Himmel. Prior und Sarah sahen offenen Mundes zu, trunken vom Anblick dieser großen Freiheit, ihre Hände lösten sich voneinander, und als der Zug einfuhr, waren sie endlich imstande, an nichts zu denken.

6

Nach dem Tee ging er mit dem Photoalbum hinauf in Kath' Zimmer. Bei seinen Besuchen brachte er gewöhnlich Aufnahmen von Familienangehörigen und Freunden mit, denn er wußte, daß sie großen Gefallen daran fand. Sie saß aufrecht im Bett, das blaßbraune Haar mit einem blauen Band zurückgebunden und ein rosafarbenes Bettjäckchen um die Schultern. Blau und rosa: Kinderzimmerfarben. Er nahm ihr das Tablett weg und reichte ihr das Album und die Photographien.

Sie griff zu einer Gruppenaufnahme von Mitarbeitern des Empire Hospitals. »Du machst das übliche Ich-will-nicht-photographiert-werden-Gesicht«, sagte sie und hielt das Photo ins Licht.

»Genauso hab ich mich auch gefühlt.«

Sie war schon dabei, Klebstoff auf die Rückseite aufzutragen. »Stimmt es, daß die Eingeborenen glauben, daß die Kamera ihnen die Seele raubt?«

»Manche ja. Die Vernünftigen.«

Sorgfältig fuhr sie mit ihrem Taschentuch über den Rand des Photos, um den hervorgetretenen Leim abzutupfen. »Das von Dr. Head ist gut.«

»Tja, Henry macht sich keine Sorgen, er hat eben keine Seele.«

»Will!«

Er sah auf das Tablett. »Du hast nicht viel gegessen.«

»Ich bin froh, daß Ethel mal Pause macht. Es ist ein furchtbares Jahr.«

Bei der schweren Bombardierung von Ramsgate waren viele Zivilisten, Frauen und Kinder hauptsächlich, ums Leben gekommen. Daraufhin hatte sich Kath' Gesundheit, mit der es schon lange nicht zum besten stand, erheblich verschlechtert. Ethel, die sich erst um ihren alten Vater und anschließend um die bettlägerige jüngere Schwester gekümmert hatte, wirkte selbst zunehmend erschöpft, woraufhin die Brüder erklärt hatten, daß etwas geschehen müsse. Urlaub kam nicht in Frage, Ethel war selber dagegen, sie konnte und wollte nicht verreisen, hatte aber eingewilligt, ein verlängertes Wochenende bei Freunden zu verbringen.

»Ich glaube, das Taxi ist gekommen«, sagte Rivers. »Ich werde mal den Koffer runtertragen.«

In der Diele stieß er auf Ethel, die sich gerade ihren Hut aufsetzte.

»Du hast die Telephonnummer?« fragte sie. Sie konnte nicht loslassen.

»Ja.«

»Ganz bestimmt?«

»Ja.« Sanft schob er sie zur Tür.

»Bitte, Will, hör zu. Wenn es Schwierigkeiten gibt, mußt du den Arzt rufen.«

»Ethel, ich bin selber Arzt.«

»Nein, ich meine, einen *richtigen* Arzt.«

Er lächelte noch immer, als er wieder nach oben ging.

»Ist sie abgefahren?«

»Ja, ich mußte sie zur Tür hinausschieben, aber sie ist weg. Hast du die Photos alle eingeklebt?«

Er nahm ihr das Album ab, blätterte darin herum und hielt bei einer Photographie von sich und den anderen Mitgliedern der Expedition nach der Torres-Straße inne. Barfüßig, bärtig, braungebrannt, mit entblößten Armen und ihren armseligen Schlapphüten sahen sie aus wie die Darsteller in einer Low-Budget-Verfilmung der *Piraten von Penzance*. Die Blüte der britischen Anthropologie, dachte er, du meine Güte! Er blätterte ein paar Seiten weiter, kam zu einem Bild aus seiner Heidelberger Zeit. Was hatte er nur an diesen Koteletten gefunden.

»Ich wußte, du würdest dort hängenbleiben«, sagte Katharine. »Es ist das Photo mit ihr, nicht wahr, der Dicken.«

»Alma? Unsinn.« Seine Schwestern hatten ihn seinerzeit gnadenlos aufgezogen, weil er auf einem Photo zufällig neben Alma gestanden hatte. »Und überhaupt, sie war nicht dick, sondern ... kräftig.«

»Sie war dick. Wir dachten wirklich, du wirst sie heiraten. Sie war ja die einzige Frau, mit der wir dich erlebt haben.«

»Auch das stimmt nicht. Erinnerst du dich nicht mehr an all die jungen Damen, die von Mutter zum Tee eingeladen wurden?«

»Ich erinnere mich, daß du dich in dein Zimmer verzogen hast, um sie los zu sein. Genau wie Mr. Dodgson. Der hat das auch immer so gemacht.«

Zuweilen konnte Kath kindliche Unschuld mit der Schärfe kindlicher Wahrnehmung verbinden.

»*Wie Dodgson*? Ich bitte dich!«

»Du konntest ihn nicht leiden, stimmt's?«

Er zögerte. »Nein.«

»Ihr wart eifersüchtig, du und Charles.«

»Ja, wahrscheinlich. Ach, hier ist das Mädchen, das ich gesucht habe«, sagte er und hielt das Photo eines kleinen Mädchens in weißem Kleid hoch. Trotz des verblichenen Sepiatons konnte man erkennen, was für ein bildhübsches Kind sie gewesen war.

Das Licht der Stehlampe fiel seitlich auf Dodgsons Gesicht, als er das Buch aufschlug.

»Ich f-finde, wir warten auf K-k-k-kath«, sagte er. Der Name wollte sich nicht von seiner Zunge lösen.

Will, der neben Charles auf dem Sofa saß, dachte, das K ist Dodgsons schlimmster Konsonant. Bei ihm selbst waren es das F und das M.

»Nein, ich denke, wir sollten anfangen«, sagte sein Vater.

»Es ist nicht fair, alle Leute warten zu lassen, bloß weil Kath sich verspätet hat.«

»Sie wird bald dasein«, sagte Mutter. »Ihr Magen ist eine gute Uhr.«

»Haben Sie k-k-k-keine Angst, d-d-d ...«

»Nicht besonders. Sie weiß, daß sie das Grundstück nicht verlassen darf.«

Will fing einen raschen Blick zwischen seinen Eltern auf. Mutter hätte Mr. Dodgson nicht in dieser Weise über den Mund fahren dürfen. Man sollte die Leute aussprechen lassen, ganz egal, wie lange sie brauchten.

Mr. Dodgson stotterte nicht so sehr, wenn er vorlas. Aber weshalb war das so? Weil er die Wörter so gut kannte, daß er nicht über sie nachdenken mußte? Oder weil er, obschon mit lauter Stimme, in Wahrheit nur für Ethel las, die sich in seinen Arm schmiegte, um die Illustrationen betrachten zu können? Wenn er mit den Mädchen redete, stotterte er kaum. Oder lag es daran, daß es seine eigenen Worte waren, die er unbedingt herausbringen wollte, ganz egal wie? Bestimmt lag es nicht daran, daß er an die Bewegungen seiner Zunge dachte, wie einem das von Vater empfohlen wurde.

»Das Kaninchenloch«, las, besser gesagt rezitierte Mr. Dodgson, denn er schaute nicht in das Buch, sondern auf Ethels Kopf, »führte ein Stück weit wie ein Tunnel geradeaus, fiel aber auf einmal ab, so plötzlich, daß an ein Stehenbleiben nicht mehr zu denken war und Alice im nächsten Moment auch schon hinunterfiel in einen abgrundtiefen ...«

Kath kam hereingestürzt, erhitzt, zerzaust, ihren Hut an seinem langen blauen Band hinter sich herziehend, Himbeerspuren um den Mund, die dreckigen Hände mit Kukkucksspeichel überzogen. Sie ging direkt zu Mr. Dodgson und überreichte ihm einen Strauß Blumen, deren Stengel in der Wärme verwelkt waren und über ihre Hand herabhingen.

Er nahm den Strauß entgegen und schaute etwas dümmlich drein, weil er nicht wußte, was er damit anfangen sollte.

In diesem Moment erregte etwas seine Aufmerksamkeit. »Sieh nur«, sagte er, »d-d-du hast einen Marienk-k-käfer im Haar.«

Kath stand reglos und mit offenem Mund da, während Dodgson ihre Haarsträhnen teilte und den Käfer auf seinen Finger lockte. Er zeigte ihn ihr, stand dann behutsam auf, um ihn zum Fenster zu tragen, doch die roten Flügeldeckel teilten sich schon, das Insekt breitete die schwarzen Flügel aus und schwebte nach draußen, ein dunkler Fleck vor dem blauen Himmel.

Dodgson setzte sich wieder, zog Katharine zu sich auf den Schoß, legte den anderen Arm um Ethel und griff zu seinem Buch.

»Brunnen«, sagte er, und alle lachten.

»Weißt du noch, wie sehr er Schlangen haßte?« sagte Kath und lehnte sich zurück in das Kissen, so daß die Sonne auf ihr ergrauendes Haar fiel.

»Ja, ich entsinne mich.«

Er dachte, daß Kath' Leben in immer engeren Bahnen verlaufen war. Als Kinder hatten sie unendlich weite Wälder und Wiesen gehabt, auf denen sie gefahrlos umherstreifen konnten, doch dann hatte *sein* Leben sich erweitert: Medizinstudium, als Schiffsarzt um die Welt, Deutschland, die Torres-Straße, Indien, Australien, die Salomon-Inseln, die Neuen Hebriden. In derselben Zeit war aus dem kleinen Mädchen, das den ganzen Tag durch Wälder und Wiesen getobt war, die jüngere Miss Rivers geworden, kritisch beäugt von der Gemeinde seines Vaters, die den leisesten Verstoß gegen die guten Sitten bemerkte. Nach der Pensionierung des Vaters dann der Umzug in ein kleines Haus in Ramsgate, die nachlassende Gesundheit, erst ans Haus gebunden, dann ans Schlafzimmer, dann ans Bett gefesselt. Und doch war sie im Grunde nicht neurasthenischer als er. Aber ein lebendiger Mensch braucht etwas, wovon er zehren kann, und Kath hatte sich mangels anderer Nahrung selber verzehrt.

Langsam sagte er: »Am meisten erinnere ich mich an endlose Krocketspiele.« Mein Gott, stundenlang dauerte es, eine riesige rote Sonne stand über den Bäumen, Dodgson, der Kath mit seinem massigen Körper wie eine Klammer umringte, seine Hände schlossen sich um die ihren, das metallische Geräusch von Schlägern auf Bällen und Mutters Stimme, die über den Rasen heranwehte, wie lange man noch spielen wolle. Es sei Zeit, daß Kath hereinkomme. »Mathematisches Krocket«, sagte Rivers. »Niemand konnte gewinnen.«

»Ich habe oft gewonnen.«

»Er hat dir beim Schummeln geholfen.«

»Ja.« Ein leises Lächeln. »Ich weiß.«

Einmal, am Fluß, hatte Dodgson versucht, Kath' Röcke hochzustecken, damit sie im Wasser planschen konnte. Er hatte das schon öfters getan, trug sogar speziell für diesen Zweck Sicherheitsnadeln unter dem Revers, doch diesmal stieß sie ihn weg. Eine Intensität in seinem Blick? Etwas Besonderes in seiner Berührung? Ihre Mutter wollte sie tadeln, aber Dodgson hatte nur gemeint: »Nein, lassen Sie sie.«

»Schade, daß wir seine Briefe verloren haben«, sagte Rivers.

»Ja, und die Zeichnungen. Eine ganze Kiste mit Sachen ist verlorengegangen. In dieser Zeit ist bestimmt auch das Gemälde von Onkel Will verschwunden.«

»Daran erinnere ich mich nicht mehr.«

»Aber sicher erinnerst du dich.«

»Wo hing es denn?«

»Am oberen Ende der Treppe. Man konnte es nicht im Wohnzimmer aufhängen, es war zu schrecklich.«

»Was war darauf zu sehen?«

»Wie Onkel William das Bein amputiert wurde. Und jemand stand mit einem Kessel heißen Teer daneben, um ihm das Zeug über den Beinstumpf zu kippen.«

»Wirklich?«

»Dir hat es nicht gefallen. Wenn wir morgens hinuntergingen, fiel mir immer auf, daß du weggeschaut hast. So hast du gemacht.« Sie drehte den Kopf zur Seite.

»Du überraschst mich.«

Ein bescheiden triumphierendes Lächeln. »Mein Gedächtnis ist besser als deins.«

Doch in diesem Moment erinnerte er sich schwach, sehr schwach daran, wie der Vater ihn hochgehoben hatte, weil er ihm etwas zeigen wollte. Ein sonderbares Gefühl in seinem Nacken. »Vater hat sich sehr viel Mühe mit Charles und mir gegeben, nicht wahr?«

»Bei dir mehr als bei Charles.«

»Nun ja, ich war eben das Versuchskaninchen. Ist doch immer so beim ersten Kind.« Eine große, ihm unerklärliche Bitterkeit in seiner Stimme. Er schob es beiseite. »Ich mache uns jetzt eine heiße Schokolade, ja? Und dann solltest du versuchen, ein bißchen zu schlafen.«

»Weißt du noch, wie sehr er Schlangen haßte?«

»Ja, ich entsinne mich.«

Das ist das Problem, dachte Rivers, während er sich im Gästezimmer, dem ehemaligen Arbeitszimmer seines Vaters, das Hemd auszog, ich erinnere mich an ihre Kindheit besser als an meine eigene. Aber Außenstehende nehmen das Leben eines anderen Menschen immer sehr viel deutlicher und schärfer wahr als man selbst.

Seltsam, daß er keine Erinnerung an das Gemälde hatte, an das die zehn Jahre jüngere Kath sich so gut erinnern konnte. Gewiß hatte man es ihm gezeigt, viele viele Male. Er war nach dem William Rivers von der *Victory* getauft, der als junger Schiffsoffizier den Mann getötet hatte, der Lord Nelson erschossen hatte. Jedenfalls laut Familienlegende. Und der große Mann hatte im Sterben weder irgendwelchen weichlichen Schmus produziert, daß er Hardy küssen wolle, noch hatte er Lady Hamilton dem Gewissen einer dankbaren Nation empfohlen. *Nein.* »Kümmert euch um den jungen Will Rivers«, das waren seine letzten Worte gewesen. Und um den jungen Will Rivers hatte man sich in der Tat kümmern müssen. Er war am Kiefer und am Bein verwundet, und das Bein mußte amputiert werden. Ohne Narkose, denn außer Rum gab es keine Betäubungsmittel. Und dann kochender Teer, um den blutenden Stumpf zu verätzen. Mein Gott, es war ein Wunder, daß auch nur einer von ihnen überlebte. Und während der ganzen Tortur – wieder die Familienlegende – hatte er keinen einzigen Laut von sich gegeben. Er hatte überlebt, geheiratet, Kinder bekommen, war zum Direktor des Greenwich Hospital ernannt worden. Dort, in der Ehrenhalle, befand sich eine Porträtbüste von ihm.

Ja, jetzt erinnerte er sich, daß man sie ihm gezeigt hatte. War das bei jener Gelegenheit gewesen, als sein Vater ihn hochgehoben hatte? Nein, er mußte acht oder neun Jahre alt gewesen sein.

Und dann kam die Erinnerung wieder. Leicht wie eine Luftblase, die im Wasser aufsteigt und platzt. Er war beim Haareschneiden gewesen, er trug Hosen, ja genau, in seinem Nacken hatte er so ein komisches Gefühl, und auch an den Beinen. Und er hatte geweint. Ja, jetzt tauchte alles wieder auf. Es war seinem Vater äußerst peinlich gewesen, daß er beim Friseur Rotz und Wasser geheult hatte. Man schnitt an ihm herum, Locken fielen zu Boden. Sein Vater hatte versucht, ihn zur Vernunft zu bringen, und als das nicht funktionierte, hatte er ihm einen Klaps aufs Bein gegeben. Er hatte vor Schreck gejapst, tief eingeatmet und dann um so lauter geheult. Hatte ihm das Bild demnach als Lektion dienen sollen? Man benimmt sich nicht *so*, sondern *so*. »*Er* hat nicht geweint«, hatte sein Vater gesagt und ihn dabei in die Höhe gehalten. »*Er hat keinen Laut von sich gegeben.*«

Und seitdem stottere ich, dachte Rivers, der geneigt war, es von der komischen Seite zu nehmen. Aber was hatte das alles – Trafalgar, die Napoleonischen Kriege – für einen Vierjährigen bedeutet, für den ein Sommertag endlos war? Nichts, es konnte unmöglich etwas bedeutet haben. Oder, schlimmer noch, es hatte etwas furchtbar Einfaches bedeutet. Derselbe Name, der Klaps aufs Bein, die Aufforderung, gefälligst nicht zu weinen. Hatte er vielleicht beim Betrachten des Bildes geschlossen, daß einem genau das widerfuhr, wenn man William Rivers hieß?

Er habe vermieden, sich das Bild anzusehen, hatte Kath gesagt, ja sogar den Kopf zur Seite gedreht, so daß er es nicht einmal versehentlich im Vorbeigehen sehen konnte. Hatte er die visuelle Erinnerung verdrängt, so daß er das Bild nicht einmal mehr vor seinem geistigen Auge sehen konnte? Als er Prior einmal erklärt hatte, sein nahezu vollständiger Verlust an visuellen Erinnerungen sei auf ein Kindheitserlebnis zurückzuführen, das er erfolgreich verdrängt habe, hatte Prior brutal erwidert: »Sie wurden vergewaltigt oder geschlagen ... Was immer es war, Sie haben es lieber aus dem Gedächtnis gestrichen, als sich weiter damit zu beschäftigen. Stimmt's oder hab ich recht?« Jawohl, Rivers hatte es zugeben müssen, auch wenn er für eine weniger dramatische Interpretation plädiert hatte. Vielleicht sei es ja etwas ganz Banales gewesen, hatte er eingewandt, auch wenn es ihn als Kind erschreckt habe. Etwas so Simples wie der ängstigende Schatten eines Bademantels an der Kinderzimmertür. Kleine Kinder sind nicht wie Erwachsene, hatte er gesagt. Was sie erschreckt, mag uns unwichtig erscheinen.

War *das* die verdrängte Erinnerung? Er wußte es nicht. War es banal? Nun ja, in gewisser Weise schon, verglichen mit Priors grauenhaften Phantasien. Ein Klaps aufs Bein, eine Lektion in Männlichkeit von einem strengen, aber liebenden Vater. Mit sadistischen Schlägen oder sexueller Gewalt hatte das überhaupt nichts zu tun. Und doch war es nicht so trivial, wie es zunächst aussah. Dieses Schweigen – aus seiner jetzigen Sicht war dies das Thema des Bildes, nicht das Blut, nicht das Messer, sondern der entschlossen zusammengekniffene Mund. Jeden Tag sah er inzwischen zuckende Münder, die einmal zusammengekniffen gewesen waren. Fahren Sie fort, sagte er, weinen Sie ruhig. Obschon selten mit so vielen Worten. Trauer zu empfinden ist etwas völlig

Normales. Eines Zusammenbruchs muß man sich nicht schämen – der Druck war unerträglich. Aber auch: Hören Sie auf zu weinen! Stehen Sie auf! Gehen Sie! Er mißtraute diesem Schweigen und hielt gleichzeitig dazu an, kein Wunder, dachte er, bei diesem Vater.

Er fuhr mit dem Zug nach Greenwich, sah sich in der Ehrenhalle die Porträtbüste an, setzte seine Reise dann per Schiff fort und traf am späten Nachmittag in Westminster ein. Die U-Bahn war überfüllt, er fand kein Taxi, und als er in die Holford Road einbog, wartete Prior schon auf der Treppe. »Haben Sie geklopft?« fragte Rivers.

»Nein. Ich sah Sie kommen. Waren Sie in der Klinik?«

»Nein. Ich komme direkt aus Ramsgate.« Er steckte den Schlüssel ins Schloß. »Also, wenn wir jetzt ganz leise ...«

Prior lächelte, denn er war Rivers' Wirtin schon mehrmals begegnet.

»Die Luft ist rein«, sagte Rivers.

Nebeneinander stiegen sie die Treppe hoch. Rivers bemerkte, wie leicht Prior das Atmen fiel. Während des zurückliegenden Sommers hatte er Priors Schritte manchmal auf der Treppe gehört und die Pausen gezählt. Nie war er hinausgetreten und ihm wie den anderen Patienten entgegengekommen, denn er wußte, wie unerträglich Prior es finden würde, wenn er sein Keuchen mitbekam. Doch jetzt atmete er erstaunlich leicht, vielleicht war es ein Zeichen seiner Zufriedenheit darüber, daß er wieder an die Front zurückkehrte. Rivers schloß die Tür zu seiner Wohnung auf und ließ Prior eintreten.

Irgendwie mußte er verhindern, daß dieses Gespräch in einer Konfrontation endete, wie es bei Prior noch oft geschah. Momentan würde Prior die Attacke genießen – nichts bereitete ihm mehr Vergnügen –, aber später würde er es bereuen. »Also, nehmen Sie Platz«, sagte Rivers, während er Priors Mantel nahm und auf einen Sessel am Kamin zeigte. »Wie geht es Ihnen?«

»Ganz gut. Atmung funktioniert. Zunge funktioniert.«

»Alpträume?«

»Hmmmm ... gelegentlich. Einmal haben sich die Gesichter auf den Schießscheiben – brutale kinderfressende Hunnen, wissen Sie – in die Gesichter von Menschen verwandelt, die ich liebe. Aber erst nachdem ich schon abgedrückt hatte, ich konnte also nichts mehr tun. Leider habe ich Sie jedesmal getötet.«

»Aha, dann war es ja kein *schlimmer* Alptraum, hm?«

Sie lächelten sich an. Rivers vermutete, daß Prior überhaupt nicht klar war, was er gesagt hatte, obwohl derartige Unterstellungen bei Prior immer gefährlich waren. Vielleicht weil er in der letzten Zeit über seinen eigenen Vater nachgedacht hatte, war Rivers sich mehr als sonst des starken Vater-Sohn-Elements in seinem Verhältnis zu Prior bewußt. Er selbst hatte keinen Sohn, und Prior lehnte seinen leiblichen Vater ab. »Ach übrigens, gratuliere zu Ihrer Verlobung.«

Hm, dachte Prior. Auch Charles Mannings Glückwünsche waren kurz ausgefallen, was bei ihm jedoch entschuldbar war, denn er hatte Priors Schwanz aus dem Mund nehmen müssen, um überhaupt etwas sagen zu können. »Danke.«

»Haben Sie schon einen Termin?«

»Nächsten August. Wir haben uns im August kennengelernt, im August verlobt, also ...«

»Und wann geht's zurück nach Frankreich?«

»Heute abend. Ich freue mich schon.«

»Ja.«

Prior lächelte. »Glauben Sie, ich bin bereit dafür?«

Ein leichtes Zögern. »Mir wäre wohler, Sie würden noch drei Monate Heimatdienst tun. Dann wären Sie trotzdem« – er ignorierte Priors Aufbegehren – »Ende November in Frankreich.«

»Und wieso?«

»Sie wissen schon. Vor zwei Monaten hatten Sie Erinnerungslücken. Ziemlich heftige sogar. Na ja, ist rein hypothetisch. War nicht meine Entscheidung.«

Prior beugte sich vor. »Ich hatte Sorge, Sie würden es schreiben.«

»Ich hätte nie gedacht, irgend jemand könnte Sie zurückschicken wollen.«

»Der Sanitätsoffizier war wohl dagegen. Na, jedenfalls hatte ich diesen Eindruck. Woher soll ich das wissen? Und die Kommission, tja, sie wollten mich zurückschicken. Ich wollte es ja selbst.«

»Wonach hat man Sie gefragt? Nerven?«

»Nein, nichts dergleichen. Die glauben nicht an Granatschock. Wenn Sie wüßten, wie viele Kommissionen das ähnlich sehen, Sie würden staunen.«

Rivers schnaubte. »Ich glaube nicht, daß ich staunen würde. Jedenfalls gehen Sie wieder an die Front zurück. Sie haben es sich so gewünscht.«

»Im Moment kann ich es nicht erwarten, hier wegzukommen.«

»Konkrete Gründe?«

»Nichts Bestimmtes eigentlich. Ich bin einfach falsch gepolt.« Er zögerte. »Manning hat mich Robert Ross vorgestellt. Ich weiß nicht, ob Sie ihm mal begegnet sind? Über Sassoon?«

»Kurz.«

»Ich fand ihn nett, er war reizend – einige seiner Freunde fand ich allerdings nicht so sympathisch.«

Rivers wartete.

»Besonders einen. Offenbar war er von seinem Freund versetzt worden – er hatte ein amouröses Wochenende erwartet –, und der arme Kerl hatte in Leeds beschlossen, daß sich das Eisenbahnbillett nicht lohnte. Und dieser Mensch, Birtwhistle heißt er, sagte, ›Man kann sich natürlich nicht auf sie verlassen. Haben völlig andere Wertbegriffe als wir. Sie sind im Grunde eine andere Gattung. Die WCs.‹ Ha, ha.«

Rivers sah ihn fragend an.

»Working class. Wasserklosetts. Die Männer, die sich den Arsch aufreißen, damit er weiterhin den Feinsinnigen spielen kann. Gott, wie mich diese Typen ankotzen.«

»Ich bin sicher, Sie haben ihm Ihre Meinung gesagt.«

»Nein, das ist es ja, was mich so ärgert. Es war alles durcheinander, weil ich Gast war und höflich sein wollte. Zu Ross natürlich, nicht ihm gegenüber. Na, jedenfalls beschloß ich, diesen Trottel fertigzumachen, also sind wir anschließend nach oben gegangen.«

»Sie und Manning?«

»Nein, ich und Birtwhistle. Birtwhistle und ich.«

»Es klingt nicht gerade wie eine Bestrafung.«

»War es aber. Es gibt nichts Besseres, als jemanden sexuell zu demütigen, Rivers. Das vergißt man nie.«

Rivers blickte in diese mißtrauischen Augen und dachte, Mein Gott, mit dir möchte ich mich nicht anlegen. Obwohl er sich mit ihm viele Male als Therapeut angelegt hatte und sich der Einladung, »mit nach oben zu kommen«, mehr als einmal widersetzt hatte.

»Schade, daß Sie zum Abschied nicht einen schöneren Abend hatten.«

Prior zuckte mit den Schultern. »Es ging. Er ... er verkörpert einfach all diese Dinge in England, für die es sich *nicht* lohnt zu kämpfen. Es war ziemlich anstrengend mit ihm.« Er sah auf seine Uhr. »Ich muß los. Mein Zug fährt um Mitternacht.«

Rivers zögerte. »Bitte glauben Sie nicht, nur weil ich persönlich noch drei Monate Heimatdienst empfohlen hätte, daß ich kein Vertrauen in Ihre Fähigkeit habe ...«

»Meine Pflicht gegenüber König und Vaterland zu erfüllen?«

»Ja.«

»Rivers, Sie finden doch, daß ich überhaupt nicht zurücksollte.«

Rivers zögerte. »Die Kommission in Craiglockhart empfahl permanenten Heimatdienst, und zwar nicht wegen Ihrer

Nerven, sondern ausschließlich wegen Ihres Asthmas. Ich habe nichts gesehen, was mich veranlassen könnte, meine Meinung zu ändern.«

Prior sah ihn an, lächelte und tätschelte seine beiden Arme. »Ich muß los.«

Und während Rivers ihm den Mantel holte, sagte er langsam: »Wissen Sie noch, einmal sprachen Sie davon, daß diejenigen, die an die Front zurückgehen, die w-w-wirklichen Testfälle sind? Wenn man herausfinden will, welche Therapieform wirklich nützt?«

»Ja, ich erinnere mich.« Er lächelte wieder. »Sie wollten mich provozieren.«

»Das wollten Sie doch immer. Also, ich denke gerade, daß Sie wirklich besser imstande sind als die meisten anderen Leute, diesen Prozeß zu beobachten. Ich glaube, Sie können außerordentlich distanziert sein.«

»›Ein kaltschnäuziger Hund sein‹«, übersetzte Prior und dachte dann einen Moment nach. »Sie wollen mir einen Fußball mitgeben, damit ich ihn in die Gegend schieße, stimmt's? Erinnern Sie sich an die Geschichte? Die Suffolks fangen an, im Niemandsland Fußball zu spielen, als an der Somme die Trillerpfeife ertönt? Völlig verrückt.«

»Nein, die Schlacht war verrückt. Der Fußball war vernünftig. Wer diesen Befehl gegeben hat, war ein ausgezeichneter Psychologe.«

»Aha!«

»Aber ich weiß, was Sie sagen wollen. Es ist eine Sache daraus geworden, die man nicht mehr ernst nehmen kann. Ich bin nur nicht sicher, ob das so stimmt, wissen Sie. Man sollte vermutlich fragen, ob ein Ideal ungültig wird, bloß weil die Leute, die es hochhalten, verraten werden.«

»Wenn der Glaube daran einen zu einem naiven Idioten macht, *ja*.«

»Waren diese Leute das?«

»Wenn, dann kann ich nicht darüber reden. Ich gehe zurück.«

Rivers lächelte. »Sie wollen meinen Fußball also nicht?«

»Im Gegenteil. Ich glaube, es ist eine tolle Idee. Ich werde Ihnen den Halbzeitstand übermitteln.«

Rivers gab ihm den Mantel, nachdem er ihn zuvor ausgiebig bewundert hatte.

»Ich bin beeindruckt.«

»Sollten Sie auch, bei dem Preis.« Prior zog den Mantel an. »Wissen Sie, daß man ihn auch mit scharlachrotem Seidenfutter bekommen kann?«

»Armeemäntel?«

»Ja. Hab einen im Café Royal gesehen. An einem meiner alten Kollegen vom Geheimdienst. Ziemlich bemerkenswerter Effekt, als er die Beine übereinanderschlug, ganz *dezent*, wissen Sie, wie ein Affenpopo. Offenbar sollte er dasitzen und ›die Aufmerksamkeit pazifistischer Elemente erregen‹.«

»Hat es geklappt?«

»Durchaus. Ich weiß allerdings nicht, wie sie über den Krieg gedacht haben. Noch ein Grund, weshalb ich froh war, von hier zu verschwinden.« Er streckte ihm die Hand hin. »Sie brauchen nicht mit hinunterzukommen.«

Rivers nahm ihn beim Wort, ging aber zum Schlafzimmerfenster, zog die Gardine einen Spalt zur Seite und sah hinaus. Miss Irvings Stimme, ein fröhliches Adieu, und dann erschien Prior, verkürzt aus Rivers' Perspektive, und lief die Treppe hinunter.

Auf Vao gab es die Sitte, daß ein unehelich geborenes Kind von einem angesehenen Mann adoptiert und wie sein eigenes aufgezogen wurde. Der Junge sagte Vater zu ihm und wuchs heran, umgeben von Liebe und Fürsorge, und wenn er dann in die Pubertät kam, durfte er, wie es sich für den Sohn eines großen Mannes gehörte, das Opferschwein hereinführen, einen jener Eber, die mit ihren mächtigen Hauern den Reichtum der Insulaner zum Ausdruck brachten. Der Junge bekam neue Arm- und Halsreifen, einen neuen Penisköcher, und dann führte er, vor der versammelten Gemeinschaft – alle wußten, was anschließend passieren würde –, das Schwein zum Opferplatz, wo sein Vater mit erhobener Steinkeule wartete. Und sobald der Junge vor ihm stand, ließ er die Keule niederfahren und zertrümmerte den Schädel seines Sohnes.

In einer der Kirchen seines Vaters, St. Faith's in Maidstone, gab es links vom Altar ein Fenster, auf dem Abraham im Begriff war, seinen Sohn mit dem Messer zu schlachten, und darunter einen Widder, der sich mit den Hörnern in einem Dickicht verfangen hatte. Die beiden Darstellungen zeigten den Unterschied zwischen Barbarei und Zivilisation, denn in der zweiten Szene erhob Gott die Stimme und verbot das Opfer, und Abraham gehorchte ihm. Jahrelang hatte Rivers vor diesem Altar niedergekniet, Sonntag für Sonntag, und aus der Hand seines Vaters den Kelch empfangen.

Vielleicht, dachte Rivers, während er Prior hinterhersah, der sich jenseits der Hecke entfernte und schließlich seinen Blicken entschwand, vielleicht war die Erinnerung an diese beiden Opfer deswegen wiedergekehrt, weil er in der letzten Zeit so viel über Väter und Söhne nachgedacht hatte, aber lieber wäre ihm gewesen, diese spezielle Erinnerung hätte sich in einem anderen Moment gemeldet.

Zweiter Teil

7

29. August 1918

Dieses Heft habe ich schon vor längerem bei einem Schreibwarenhändler in der Nähe der Fleet Street gekauft. Seitdem trage ich es mit mir herum – wegen seines großen Formats bislang unbenutzt. Gekauft habe ich es wegen des marmorierten Einbands und des kräftigen, cremefarbenen Papiers, und seitdem sagt das kräftige, cremefarbene Papier zu mir: Laß mich in Ruhe, du Blödmann, als ob du auf *mir* etwas Lesenswertes schreiben könntest! Es ist ein wunderbarer Laden, ein richtig altmodisches Schreibwarengeschäft. Schreibwarengeschäfte, Buchantiquariate, Eisenwarengeschäfte. Habe im Moment ein großes Bedürfnis, mich auf kleine Vergnügen zu konzentrieren. Wenn man sein ganzes Leben in der Hand halten kann, in diesem einen Moment, dann bedeutet Zeit nichts. Eine Welt ohne Ende, Amen.

So ein Stuß. Tatsachen, Mann, hier sind nur Tatsachen gefragt.

Als ich in London ankam, gab es keine Gepäckträger, keine Taxis, und die Hotels waren voll. Charles Manning stand auf dem Bahnsteig (der Zug hatte so viel Verspätung, daß ich gar nicht mehr damit rechnete) und bot mir das Zimmer in der Half Moon Street an, das er an den Tagen benutzt, wenn er »spät aus dem Büro kommt und zu Hause nicht stören will«. Menschenskind, Charles, hätte ich beinahe gesagt. *Ich* bin's, schon vergessen? Ich war durchaus bereit, noch ein paar Hotels abzuklappern, aber er humpelte und hatte offensichtlich starke Schmerzen und war stinksauer auf mich, weil ich wieder nach Frankreich ging, wo ich doch, wie er, im RüMin einen bequemen Schreibtischjob hätte haben können. (Er selbst würde morgen wieder an die Front gehen, wenn sie ihn nähmen.)

In der Half Moon Street gingen wir sofort nach oben, und er stellte eine Flasche Whisky hin. Nicht übel (aber auch nicht das, was er trinkt), und so wartete ich darauf, daß er tun würde, was jeder andere in dieser Situation getan hätte, nämlich die Miete zu kassieren. Natürlich ist nichts passiert. Ich bin mit grundanständigen Leuten geschlagen. Ich dachte, mein Gott, wenn du nicht den Mumm hast, es dir zu holen, dann eben nicht. Ich war müde und verschwitzt und wollte ein Bad nehmen. Nachdem ich mir zehn Minuten lang die Lenden mit Seifenwasser und mein Inneres mit Whisky gespült hatte, ging es mir langsam besser. Ich beriet mich mit meinem Ebenbild vor dem Badezimmerspiegel, dampfend und rot angelaufen und verschwörerisch, ging dann zu ihm ins Zimmer und sagte: Na dann woll'n wir mal. Über die Bettkante mit dir. Er läßt sich gern dominieren, wie das oft bei Menschen der Fall ist, die andere für sich herumspringen lassen können, ohne je laut werden zu müssen.

Dann gingen wir etwas essen, kehrten wieder zurück, Charles blieb noch ein Weilchen, jedenfalls so lange, um mich Ross vorstellen zu können – bemerkenswerter Typ, sieht fast wie ein Chinese aus, und nicht bloß äußerlich, strahlt etwas aus, was an eine sehr alte Kultur erinnert. Er gab mir die Hand, und ich dachte, ich schüttele die Hand, die … Nun ja, es gibt eben diese Verbindung zu Wilde. Und ich fühlte mich wohl in dieser kleinen, umzingelten Gemeinschaft. Umzingelt, denn Ross glaubt, daß man ihn verhaften wird, er glaubt, daß diese widerliche Pemberton-Billing-Affäre ihnen freie Hand läßt. Vielleicht überschätzt er das Risiko, er sieht krank aus, er sieht aus, als würde er nachts im Bett liegen und grübeln, aber einige Leute, darunter auch Manning, halten eine Verhaftung offenbar nicht für ausgeschlossen.

Trotzdem eine behagliche Atmosphäre. Soldaten, die keine Militaristen, Pazifisten, die keine selbstgefälligen Tugendbolde sind, und sie *reden* miteinander. Wenn das kein Wunder ist.

Doch dann – Birtwhistle. Professor in Cambridge, auf den ersten Blick sehr gescheit. Seltsam, er behauptet tatsächlich, ein tieferes Verständnis von unserer Gesellschaft zu haben als der Durchschnittsengländer, das heißt, er treibt es mit Proletarierjungs. Vielleicht stimmt es sogar, allerdings würde sein heterosexueller Kollege nicht damit angeben, daß er seine sozialen Erfahrungen vertieft, wenn er nach Bethnal Green rausfährt und sich dort herumtreibt. Tja, aber hier geht es um *Beziehungen*, würde Birtwhistle sagen. Sagt er wirklich. Um Liiiebe, nicht weniger. Und doch sprach er ungeheuer verächtlich von seinem WC, seinem *working-class-lover*. Und es gelang ihm nicht, mich einzuordnen, jedenfalls nicht eindeutig genug. Soviel zu seinem tieferen Verständnis. Anschließend spielte ich ein ziemlich brutales, kompliziertes Spiel mit ihm. Was mich in der Situation selbst sehr befriedigte, aber jetzt fühle ich mich beschmutzt, und das wäre nicht der Fall, wenn ich ihm in die Eier getreten hätte (was außerdem freundlicher gewesen wäre).

Manning benahm sich sehr seltsam, nachdem wir miteinander gevögelt hatten. Eine große Distanz kam auf. Teils weil er es nicht beabsichtigt hatte – beziehungsweise glaubte, es nicht beabsichtigt zu haben – und teils weil ich zurückgehe und er nicht. Ein schmales Stück Laken zwischen uns – *Meilen, Meilen*. Ich war froh, als er ging, und bin immer noch froh, daß er jetzt nicht da ist. Sehr wenige sexuelle Vergnügungen können es mit einem schmalen Bett und kühlen, sauberen Laken aufnehmen. (Ein postkoitaler Gedanke, wenn ich je einen gehört habe.)

30. August

Habe heute meinen Mantel abgeholt. Was er gekostet hat, sage ich lieber nicht, aber er ist warm und leicht und sieht prächtig aus, und genau das brauche ich.

Den Rest des Tages mehr oder weniger herumgetrödelt. Abendessen in meinem Zimmer in der Half Moon Street. Anschließend bei Rivers. Hatte mir vorgenommen, nicht zu fragen, was er davon hält, daß ich zurückkehre – geschweige denn, ob er mich für tauglich hält –, habe dann trotzdem gefragt und mich über die Antwort geärgert, ich hätte es mir denken können.

Während unseres Gesprächs hatte ich ganz deutlich den Eindruck – vermutlich weil ich längere Zeit nicht mit ihm zu tun hatte –, daß sein Einfluß auf Menschen, seine Heilkraft, wenn man so will, unmittelbar auf eine Verletzung oder Mißbildung zurückgeht. Rivers hat viele Stärken, arbeitet aber nicht aus einer Position der Stärke heraus. Das klingt sicher überheblich, ist aber nicht so gemeint. An ihm gefällt mir besonders – im Grunde ist es das einzige, was ihn erträglich macht –, daß er nicht hinter seinem Schreibtisch sitzt und sich unausgesprochen als eine Art Maßstab für psychische Gesundheit präsentiert. Er hat mir mal gesagt, daß die Hälfte aller Arbeit von hoffnungslosen Neurotikern getan wird, und dabei hat er wohl an sich gedacht. Und an mich.

Kam eine Stunde zu früh zum Bahnhof, und dann tauchte Manning auf. War mir nicht lieb, aber es ließ sich halt nicht ändern, und natürlich führten wir eines dieser gräßlichen Bahnsteiggespräche. Dieses Geplänkel zwischen denen, die an die Front fahren, und denen, die dableiben, ist so entsetzlich, daß man die ganze Sache am besten vermeidet. Doch wir brachten es hinter uns, sahen uns durch das Fenster an und gingen dann erleichtert auseinander. Das heißt, der Zug fuhr ab.

Ankunft hier (in Folkestone) mitten in der Nacht. Erschöpft. Bahnhofshallen haben eine besondere Atmosphäre, und ich habe viele erlebt in der jüngsten Zeit. Die ganzen Adieus stauen sich unter dem Dach und entziehen der Luft den Sauerstoff. Weiß keine andere Erklärung für meine Befindlichkeit.

Samstag, 31. August

Müde aufgewacht. Trotzdem aufgestanden, um keine Zeit zu verlieren (»Zeit verlieren«, »Zeit totschlagen« – diese Ausdrücke fallen einem auf), auf dem Bett gelegen, auf dem Balkon den Sonnenaufgang beobachtet und beschlossen, das zu tun, was man sich oft vornimmt und dann doch seinläßt, um noch eine Runde zu schlafen: nämlich vor dem Frühstück schwimmen zu gehen. Also ab zum Strand. Auf den Kieselsteinen am Wasser herumgestanden, mir gesagt, nicht so zaghaft zu sein usw., und mich dann hineingestürzt. Das Wasser perlgrau, saukalt, aber nach dem ersten Schock ein wunderbares Gefühl. Ich stand eine Weile bis zu den Knien im Wasser, nicht ganz im Meer, nicht an Land, und spürte den Sog der Wellen um die Beine. Toll. Noch immer die flache Morgensonne. Würmerhäufchen am Strand sehr auffällig, kleine Dinge, die lange Schatten werfen, und ich dachte an den Strand bei Edinburgh, wo Sarah und ich uns zum erstenmal geliebt haben. Bin sofort zurück und habe ihr geschrieben. Dann ein Spaziergang durch die Stadt, habe mir paar Kleinigkeiten gegönnt, Süßigkeiten usw., und ging anderen Offizieren aus dem Weg.

Sah Hallet mit seiner Familie, alle ziemlich deprimiert, aber besonders Hallet. Der arme Kerl hatte einen Bahnsteigsabschied, der *tagelang* dauerte. Ich winkte und ging weiter.

An Bord

Unter Deck spielen sie Karten, die See ist ziemlich rauh, aber ich bin lieber hier draußen und schaue aufs Meer. Wir ziehen einen breiten hellgrünen Streifen hinter uns her, gesäumt von mächtigen Schaumkronen, und Seeschwalben schießen beziehungsweise gleiten durch die Luft – bis auf winzige Korrekturen der Flügelstellung brauchen sie gar nichts zu tun. Und sie kommen ziemlich dicht heran.

Zugesehen, wie die Klippen verschwanden. Versuchte, mir etwas einfallen zu lassen, das dem Anlaß würdig wäre, und dachte: *Je weiter man sich von England entfernt, desto näher rückt Frankreich*, und dann wurde ich diesen blödsinnigen Spruch nicht mehr los, andauernd ging er mir durch den Kopf.

Hallet kam herauf, hielt sich ein paar Meter abseits, um mich nicht bei meinem, wie er glaubte, tiefempfundenen Abschied von der Heimat zu stören. Schließlich gab ich nach, wir setzten uns hin und redeten miteinander. Voller Idealismus. »Das Walroß und der Zimmermann« wäre mir lieber gewesen.

Es ist sonnenklar, daß Hallet beschlossen hat, sich an mich zu halten. Wie einer von diesen kleinen Pilotfischen oder eine Seeschwalbe. Weil ich schon dreimal draußen gewesen bin, glaubt er, daß ich den großen Durchblick habe. Scheint ein heller Kopf zu sein. Wie lange es wohl dauert, bis er begreift, daß niemand von uns hier den großen Durchblick hat?

Sonntag, 1. September

Étaples kaum weniger brutal, als ich es in Erinnerung habe, aber noch immer werden die Jungs von den Gasoffizieren zusammengeschissen, sie brüllten sie an, wie sie es schon immer getan haben. Und man denkt, na schön, es muß brutal sein – vergiß nicht, *wofür* sie hart gemacht werden –, aber eigentlich ist das nicht das Entscheidende. Die schier unglaubliche Brutalität dieses Ortes liegt vor allem an der Anonymität. Man kennt hier niemanden. Man scheucht die Leute herum – sie kennen einen nicht, sie trauen einem nicht (warum auch?), und man investiert nicht in sie.

Das gleiche Gefühl, nur etwas milder, unter den Offizieren. Wir schlafen in Sälen, die an große Krankensäle erinnern – man opfert seine Privatsphäre, ohne sich näherzukommen.

Hallet liegt im nächsten Bett. Heute abend saß er auf seinem Bett und zeigte mir ein Photo seines Mädchens – seiner Verlobten, sollte ich sagen. Seine Eltern finden, daß er zu jung zum Heiraten ist, worauf er empört erklärt, daß er für *dies* hier alt genug ist. Natürlich glaube ich, daß er auch für dies hier nicht alt genug ist, aber ich halte den Mund. Statt dessen habe ich ihm erzählt, daß ich ebenfalls verlobt bin, und ihm ein Photo von Sarah gezeigt. Und dann saßen wir da, grinsten uns blöd an und kamen uns richtig idiotisch vor. Ich jedenfalls.

Mittwoch, 4. September

Die Zeit vergeht hier schnell. Tagsüber ist genug zu tun, und es gibt auch genügend Freizeit. Aber die Atmosphäre ist schauderhaft. Das Kasino hat einen abgetretenen Linoleumfußboden von undefinierbarer Farbe – die Farbe des Elends, wenn Elend eine Farbe hat – und einen großen runden Tisch in der Mitte, auf dem lauter zerfledderte Ausgaben von *Punch* und *John Bull* herumliegen, genau wie beim Zahnarzt im Wartezimmer. Die gleiche Angst. Die gleiche Unlust, seine Zeit mit Leuten zu verschwenden, die man wahrscheinlich nie mehr wiedersehen wird.

Ich gehe so oft wie möglich raus. Meilenweit gewandert heute, über eine hügelige, windzerzauste Dünenlandschaft, vorbei an knorrigen Kiefern, die sich landwärts neigen.

Samstag, 7. September

Zu den 2. Manchestern versetzt. Morgen brechen wir auf.

Jetzt ist Abend, und jeder schreibt. Berichtet, was es Neues gibt beziehungsweise soviel man von dem Neuen eben schreiben darf. Ich sehe mich im Schlafsaal um, es gibt kaum ein Geräusch, bis auf das Rascheln des Papiers und hier und da das Kratzen einer Feder. So geht es jeden Abend. Und nicht bloß Briefe. Tagebücher. Gedichte. Mindestens zwei Möchtegerndichter allein in dieser Baracke.

Man fragt sich natürlich, warum? Ich glaube, es ist eine Möglichkeit, Immunität zu erwerben. Icherzähler können nicht sterben, und solange wir unsere Lebensgeschichten erzählen, sind wir geschützt. Ha, ha, wahnsinnig komisch.

8

Rivers drehte sich um, betrachtete die untergehende Sonne, eine wilde, blutige Scheibe, die immer größer und röter wurde, gezackt von Kaminen und Fabrikschloten, getrübt von einem Dunstschleier aus braunen und gelben Rauchfahnen.

Er war zu einem Spaziergang in den Hampstead Heath gekommen, weil er sich nicht gut fühlte und ein wenig frische Luft schöpfen wollte, bevor er sich abends noch einmal an die Arbeit machen würde, doch es nützte nichts. Mit jedem Schritt wurde es schlimmer, die Muskeln schmerzten, der Hals tat weh, die Augen brannten, die Haut fühlte sich klamm an. Auf dem Rückweg nahm er sich vor, das Abendessen auszulassen und sofort zu Bett zu gehen. Er klopfte bei Mrs. Irving an, erklärte, daß er sich unwohl fühle und nicht zum Essen erscheinen werde, und sah dabei durch die geöffnete Tür das Porträt ihres gefallenen Sohnes, das, eingerahmt von Blumen und Kerzenleuchtern, über dem Kamin hing.

Während er langsam die Treppe hochstieg, häufig stehenblieb und sich am Geländer festhielt, dachte er darüber nach, was er gerade gesehen hatte: das Porträt, die Blumen. Ein Schrein. Im Grunde nichts anderes als die Schädelhäuser von Pa Na Gundu, die er mit Njiru besucht hatte. Der gleiche menschliche Impuls. Schwer zu sagen, was von dieser kurz aufblitzenden Beobachtung zu halten war. Aus streng wissenschaftlicher Sicht hatte sie fast keine Aussagekraft, aber schließlich machte man solche Beobachtungen nicht als abstraktes anthropologisches Wesen, sondern als Mensch, und als Mensch mußte man sie irgendwie interpretieren.

Kaum hatte er sich hingelegt, begann er zu frieren. Seine Beine waren heiß, und die Laken fühlten sich kalt an. Er schlief ein und träumte vom Krocketspielen in Knowles Bank, von seiner Mutter, die in einem langen weißen Kleid aus dem Haus gelaufen kam, um die Kinder zu rufen, der über dem Wald untergehenden Sonne, die lange, feine Schatten über den Rasen warf. Die Schatten der Tore waren besonders lang und beängstigend. Er war schon seit einigen Minuten wach, als ihm klar wurde, daß er versuchte, sich an die von Dodgson aufgestellten mathematischen Krocketregeln zu erinnern, und daß er sich richtig *bedrückt* fühlte, weil er sich nicht mehr an sie erinnerte. Dann wurde ihm klar, daß er, obschon mittlerweile hellwach, den Rasen sehen konnte, was bedeutete, daß er ziemlich hohe Temperatur hatte. Bei hohem Fieber kehrte jedesmal seine visuelle Erinnerung zurück, weshalb er insgeheim ein leicht anstößiges Gefühl von Befriedigung empfand, wenn er krank war. Er würde nicht wieder einschlafen – dafür war ihm viel zu heiß –, also lag er nur da und ließ sein neu geöffnetes inneres Auge einfach nur schweifen.

Er stand an Deck der *Kreuz des Südens*, die nach Eddystone unterwegs war, betrachtete den hellgrün schäumenden Streifen, den sie durch das dunkle Meer pflügten, und hatte keine Lust, die leichte Brise gegen die stickige Hitze unter Deck einzutauschen.

An einer Anlegestelle stieg eine Gruppe von Eingeborenen zu, die Männer in abgetragenen europäischen Anzügen, die Frauen in buntbedruckten Kleidern. Ein paar Frauen liefen barbusig herum, aber die meisten waren offensichtlich getauft. Wie ein erbärmlicher kleiner Überrest hockten sie da, Teil der Armee von entwurzelten Eingeborenen, die von Insel zu Insel zogen, von einer Missionsstation zur anderen, und nirgends hingehörten. Auf den ersten Blick schienen alle Missionsstationen von christianisierten Eingeborenen umgeben zu sein, und Uneingeweihte nahmen stets an, daß es sich um Bewohner der jeweiligen Insel handelte. Erst später erkannte man, daß diese entwurzelte Bevölkerung, die von einer Station zur anderen driftete, meist von Inseln kam, auf denen der Einfluß der europäischen Zivilisation besonders zerstörerisch gewirkt hatte.

Rivers hockte sich neben sie und stellte fest, daß sie genug Pidgin-Englisch verstanden, um eine Unterhaltung führen zu können. Er hatte einen Fragebogen entwickelt, den er verwendete, wenn es notwendig war, in gewissen Situationen möglichst schnell möglichst viele Informationen zu gewinnen. Die erste Frage lautete: Angenommen, du findest eine Goldmünze, mit wem würdest du sie teilen? Dies führte zu einer Reihe von Namen, denen er dann das jeweilige Verwandtschaftsverhältnis zuordnen ließ. Und von dort aus konnte er sich nahezu jedem Aspekt ihrer Gesellschaft zuwenden.

Als er merkte, daß sie ermüdeten, bezahlte er ihnen den Tabak und wollte sich schon erheben, doch eine der Frauen griff nach seinem Arm und zog ihn wieder herunter. Sie tippte ihm fröhlich auf die Brust und holte zwei Wörter aus ihrem kleinen englischen Vokabular: »Jetzt du!«

Die Fragen wurden in derselben Reihenfolge wiederholt. Rivers' Erklärung, daß er sich nicht unbedingt verpflichtet fühle, die Goldmünze mit jemandem zu teilen, da er nicht verheiratet sei und keine Kinder habe, stieß zunächst auf Ungläubigkeit. Lebten seine Eltern denn nicht mehr? Doch, der Vater. Geschwister? Ein Bruder, zwei Schwestern. Von derselben Mutter, demselben Vater? Ja. Er würde die Goldmünze aber nicht *automatisch* mit ihnen teilen, es könne jedoch sein, daß er sich freiwillig dafür entscheide.

Die Frau, die ihn wieder heruntergezogen hatte, sah ihn zuerst amüsiert und dann erschrocken an, als sie sicher war, daß sie ihn richtig verstanden hatte. Und so ging es immer weiter. Da die Fragen sorgfältig ausgewählt waren, vermittelten sie allmählich einen – keineswegs vagen, sondern in mancherlei Hinsicht sehr präzisen – Eindruck vom Leben eines unverheirateten Professors in Cambridge. Die Leute reagierten überwiegend mit Heiterkeit. Und wenn die Fragen auf intimeres Terrain geführt hätten? Wenn er imstande oder willens gewesen wäre, zu schildern, welche Anpassungszwänge in seiner Gesellschaft bestanden, wie das Leben innerhalb, am Rand und außerhalb der Gesetze aussah – wie hätten sie dann reagiert? Mit Gelächter. Sie hätten unaufhörlich gelacht. Und sie hätten sich nicht einmal imstande gesehen, ihn zu bemitleiden. Er schaute in den blauen, leeren Himmel und erkannte, daß ihre Sicht auf *seine* Gesellschaft nicht weniger zutreffend oder unzutreffend war als seine Sicht auf ihre Gesellschaft. Kein bärtiger älterer Weißer sah auf sie herab, indem er seine Normen akzeptierte und die der anderen verurteilte. Und mit dieser Erkenntnis brach der ganze Rahmen sozialer und sittlicher Wertvorstellungen, in dem der einzelne gefangen ist, aber auch Halt findet, in sich zusammen, und für einen Augenblick befand Rivers sich in der gleichen Lage wie diese entwurzelt dahintreibenden Leute. Im Zustand des freien Falls.

Tags darauf, nach einer schlaflos verbrachten Nacht, gingen Hocart und er zur letzten Etappe ihrer Reise an Bord eines Trampschiffs, und dort begegneten sie Brennan, dem logischen Endergebnis jenes freien Falls, gewissermaßen dem Klumpatsch auf der Straße.

Der Geruch von Maschinenöl und Kopra, von verschwitzten Leibern, die in dem kleinen überdachten Kabuff auf Deck eng nebeneinander schliefen. Über ihnen fremdartige Sternbilder, die dem nördlichen Auge keine klare Orientierung boten.

Brennan, dessen Profil unter dem grauen Lockensaum an den heruntergekommenen Günstling eines römischen Imperators erinnerte, schlief gegenüber. Er schnarchte, gurgelte, hörte auf zu atmen, gurgelte wieder, murmelte protestierend, als hätte ihn jemand geweckt, fiel wieder in den Schlaf zurück. Auf der anderen Seite des Kabuffs lag Pater Michael, der die Atmosphäre des Priesterseminars verbreitete, das er vor noch nicht allzu langer Zeit verlassen hatte – Becher mit Kakao und nächtliche Diskussionen über Keuschheit in anderer Leute Schlafzimmer. Schließlich Hocart, der sehr viel jünger als Fünfundzwanzig aussah und bei jedem Atemzug die Oberlippe spitzte.

Rivers vermutete, daß er dann doch noch eingeschlafen war, obwohl es ihm so vorkam, als seien nur wenige Augenblicke vergangen, bis alle sich streckten und aufs Deck hinausstolperten.

Die Matrosen, die aus ihrem stickigen Loch neben dem Maschinenraum auftauchten, spritzten nicht nur das Deck, sondern die Passagiere gleich mit ab. Zum Schluß bekam man einen Eimer kaltes Wasser ins Gesicht gekippt, so daß man japste und wie blind dastand. Brennan stand da, die Augen geschlossen, eine Hand zwischen seinen fetten Brüsten wie eine zottelige Aphrodite, und das Wasser tropfte ihm von der Nase, von der Vorhaut, von den Haaren auf seinem schrumpeligen Hodensack. Einen Menschen, der so viel unbändige Lebensfreude ausstrahlte, mußte man einfach mögen.

Während die Sonne höher stieg und auf das dampfende Deck knallte, begann die unermüdliche Suche nach einem schattigen Ort. Pater Michael und Hocart diskutierten heftig über das Wirken der Missionare im Archipel. Hocart war das Produkt eines viktorianischen Pfarrhauses und hatte eine rebellische Ader. Pater Michael glaubte offensichtlich, er sei unter Atheisten oder noch schlimmeres Volk geraten. Brennan hörte den Streitenden zu, kratzte sich im Nacken, holte dann mit einem satten, brodelnden Geräusch allen Speichel im Mund zusammen – seine Lebenslust war einem manchmal ein bißchen zuviel –, spuckte aus und inspizierte sorgfältig den Fleck. Und Rivers, der seine ärztliche Ausbildung verfluchte, schloß sich der Inspektion an. »Ich kannte mal einen Missionar«, sagte Brennan mit einem Ausdruck milder, träger Boshaftigkeit in den Augen. »Keine Ahnung von der Sprache – macht einfach seinen Laden auf – Jesus hilft. Und dann macht er sich langsam Sorgen, weil sie alle angetrabt kommen, aber er kann sie nicht dazu bringen, niederzuknien. Da kniet er hin. ›Wie sagt man dazu?‹ Also«, sagte Brennan, an Rivers gewandt. »*Sie* wissen es, und ich weiß es. Es gibt nur eine Sache, die sie im Knien tun. Am nächsten Sonntag, die ganze Gemeinde hat sich eingefunden, steht er also auf – und hebt die Arme.« Er blickte zu Michael und deklamierte in einem erstaunlich reinen Countertenor: »Lasset uns vögeln.«

Wieherndes Gelächter von der geöffneten Tür des Maschinenraums her, wo der Kapitän stand und sich mit einem ölverschmierten Lappen die Finger abwischte.

»Mir wäre es lieb, du würdest Pater Michael in Ruhe lassen«, sagte Rivers zu Hocart, nachdem die anderen unter Deck gegangen waren.

»Wieso? Er ist ein kleiner arroganter –«

»Er ist ein Kind.«

Doch Hocart, selbst ein Kind, sah keinen Grund, Gnade walten zu lassen.

Nach Einbruch der Dunkelheit, wenn sie alle dichtgedrängt an dem wackeligen Tisch saßen, an dem sie auch ihre Mahlzeiten einnahmen, waren sie einander ausgeliefert. Ellbogen an die Seite gepreßt, Knie zusammen, die ledernen Sitze unangenehm heiß und kribbelig. Alle kratzten sich verstohlen oder auch nicht so verstohlen das Hinterteil. Der Kapitän aß mit ihnen, trug aber wenig zur Konversation bei, denn er zog es vor, sich schweigend zu amüsieren. Sein Gewerbe hatte einen Menschen aus ihm gemacht, der sich mit sozialem Unbehagen auskannte.

Da Brennan spürte, daß Rivers ihn mochte, beschloß er, seine Lebensgeschichte zu erzählen, genehmigte sich zwischendurch immer wieder einen Schluck Whisky und stellte seine faulenden Zähne zur Schau. Er zeigte Rivers ein Photo von seinen drei braunen Babys, die nackt auf der Erde herumkrabbelten. Hinter ihnen, Gesicht, Hals und Brüste mit Tätowierungen bedeckt, stand eine junge Frau. »Sie muß aus Lepers Island sein«, sagte Rivers.

Brennan griff wieder zum Photo und starrte darauf. »Ja, stimmt. Blöde Kuh.«

Er schien noch etwas sagen zu wollen. Rivers kam ihm rasch zuvor. »Ich wußte nicht, daß Sie auf den Neuen Hebriden gewesen waren.«

»Hab dort angefangen.«

Wie so viele der älteren Kaufleute, hatte er als »Blackbirder« angefangen, das heißt, er kidnappte Eingeborene und verkaufte sie an Pflanzer nach Queensland. Er sprach auch ganz offen über seine Methoden. Freunde dich mit ihnen an, lade sie aufs Schiff ein, flöße ihnen Alkohol ein, und fertig ist die Laube. Wenn sie wieder zu sich kommen, bist du schon weit draußen auf See, da können sie nichts mehr machen. »Die Mädels hab ich mir ein bißchen vorgeknöpft. Na ja, warum auch nicht, auf den Plantagen werden sie sowieso erst mal tüchtig durchgefickt. Wissen Sie«, sagte er und lehnte sich dabei über den Tisch, als suche er jemanden, den er schockieren konnte, und fixierte Pater Michael, obschon Hocart, nach seinem Gesichtsausdruck zu schließen, vielleicht das geeignetere Objekt gewesen wäre, »wissen Sie, daß man sich in Sydney für vierzig Pfund eine Frau – wohlgemerkt eine Weiße – kaufen kann?«

»Vierzig Pfund ist ja wohl ein bißchen happig«, sagte Hocart.

»*Kaufen*, Mann! Ich rede nicht von Mieten.«

»Warum haben Sie sich keine gekauft?«

»Nee«, sagte Brennan mürrisch und schwenkte sein Whiskyglas. »Bei dem Alter, das sie auf dem Buckel haben.« Er wandte sich an Rivers. »Nach ein paar Tagen pißt man Igel rückwärts. *Er* weiß, was ich meine«, sagte er und zeigte mit dem Daumen auf Rivers.

»Wir wissen alle, was Sie meinen«, sagte Hocart.

Der Kapitän beugte sich verschmitzt lächelnd vor. »Wie wär's mit einem Spielchen?«

Und damit endete ihre Unterhaltung, nur das Quietschen der Petroleumlampe über ihren Köpfen war zu hören und das dumpfe Aufschlagen der Karten auf der Tischplatte. Rivers beobachtete amüsiert, wie Hocart allmählich klar wurde, daß Pater Michael, im Gegensatz zu Brennan, angesichts seines dahinschwindenden Vorrats an Münzen zu schummeln begann.

Pater Michael, der sich zum Waschen bislang auf einen Eimer gehockt hatte, zog sich am nächsten Morgen – ein kleiner Triumph für Melanesien – genauso aus wie die anderen, und mit seiner weißen Gartenlilie von Körper und dem unwahrscheinlichen Staubgefäß bot er neben Brennan einen geradezu schockierenden Anblick.

An diesem Morgen plätscherte die Konversation freundlich dahin, während sie sich schwitzend auf ihren schattigen Plätzen drängten, bis ein blaugrüner Fleck am Horizont sie auseinandertrieb.

Am späten Nachmittag machten sie in Eddystone an einer morschen Landungsbrücke fest und stapften an Land, um das Entladen ihrer Sachen zu überwachen. Rivers war missionierte Inseln gewohnt, wo einem Kanus entgegenkamen, braune Gesichter, weiße Augen, blitzende Münder, während andere auf dem Landungssteg warteten, um für ein wenig Tabak oder aus purer christlicher Nächstenliebe Gepäckstücke zur Missionsstation zu tragen. Ein heiteres Bild, solange man nicht die vielen Kreuze auf dem Missionsfriedhof sah, Männer und Frauen, die die Krankheiten des englischen Kindergartens aus der Blüte ihres Lebens gerissen hatten: Keuchhusten, Masern, Diphtherie, Pocken, Scharlach, die hier allesamt tödlich verliefen. Und der Missionsdampfer trug sie gnadenlos von Insel zu Insel, von Station zu Station, Jahr auf Jahr.

Doch hier – nichts. Niemand zeigte sich. Rivers und Hocart winkten, bis der Dampfer nur noch als Punkt auf dem glitzernden Wasser zu sehen war, dann schleppten sie das Zelt und genügend Proviant für die Nacht zu einer kleinen Lichtung etwa hundert Meter oberhalb des Strandes. Unter ihnen lag die Bucht von Narovo. Das Dorf, dessen Hütten sie zwischen den Bäumen gerade erkennen konnten, hieß ebenfalls Narovo.

»Sind wir nicht ein bißchen dicht dran?« fragte Hocart.

»Wir dürfen nicht zu weit weg sein. Wenn wir zu sehr auf Distanz gehen, jagen wir ihnen Angst ein. Vergiß nicht, die böse Hexe lebt im Wald.«

»Was meinst du, was werden sie tun?«

Rivers zuckte mit den Schultern. »Sie werden vorbeischauen.«

Kaum hatten sie ihr Zelt aufgebaut, setzte jäh die tropische Dämmerung ein. Nach dem Sonnenuntergang lag die Insel für einen Moment ganz still da; aus dem Urwald drang das Summen verschiedener Insekten, das Geschrei verschiedener Vögel. Rivers empfand deutlich, wie exponiert die kleine helle Fläche rings um das Zelt war. Ständig schaute er zu den Bäumen und glaubte, dunkle Gestalten entlanghuschen zu sehen, doch noch immer tauchte niemand auf.

Nach einer Mahlzeit aus Büchsenfleisch und Ananas, die einen rübenartigen Geschmack hatte, erklärte Hocart, daß er sich hinlegen wolle. Er sah sehr erschöpft aus, und Rivers befürchtete sogar, daß er etwas erhöhte Temperatur hatte. Unter seinem Moskitonetz plauderte Hocart noch eine Weile, dann knipste er seine Taschenlampe aus und drehte sich zur Seite, um zu schlafen.

Rivers setzte sich an den Tisch vor dem Zelt und versuchte, die stark rauchende Petroleumlampe zu reparieren. Eine kleine, einsame Gestalt auf der Lichtung, umschwärmt von bleichen Flügeln, denn sämtliche Motten des Urwalds wurden vom Licht angelockt. Ab und zu fand ein Tier den Weg in die Lampe, dann gab es ein kurzes Zischen, ein Aufflackern und noch mehr Rauch. Rivers schüttelte das verkohlte Tier heraus und fing von vorne an. Ein erstaunlich strapaziöses Unternehmen, das. Das helle Licht machte ihn beinahe blind. Selbst wenn er den Kopf hob, konnte er nichts mehr sehen. Er registrierte die tiefe Dunkelheit des Urwalds, der ihn umgab, aber nicht so sehr mit den Sinnen, sondern eher als seelischen Druck. Einmal hielt er inne, und ihm war, als hörte er Flötenklänge aus dem Dorf. Er roch an seinen ölverschmierten Fingern, fuhr sich mit dem Handrücken übers Kinn und lehnte sich zurück, um auszuruhen. Seine Netzhaut schmerzte wie nach einer Untersuchung mit dem Ophthalmoskop. Er setzte seine Brille ab und wischte sie an seinem Hemd sauber. Als er sie wieder aufsetzte, sah er, daß eine Gestalt aus dem Urwald getreten war und auf der Lichtung stand. Ein Mann mittleren Alters, mit weißen Kalkstreifen im Haar, um die Augen, auf den Wangen und Kieferknochen, so daß Rivers glaubte, einen Schädel zu sehen – bis er das Weiß der Augen erkannte. Er saß völlig reglos da, während der Mann näher kam. Allein, jedenfalls sah es so aus. Rivers deutete auf den zweiten Stuhl, dachte, vielleicht würde er ablehnen, doch der Besucher setzte sich, neigte den Kopf und lächelte.

Rivers zeigte auf sich und nannte seinen Namen.

Eine schmale braune Hand berührte die Muschelkette am Hals. »Njiru.«

Die beiden sahen sich an. Rivers überlegte, ob er ihm etwas zu essen anbieten sollte, aber das einzige, was noch zur Verfügung stand, waren die Ananasreste, doch er scheute sich, ins Zelt zu gehen und danach zu suchen, aus Sorge, die Begegnung dadurch vielleicht abzubrechen.

Njiru war deformiert. Ohne die Krümmung seiner Wirbelsäule wäre er ein großer, für melanesische Begriffe sogar sehr großer Mann gewesen, und er bewegte sich mit deutlich erkennbarer Autorität. Abgesehen von der Muschelkette um den Hals trug er Ohrringe, Armreifen und Armbänder, die allesamt aus Muscheln gemacht waren, und es war sofort klar, daß dieser Schmuck großen Wert besaß. Seine Ohrläppchen, die durch das ständige Tragen von schweren Muscheln in die Länge gezogen wurden, berührten beim Gehen fast seine Schultern. Die Augen waren bemerkenswert: verschattet, durchdringend, klug, scharfsinnig. Mißtrauisch.

Noch immer starrten sie einander an. Sie schienen keine

Lust zu haben, herauszufinden, wie weit ihre jeweiligen Pidgin-Kenntnisse reichten, denn vielleicht ahnten sie schon in diesem Moment, welch ein unzureichendes Instrument es wäre für das, was sie einander sagen wollten.

Plötzlich zeigte Njiru auf die Lampe. »Kaputt.«

Rivers war so überrascht, daß er laut lachte. »Nein. Nicht kaputt. Ich repariere.«

Njiru war der älteste Sohn von Rembo, demjenigen Häuptling, dem die wichtigsten Kultstätten der Insel unterstanden. Aufgrund seiner Mißbildung hatte er sich nie mit anderen jungeren Männern messen können – im Kanufahren, Fischen, Hausbauen oder Kämpfen. Zum Ausgleich hatte er seine intellektuellen Fähigkeiten entwickelt und sich besonders der Heilkunst gewidmet. Mit seinen Talenten wäre er in jeder Gesellschaft zu Ansehen gekommen. Hier beruhte seine Macht hauptsächlich auf der Anzahl der Geister, die er beherrschte. Die Leute unterschieden nicht zwischen Wissen und Macht, weder in ihrer eigenen Sprache noch in Pidgin. »Njiru kennt Meteana« hieß, daß Njiru die Macht hatte, die von Mateana verhängten Krankheiten zu kurieren. So erfuhr Rivers, kurz nach seiner Ankunft auf der Insel, daß Njiru Ave »kannte«. Ohne auch nur im entferntesten verstanden zu haben, was damit gemeint war, erwähnte er diese Information gegenüber Njiru. »Kundaite sagen, du kennen Ave.«

Verächtliches Schnauben. »Kundaite sagen Unfug.«

Njiru war mit Abstand der beste Dolmetscher und – wenn es ihm gerade in den Sinn kam – der zuverlässigste Informant, denn er konnte klar unterscheiden zwischen dem, was er wußte, und dem, was er lediglich glaubte, zwischen Fakten und Vermutungen. Aber er war nicht bereit, seine Kenntnisse grundsätzlich und in jedem Fall weiterzugeben. Wenn Wissen Macht war, dann gab Njiru sein Wissen nicht aus der Hand. In der ersten Zeit übersetzte er auch nur, was andere gesagt hatte. Er dolmetschte vor allem zwischen Rivers und Rinambesi.

Rinambesi war der älteste Mann auf der Insel, der lebhafteste und, nach Njiru, der energischste. Gegen die Lustlosigkeit und Melancholie, die offenbar viele der jüngeren Insulaner gepackt hatte, schien er immun zu sein, vielleicht weil er so sehr im Glanz der Vergangenheit lebte. Während er sich, wie viele alte Leute auf der ganzen Welt, nur sehr blaß an die Ereignisse des Vortages erinnerte, waren ihm die Triumphe seiner Jugend sehr deutlich präsent. Er war einst ein großer Kopfjäger gewesen, der sich aufgrund seiner Grausamkeit das seltene Privileg einer zweiten Frau erworben hatte. Seine Erinnerung an die Verwandtschaftsverhältnisse der Insulaner war phänomenal, und vor allem deshalb kam Rivers zu ihm. Aber immer wieder stockte der Informationsfluß, auch wenn der Grund nicht sofort klar war.

Unter jungen, unverheirateten Leuten ging es sexuell ausgesprochen freizügig zu, obgleich das vielleicht das falsche Wort war, denn der Jüngling mußte vor jedem Geschlechtsakt an die Eltern des Mädchens einen bestimmten Betrag in Form von Muscheln entrichten. In der Ehe selbst wurde absolute Treue gefordert, was sich unter anderem darin ausdrückte, daß die Namen ehemaliger Partner keinesfalls erwähnt werden durften.

Alle Frauen in Rinambesis Generation hatten namenlos zu bleiben. Beim Anblick der vielen leeren Kärtchen wandte sich Rivers an Njiru: »Dieser Mann machen fick-fick *alle* Frauen?«

Ein amüsierter Blick. »Ja.«

Rivers warf den Bleistift hin. Rinambesi unternahm, zahnlos grinsend, einen ausgesprochen mißlungenen Versuch, bescheiden zu wirken. Rivers mußte lachen, und bald fiel Njiru in das Lachen ein. Ein sonderbarer Moment von Nähe, trotz der kulturellen Kluft zwischen ihnen.

Das Baby, das Njiru in den Armen hielt, dieses schwarzäugige Häuflein Elend, dessen Köpfchen er in der einen Hand und dessen Po er in der anderen hielt, gab einen dünnen Klagelaut von sich.

Kwini hieß die Kleine, und ihre Mutter war tot. Noch schlimmer, sie war im Kindbett gestorben, weshalb sie sich in einen bösen Geist verwandelt hatte, und es war damit zu rechnen, daß sie ihr Kind holen würde. Die Leiche der Mutter hatte man ins Meer geworfen, und zwar mit einem Bündel Lumpen auf den Brüsten, um sie glauben zu machen, sie habe ihr Baby dabei, aber trotz alledem ... Kwinis schlechte Verfassung wurde damit erklärt, daß ihre Mutter sie zu sich nehmen wollte.

Es ging ihr wirklich nicht gut: Die Haut hing schlaff von den Schenkeln. Rivers blickte sich im Kreis um, sah die runzeligen Brüste der Großmutter, die flache Brust der neunjährigen Schwester, den muskulösen Brustkorb ihres Vaters. Er erkundigte sich, was sie zu essen bekam. Mit Spucke angerührter Yamsbrei, lautete die Antwort. Die winzigen Händchen streckten sich in die Luft, als suchten sie dort etwas Stärkendes.

Njiru führte die Blätter, die er hielt, mehrere Male zwischen seinen Beinen hindurch, dann richtete er sich zu voller Größe auf und befestigte die Blätter am Hüttengiebel, wo die Geistermaske im Wind hin- und herschaukelte. »Steig herab und verschwinde, du Geist, Mutter dieses Kindes. Belästige dieses Kind nicht mehr, laß es leben.«

»Wird sie überleben?« fragte Rivers.

Er hatte seine eigene Meinung, wollte aber wissen, was Njiru sagen würde. Njiru spreizte die Hände.

Auf dem Rückweg nach Narovo befragte Rivers ihn nach den Geistern von Frauen, die kurz nach der Geburt starben. Diese Todesart war keineswegs selten, da Frauen ihre Kinder traditionell allein zur Welt brachten. Hebammen gab es nicht. Solche Geister trugen keinen Namen, soviel wußte er schon. In den Genealogien tauchten sie als böse Geister auf. Anfangs hatte er gestaunt, als man ihm beiläufig erzählte, daß dieser oder jene Mann einen »bösen Geist« geheiratet habe.

Sie hießen *tomate pa na savo* – Geister des Frauenhauses –, erklärte Njiru, und man fürchtete sich vor ihnen, da sie alles daransetzten, daß möglichst viele andere Frauen den gleichen Tod fanden wie sie.

Besonders vor einem Geist fürchteten sich alle: Ange Mate. Sie war mächtiger, rachgieriger als irgendein anderer Geist des Frauenhauses. Rivers hatte Ange Mates Höhle gesehen, ein Erdloch, das einmal eine sprudelnde Quelle gewesen, inzwischen aber mit Kokosnußschalen zugestopft war. Doch er ahnte, daß es da noch etwas gab, was Njiru ihm nicht erzählen wollte. »Was macht sie?« fragte er. Es erschien ihm seltsam, daß die Männer Angst vor ihr hatten, wenn es stimmte, daß die *tomate pa na savo* sich vor allem Frauen als Opfer suchten.

Widerstrebend erklärte Njiru, daß sie auf Männer warte, besonders auf Männer, die am Strand von Pa Njale einschliefen. »Aber was macht sie denn?« Ein amüsiertes Lachen unter Njirus Gefolge – angesichts der Furcht, die sie augenscheinlich verbreitete, eine merkwürdige Reaktion. Dann erriet er es. Wenn Ange Mate einem schlafenden Mann begegnete, vergewaltigte sie ihn. »Er gesund hinterher?« fragte Rivers.

Offenbar nicht. Es gab eine lange Liste von Beschwerden, nicht zuletzt die, daß der Penis des Betreffenden sich in nichts auflöse. Rivers hätte sich gern nach den psychischen Folgen erkundigt, doch das war nahezu unmöglich. Die Sprache der Introspektion stand einfach nicht zur Verfügung.

Als sie in Narovo ankamen, stand die Sonne schon tief am Himmel. Rivers ging auf dem schmalen Urwaldpfad, der in feinem weißem Sand endete, zum Strand hinunter. Hocarts Kopf war ein kleiner dunkler Ball weit draußen, doch dann sah er Rivers, winkte und brüllte.

Langsam, den Blick auf das Wasser gerichtet, watete Rivers hinaus. Ihm gefiel, daß seine Beine und Knie durch die Lichtbrechung so verzerrt erschienen. Wie üblich wurde er von einer Schar kleiner, umherflitzender schwarzer Fische begleitet, die ihn in tieferes Wasser lotsten – immer ein absolut magischer Moment. Hinter ihm krochen bläuliche Felsschatten über den weißen Sand.

Nachdem sie draußen geschwommen hatten, lagen sie im seichten Wasser und sprachen über die Ereignisse des Tages. Gemäß der groben Arbeitsteilung, auf die sich verständigt hatten, war Hocart für Tod, Bestattungsriten und Schädelhäuser zuständig, Rivers für Geister, Sex, Ehe und Verwandtschaftsverhältnisse, aber es war ihnen längst klar, daß eine solche Aufteilung im Grunde sinnlos war. Sie erhielten ständig Hinweise, die sich auf das Spezialgebiet des jeweils anderen bezogen.

Hocart frotzelte: »Warum habe ich den Tod und du Sex? Geister und Sex passen nicht zusammen. Geister und Tod allerdings schon ...«

»Na schön, du kannst die Geister haben.«

»Nein ...« begann Hocart und lachte dann.

Stimmt ohnehin nicht, dachte Rivers. Auf Eddystone paßten Geister und Sex tatsächlich zusammen, jedenfalls mußten die Männer, die am Strand von Pa Njale einschliefen und unter den gierigen Schenkeln von Ange Mate aufwachten, diesen Eindruck haben.

Schweigend lagen sie da, fast zu träge zum Sprechen, während die Schatten immer länger wurden und die Sonne sich zu ihrem jähen Untergang aufmachte. Auf Eddystone brach die Nacht urplötzlich herein, als würde irgendeine dunkle Kraft aus der Bucht hochsteigen und die Sonne verschlucken. Schließlich wurden sie von den kühlen Wellen ans Ufer zurückgespült, wo sie sich ihre Sachen schnappten und lachend zum Zelt liefen.

Mbuko litt an einer Krankheit, die die Geister von Kita ausgelöst hatten. Ihm blieben nur noch wenige Stunden.

Kita, erklärte Njiru, macht, daß ein Mann dahinschwindet, bis er schließlich »ganz klein, nur Knochen, kein Fleisch«. Keine Frage, Mbuko konnte nicht ausgemergelter sein. Bis auf sein Herz, das unter der gespannten Haut schlug, erinnerte er mehr an eine anatomische Zeichnung als an ein menschliches Wesen. Er lag auf der erhöhten Holzpritsche, die zum Schlafen verwendet wurde, doch außer ihm schlief inzwischen niemand mehr in der Hütte. Die Leute hätten Angst, erklärte Njiru. Draußen schien die Sonne, Leute kamen und gingen. Immer wieder schaute ein Nachbar herein, um zu sehen, ob Mbuko noch lebte. »Bald«, sagten die Anwesenden und schüttelten gleichgültig die Köpfe. Einige fanden seinen Zustand offensichtlich amüsant oder abstoßend. *Rakiana* war das Wort, das immer wieder fiel. *Rakiana*. Dünn.

Selbst Njiru, der nach den Maßstäben seiner Kultur ein einfühlsamer Mensch war (und mehr zu sein kann niemand von uns in Anspruch nehmen, dachte Rivers), wirkte nicht gleichgültig und auch nicht verächtlich. Er schien eher zu denken, daß Mbuko ein Problem geworden war, das gelöst werden mußte. Über den sich kaum noch bewegenden Brustkorb hinweg sah er Rivers an und sagte: »*Mate.*«

Mate wurde in allen Wörterbüchern mit »tot« übersetzt.

»Nicht *mate*«, sagte Rivers, wobei er tief einatmete und auf Mbukos Brustkorb deutete.

Im selben Moment erhielt er, an der Seite des Sterbenden, eine Lektion, die ihn lebhaft an seine Studentenzeit am Bart's erinnerte. *Mate* hieß nicht »tot«, sondern bezeichnete einen Zustand, der zwangsläufig zum Tod führte. Mbuko war sterbenskrank und deshalb *mate*. Rinambesi, obschon geradezu unverschämt gesund und noch immer scharf auf Mädchen, war ebenfalls *mate*, weil er ein so hohes Alter erreicht hatte, daß er im Grunde längst tot zu sein hatte. Für den eigentlichen Tod, für den Moment, in dem die *sagena* – hier atmetete Njiru tief ein und klopfte sich in der Zwerchfellgegend auf den Leib –, das »Etwas, was wohnt im Bauch«, wegging, für diesen Moment wurde der Begriff *mate ndapu* verwendet. Auf Pidgin: »sterben fertig«. Ob die *sagena* dasselbe wie Seele sei, wollte Rivers wissen. »Natürlich nicht«, erwiderte Njiru barsch, und seine Nasenflügel bebten ungnädig. Meine

Güte, es ist genau wie damals im Bart's. *Der Himmel stehe den ahnungslosen Patienten bei, wenn wir Sie auf sie loslassen.* Das Problem bei Mbuko, fuhr Njiru fort, sei, wie bei allen, die unter Kitas Einfluß gerieten, daß er nicht sterben könne. Er machte doch aber einen ganz anständigen Versuch, dachte Rivers aufsässig. Kita könne ihn »klein machen«, aber nicht töten. »*Kita pausia*«, sagte Njiru und streichelte Mbuko. »Kita ihn lieben?« fragte Rivers. Nein, Njiru würde das Wort kennen. Kita pflegte ihn.

Njiru befestigte Malanjari-Blätter am Giebel der Hütte, wo die Geistermaske im Wind schaukelte, und begann mit der Geisterbeschwörung. Immer wieder fiel sein Schatten über das Gesicht des Sterbenden. Einmal bekam Rivers einen Krampf im Bein und wollte aufstehen, doch seine Nachbarn zogen ihn herunter. Unter den Malanjari-Blättern dürfe man nicht gehen, sagten sie, sonst würde er verkümmern wie Mbuko.

Hocart betrat die Hütte und schlich, in einiger Entfernung von den Malanjari-Blättern, an der Wand entlang, bis er bei Rivers angekommen war. Nun, da aller Augen sich auf Njiru richteten, konnte Rivers Mbukos Puls fühlen. Er schüttelte den Kopf. »Nicht mehr lange.«

Überall lagen Kattunstücke und Lendenschurzteile herum, auf denen Speichel oder, wenn Mbuko Blut gespuckt hatte, ein großer roter Fleck war. Gerade sammelte sich Speichel in seinem Mund an, aber er hatte nicht mehr die Kraft zum Ausspucken. Rivers fand ein frisches Stück Stoff, befeuchtete es mit seiner eigenen Spucke und säuberte damit den Mund des Sterbenden. Mbuko fuhr sich mit der Zunge über die trockenen Lippen. Dann rasselte es in der Kehle, der Brustkorb hob sich und flatterte kurz, und dann war es aus. Eine der anwesenden Frauen begann zu klagen, doch ihr Geheul verstummte bald, und sie hielt sich eine Hand vor den Mund, als wäre es ihr peinlich.

Rivers streckte automatisch die Hand aus, um Mbuko die Augen zuzudrücken, hielt dann aber inne. Die Leiche wurde mit Stoffbändern, die man um Hals und Knien wickelte, in eine Hockhaltung gebracht, an eine Stange gebunden und von zwei Männern hinaus ins Freie getragen. Rivers und Hocart folgten der kleinen Gruppe zum Strand.

Dort setzte man die Leiche, noch immer hockend, in den Bug eines Kanus, legte Schild und Axt neben sie und ruderte rasch hinaus. Rivers wartete, bis das Kanu nur noch ein Schatten in der glitzernden Meeresbucht war, dann kehrte er zur Hütte zurück und sammelte die fleckigen Stoffetzen ein, die er in sicherer Entfernung vom Dorf vergrub. Während er trockene Erde über den Lumpenhaufen scharrte, verspürte er ein starkes Bedürfnis, seine Arme bis zu den Ellbogen in abgekochtem Wasser zu waschen. Das würde warten müssen, bis er wieder im Zelt war. Fürs erste behalf er sich damit, seine Handflächen mehrere Male kräftig am Hosenboden abzuwischen.

Er ging wieder an den Strand zurück, wo Hocart mürrisch am Wasser stand. Beide hatten gehofft, daß dieser Tod Licht auf den Schädelkult werfen würde. Statt dessen ...

»Der Schädel wird nicht aufbewahrt«, sagte Hocart.

In diesem Moment sahen sie, wie die Ruderer die Leiche ganz unzeremoniell mit einem so leichten Stoß über Bord schubsten, daß das Wasser kaum aufspritzte.

Rivers schüttelte den Kopf. »Ich glaube, wir brauchen einen richtigen Tod.«

9

Wyatt hatte mit einer endlosen Geschichte von einem Bordell begonnen, in dem eine Hure arbeitete, die dermaßen fett war, daß man sein Geld zurückbekam, wenn man es schaffte, sie zu vögeln.

Prior drückte das Gesicht an das kalte Glas des Abteilfensters, sah das doppelte Spiegelbild von Wangenknochen und Auge und dann, etwas weiter dahinter, das düstere Abteil mit seinen lachenden und gestikulierenden Insassen, die wie durchsichtige Figuren auf der regennassen Scheibe schwammen.

Brüllendes Gelächter, als die Geschichte ihren Höhepunkt erreichte. Gregg, glücklich verheiratet und Vater einer kleinen Tochter, lächelte nachsichtig. Hallet schloß sich zögernd an. Ein junger Bursche wieherte so laut, daß seine Unerfahrenheit für alle anderen peinlich sichtbar wurde. Nur Owen machte keinen Hehl aus seinem Abscheu, aber für die »Gewerblichen«, wie er sie nannte, hatte er noch nie etwas übrig gehabt.

Drei Stunden waren sie schon unterwegs, zusammengepfercht auf Holzbänken, kalter Schweiß in Achselhöhlen, an Lenden und Füßen, ein rauchiger Uringeruch dort, wo irgendein Trottel gegen den Wind gepißt hatte.

Fünf Minuten später glitt der Zug in den dunklen Bahnhof, der nur von ein paar Petroleumlampen vage beleuchtet wurde.

Prior ging zu den Waggons, in denen sich die Mannschaften räkelten. Unbekannte Gesichter blinzelten müde im Schein seiner Taschenlampe, die er mit der Hand abschirmte, so daß die Männer – buchstäblich, nicht in einem übertragenen Sinne – in blutrotes Licht getaucht waren. Diese Soldaten unterstanden weder ihm noch einem anderen Offizier, sie waren ein anonymer Trupp, den er ein Stück weiter an ihren Bestimmungsort leitete.

Dieser Teil des Zuges befand sich weit außerhalb des Bahnsteigs, so daß man vom Waggon aus tief hinunterspringen mußte. Noch immer schlaftrunken, kämpften die Männer gegen den plötzlichen Regen, den Wind und die Dunkelheit an. Sie sammelten sich und trotteten stolpernd auf dem knirschenden Kies über den Bahnsteig bis zum Vorplatz. Nach langem Warten erschienen schließlich Adjutanten, auf deren nassen Umhängen schillernde Lichtreflexe spielten, und dirigierten die Einheiten lautstark gestikulierend zu ihren Unterkünften.

Prior begleitete seinen Trupp zu einem Kirchenanbau, verabschiedete sich und wünschte viel Glück. Überwältigt von der Anonymität der Vorgänge, denen sie ausgeliefert waren, starrten ihn die Männer ausdruckslos an.

Dann war er frei. Und frei fühlte er sich auch, als er dem Adjutanten durch dunkle Straßen folgte, vorbei an der mit Sandsäcken verbarrikadierten Kathedrale, am Kanal entlang, auf dessen Wasserfläche ihn ein altes Tatterweib von Mond begleitete.

Die Nacht, der schweigsame Begleiter, das Bemühen, auf der aufgerissenen Straße nicht zu stolpern – all das schärfte seine Sinne. Als ein ausladender Goldregenzweig ihm kalte Regentropfen ins Gesicht schleuderte, stellte er verblüfft fest, wie sehr er sich darüber freute. Vielleicht hatte diese Freude mit den zerstörten Häusern zu tun. Zu Friedenszeiten mußte das Bürgertum hier gewohnt haben, Menschen, die Erfolg hatten, die überzeugt gewesen waren, daß bestimmte Dinge sich niemals ändern würden, und wo waren diese Leute jetzt? Jedes Haus in dieser Straße war beschädigt, einige waren völlig zerstört. Die schwarzen, gezackten Umrisse der Ruinen hoben sich im weißen Mondlicht deutlich ab.

»Hier ist es, Sir.«

Ein Gartentor, das schief in den Angeln hing, eine kaputte Pergola, um die sich zahllose Rosen rankten, weiße, zerzauste Blüten mit einem schweren Duft, unbeschnittene Stöcke, die sich, haltsuchend, umeinanderschlangen. Dahinter unkrautüberwucherte Wege und Terrassen. Spitzengardinen, die schlaff hinter zersplitterten oder zerbrochenen Fensterscheiben hingen; in dem einzigen unversehrten Fenster des Obergeschosses spiegelte sich für kurze Zeit der Mond.

Der Adjutant ging vor ihm den Weg entlang. Das Haus war nicht abgeschlossen, die Diele schwarzweiß gefliest – plötzlich eine lebhafte Erinnerung an Craiglockhart – und dann ein Lichtschimmer am oberen Ende der Treppe. Hallet stand dort mit einer Kerze in der Hand. »Komm herauf. Achtung, die Stufe dort!«

Hallet hatte seinen Schlafsack ausgepackt und in einer Ecke des Zimmers, des einstigen Elternzimmers vermutlich, sorgfältig seine Sachen arrangiert. Auf einem Stuhl stand ein Photo seiner Verlobten.

»Potts und Owen sind ein Stockwerk über uns.«

Prior trat ans Fenster, sah zu den gegenüberliegenden Häusern, berührte die Tüllgardinen, die vor Nässe und Schmutz schon ganz steif waren. »Hier kann man's aushalten, was?« sagte er plötzlich und drehte sich um.

Sie grinsten sich an.

»Das Badezimmer ist gegenüber«, sagte Hallet, mit einer Handbewegung wie ein aufmerksamer Gastgeber.

»Du meinst, man kann es benutzen?«

»Jedenfalls den Eimer.«

Prior setzte sich abrupt auf den Fußboden und gähnte. Er war viel zu müde, als daß es ihn interessiert hätte, wo er sich befand. Er saß an der Wand, Hallet hockte im Schneidersitz auf seinem Schlafsack, sie zündeten sich eine Zigarette an, teilten sich eine Tafel Schokolade und sahen sich mit großen Kinderaugen um und versuchten, die fremde Umgebung in sich aufzunehmen.

Es wird sich schon geben, dachte Prior, zündete eine Kerze an und trat auf den Treppenabsatz, um sich ein eigenes Zimmer zu suchen. Morgen früh wird alles ganz normal aussehen.

Doch dem war nicht so. Prior wachte früh auf, beobachtete träge die Schatten von Blättern an einer Wand, deren Weiß die aufgehende Sonne in Gold getaucht hatte. Er wollte sich gerade umdrehen, um noch einmal einzuschlafen, als etwas Schwarzes durch das Zimmer flatterte. Er wartete und sah eine Schwalbe aufsteigen und durch das geöffnete Fenster ins Freie schießen, hinaus in den strahlenden Himmel.

An diesem ersten Morgen blickte er in einen verwilderten, sonnenbeschienenen Garten voll summender Insekten, dessen gepflegte Blumenbeete sich in überwucherte Tunnel verwandelt hatten, in denen es überall raschelte. Er stützte die Arme auf das Fensterbrett und spähte vorsichtig durch das zersplitterte Glas, sah Owen und Potts einen Tisch aus einem der Häuser gegenüber herbeischleppen. Als sie stehenblieben, um zu verschnaufen, rief er ihnen etwas zu, und sie winkten zurück.

Prior hätte von sich behauptet, daß ihn der Krieg nicht mehr überraschen könne, daß er seine Fähigkeit, sich überraschen zu lassen, irgendwo an der Somme verlegt habe, doch die nächsten Tage waren eine ununterbrochene Folge von Überraschungen.

Es gab nichts zu tun. Sie waren für niemanden verantwortlich. Der Krieg hatte sie vergessen.

Es gab nur zwei Möbelstücke im Haus. Das eine war ein mächtiges Eichenbüfett, das höchstwahrscheinlich im Eßzimmer geschreinert worden war, da es unmöglich durch die Tür gepaßt hätte. Das andere war ein bemaltes Kinderschaukelpferd im obersten Stock, in einem Zimmer mit vergitterten Fenstern. Alles andere suchten sie sich selber zusammen. Prior stöberte in den zerstörten Häusern herum, nahm mit, was ihm gefiel, und die Häuser, kühl und dunkel in der

Mittagshitze, reagierten stoisch. Er brachte seine Trophäen heim und stellte sie in sein Zimmer oder in das gemeinsame Eßzimmer.

Abends setzten sich Hallet, Owen, Potts und er an den Tisch, der Owens großes Fundstück war, zündeten Kerzen an und schufen auf diese Weise, unterstützt von den hohen Fenstern, den kunstvollen Stuckdecken, den Rosenbuketts und dem Wein, eine kultivierte Atmosphäre am Rande des Abgrunds.

Die sie dann auch ruinierten, indem sie über den Krieg diskutierten. Jedenfalls Potts und Hallet. Potts war Student der Naturwissenschaften in Manchester gewesen, intelligent, artikuliert, zynisch auf die gründliche Art derjenigen, die bislang noch kaum einen Anlaß zu Zynismus hatten. Der Krieg, rief er, erhitzt vom Wein, nütze doch nur den Kriegsgewinnlern. Er werde nur zur Sicherung des Zugangs zu den mesopotamischen Ölquellen geführt. Er habe nichts, rein gar nichts mit der belgischen Neutralität zu tun, mit den Rechten kleiner Nationen oder dergleichen. Und wenn Hallet das geglaubt habe, dann sei er ein bedauernswerter Naivling. Hallet stammte aus einer alten Offiziersfamilie und war auf eine gute Schule geschickt worden, wo er für viel Geld gelernt hatte, möglichst wenig zu denken; konfrontiert mit Potts, geriet er ins Straucheln, begann aber sofort Ansichten zu verkünden, von denen er bislang angenommen hatte, daß sie von allen geteilt würden.

Prior und Owen tauschten geheimnisvolle Blicke aus, obschon keiner von ihnen hätte sagen können, worin das Geheimnis lag. Owen spielte mit den abgefallenen Blättern der Rosen, die er am Nachmittag gepflückt hatte. Rosafarbene, gelbe, weiße Blätter, aber keine roten, wie Prior bemerkte.

»Wie denkst du darüber?« fragte Potts, irritiert von Priors Schweigen.

»Wie ich darüber denke? Was du sagst, läuft auf eine Verschwörungstheorie hinaus, die, wie alle Verschwörungstheorien, optimistisch ist. Du sagst folgendes: Also gut, der Krieg wird nicht aus den Gründen geführt, die man uns erzählt. Aber er wird immerhin aus einem Grund geführt. Er nützt den Leuten nicht, denen er angeblich nützen soll, aber irgend jemandem nützt er. Und das glaube ich nicht, verstehst du. Ich glaube, es ist wirklich viel schlimmer, als du denkst, weil es überhaupt keine rationale Begründung mehr gibt. Der Krieg läuft von ganz allein. Niemand profitiert davon. Niemand steuert ihn. Niemand weiß, wie man ihn beenden kann.«

Hallet blickte reihum. »Das stimmt doch alles nicht! Ihr seid – also, ich meine nicht euch persönlich –, die Leute sind demoralisiert, weil sie einen höheren Preis bezahlen müssen, als sie ursprünglich geglaubt hatten. Aber das ändert doch nichts an den Tatsachen. Wir kämpfen für die legitimen Interessen Englands. Wir verteidigen die Neutralität Belgiens. Wir kämpfen für die französische Unabhängigkeit. Wir stehen nicht auf deutschem Boden. Die Deutschen sind es doch, die in Frankreich stehen.« Er sah sich am Tisch um und sagte, flehentlich wie ein kleiner Junge: »Es ist noch immer ein gerechter Krieg.«

»Du sagst, wir erledigen das Monster«, sagte Owen langsam. »Ich sage, wir kämpfen, weil die Leute sich in der Nacht verlaufen haben.« Er lächelte über ihre Mienen und stand auf. »Wollen wir noch eine Flasche aufmachen?«

Prior, der in dieser Nacht allein war, registrierte den Kerzenrauch in der Luft und erinnerte sich an die Schale mit den hellroten und goldenen und weißen Rosen, aber der Streit zwischen Potts und Hallet interessierte ihn nicht mehr. Verglichen mit dem, was Krieg bislang bedeutet hatte, war dieses gemeinsam bewohnte Haus so ungewöhnlich, daß er sich die fremden Bilder und Geräusche und Gerüche fest einprägen wollte. Er fühlte sich verzaubert, abgeschirmt von allem, was Schmerz verursachen konnte, doch während dieser Gedanke in ihm entstand, fiel ein Stückchen Gips von der Decke des Schlafzimmers, in die eine Granate eingeschlagen hatte. Das Haus blutete still aus seiner unstillbaren Wunde.

Morgens ging er in die Stadt und schaute sich bei den »Souvenirbuden« um, die vor der Kathedrale errichtet worden waren. In den Ruinen der zerbombten Stadt konnte man so viele Souvenirs finden, daß das Geschäft nicht besonders gut lief. Prior sah nichts Interessantes, und ohnehin hatte er zu Hause ein Regal mit Souvenirs, die er hauptsächlich von seinem ersten Einsatz in Frankreich mitgebracht hatte. In Craiglockhart hatte er oft an sie gedacht, als Rivers versuchte, seine verschütteten Erinnerungen an die letzten Wochen in Frankreich freizulegen. Souvenirs, du liebes bißchen. Wo man doch heilfroh war, wenn man es schaffte, alles zu vergessen.

Als er auf dem Heimweg Owen und Potts vor sich sah, lief er los, um sich ihnen anzuschließen. Owen hatte in den Trümmern nahe der Kathedrale das spitzenbesetzte Chorhemd eines Ministranten gefunden, das er wie ein Tuch um den sonnengebräunten Hals trug, so daß es noch viel weißer wirkte. Potts trug einen Bierkrug vor sich her und wollte partout nicht einsehen, daß er geschmacklos war. Sie bogen von der Straße ab, um eine Abkürzung durch die hinteren Gärten zu nehmen, und betraten eine Welt, die, nach der vergleichsweise normalen Straße, niemand vermutet hätte.

Ein Labyrinth von grünen Pfaden führte von Garten zu Garten, sie gingen von einem zum anderen, über eingestürzte Mauern, durch niedergerissene Zäune, vorbei an überwucherten Erdkratern, über unkrautbestandene Wege, auf denen Blumen wuchsen, die sich dort selber ausgesamt hatten, und verwilderte Rosen krallten sich in ihre Ärmel und hielten sie fest. Schneckengehäuse knirschten unter ihren Stiefeln, Brennesseln peinigten ihre Hände, Kuckucksspeichel hing ihnen über den Nacken, doch der verschlungene Pfad führte immer weiter. Aberhunderte von Soldaten, die in diesen zerstörten Häusern einquartiert gewesen waren, hatten jede Mauer, jeden Zaun eingerissen und einen Weg durch das Gestrüpp geschlagen, um sich ungehindert zwischen den Grundstücken bewegen zu können. Der Krieg, der um Abschnitte schlammigen Bodens geführt wurde, gab ihnen paradoxerweise die Freiheit, unbeobachtet wie Tiere von Gebiet zu Gebiet überzuwechseln. Und auch etwas von der Wachsamkeit eines Tiers, denn in dem Moment, als Owen vor dem Eingang zu ihrem eigenen Garten einen Holunderzweig umbiegen wollte, registrierte er ein leises Geräusch. Er hob die Hand.

Hallet war gerade dabei, sich mitten im Garten auszuziehen. Lichtreflexe spielten auf seinem Körper, gaben ihm etwas Zerbrechliches, eine ungesund grünliche Farbe, obwohl er genauso fit und sonnengebräunt war wie die anderen auch. Ohne ihm einen Gruß zuzurufen, wie es sich mittlerweile gehört hätte, sahen sie ihm zu. Er stieg aus seiner Hose und auch aus der Zeit, stand dünn und blaß am Teich, auffällig weiß, wo sonst die Uniform saß. Scharf hervortretende Schlüsselbeinknochen, darunter bläuliche Schatten. Er würde sich in den überwucherten Goldfischteich mit den weißen Lilien und goldenen Insekten legen, die auf den blassen Blüten herumkrabbelten. Ganz langsam stieg er hinein, klammerte die Zehen um den moosigen Rand, und als das Wasser seine Eier erreichte, japste er.

Die anderen näherten sich durch das hohe Gras und blickten zu ihm hinunter. Im Wasser sahen seine Beine aufgedunsen aus, silberne Bläschen waren in seinen Haaren gefangen, sein Schwanz lag schlaff auf dem Schenkel wie ein Seehund auf einer Klippe. Träge blinzelte er zu ihnen hoch und kraulte sich dabei das Schamhaar, so daß die Bläschen aufstiegen.

»Macht's Spaß?« fragte Prior und nickte in Richtung Hand.

Hallet lachte und hielt sich die andere Hand über die Augen, bewegte sich aber nicht.

»Ich an deiner Stelle würde vorsichtig sein«, sagte Owen mit heiserer Stimme. »Die Fische finden dich bestimmt zum Anbeißen.«

Und nicht bloß die Fische, dachte Prior.

»Will jemand ein Glas Wein?« rief Potts und ging ins Haus.

Sie saßen auf der Terrasse, während Hallet im Wasser lag, bis es ihm zu kalt wurde.

»Wißt ihr was, vielleicht vergessen sie uns ja«, sagte Owen und blinzelte in die Sonne.

»Halt den Mund«, sagte Potts.

Jeder klopfte dreimal auf Holz, drückte Daumen, suchte seinen Talisman: all die kleinen Schutzmechanismen von Menschen, die keine Macht über ihr Schicksal haben. Umsonst, dachte Prior. Irgendwo, für ein menschliches Ohr nicht zu hören und doch von allen klar vernommen, hatte eine Uhr zu ticken begonnen.

11. September 1918

Ich bin nicht sicher, ob meine Anwesenheit Owen guttut. *Mir* hilft seine Anwesenheit jedenfalls nicht. Wir beide bewegen uns auf einem schmalen Grat, und das letzte, was wir uns wünschen oder gebrauchen können, ist, daß uns jemand beobachtet, der weiß, in welch schreckliche Tiefen man fallen kann.

In Craiglockhart sind wir uns aus dem Weg gegangen, was dort nicht so schwer war, trotz der beengten Verhältnisse. Das Labyrinth der Korridore, die vielen Abzweigungen, die vielen Ausweichmöglichkeiten, man brauchte überhaupt nie jemandem zu begegnen, den man nicht sehen wollte, bis auf die eigene Person, der man in Rivers' oder Brocks Zimmer bisweilen begegnete.

Diese Woche zwei Vorfälle. Wir waren alle zusammen in der Stadt und sahen einen Verwundetentransport – manche von ihnen waren ziemlich schlimm zugerichtet. Hallet und Potts glotzten, und man merkte, wie es in ihnen arbeitete. Das könnte ich sein, dachten sie, in ein paar Tagen oder Wochen. Sie starrten auf die Verbände, versuchten sich vorzustellen, wie es darunter aussah. Oder auch nicht. Ihre Angst: vernünftig, angemessen, zutreffend. Ich sah zu Owen hinüber. Er war gleichgültig. So wie ich. Ich meine nicht unbedingt empfindungslos. (Es ist aber schon erstaunlich, was man alles zurückläßt, wenn man schwer zu tragen hat.)

Der andere Zwischenfall ereignete sich gestern beim Abendessen. Hallet war ganz aufgekratzt, weil er an einem der Verkaufsstände vor der Kathedrale einen Fliegenfänger aufgetrieben hatte. Seit unserer Ankunft plagen uns riesige Wespen – Owen meint, es sind Hornissen – und Fliegen, große, summende, besoffene, schwere, wütende, sterbende Schmeißfliegen. Und Hallet hat uns erlöst. Über unseren Köpfen dieser summende Fliegenfänger, der sich mit seiner Last von Toten und Sterbenden erst in die eine, dann in die andere Richtung drehte. Es klang wie ein Sommertag an der Somme.

Ich hielt so lange durch, wie es ging, dann stieg ich auf den Tisch und holte das Ding runter, ging hinaus in den Garten und warf es so weit weg, wie ich konnte. Ein lächerliches Unterfangen – das Ding beschrieb eine flache Kurve und fiel flatternd zu Boden. Hallet war schwer beleidigt und hatte natürlich nichts kapiert.

»Beklagt euch nicht bei mir, wenn ihr alle Bauchschmerzen bekommt«, rief er.

Owen fing an zu lachen, ich fiel ein, wir konnten einfach nicht aufhören. Hallet und Potts sahen sich an und grinsten verlegen. Offensichtlich fanden sie, daß wir nicht mehr alle Tassen im Schrank hatten. Leider kann keiner von uns mit Bestimmtheit sagen, daß sie nicht recht haben. Als ich bemerkte, daß die roten Rosen verschwunden waren, schaute ich Owen an und sah, daß er bemerkt hatte, daß es mir aufgefallen war. Es ist sinnlos.

Mein Bursche, Longstaffe

Er fiel mir beim Exerzieren mit dem Bajonett auf. Er kam unter furchterregendem Geschrei angerannt, stach zu, drehte das Ding um, zog es wieder raus und lief weiter. Ich dachte, mein Gott, *lehrbuchmäßig*. Von wegen – ich weiß inzwischen, daß er die Szene des *Vor, vor! Zur Bresche!* bei Agincourt spielte.

Ich sprach mit ihm. Er wußte natürlich, worum es ging, und er wollte den Job. Kein schlechtes Leben, Offiziersbursche, wenn man schon hier sein muß. Er erklärte, er habe vor dem Krieg bei einem Gentleman als Kammerdiener gearbeitet, und damit war die Sache entschieden. Später, als wir auf den Zug nach Amiens warteten, legte er ein volles Geständnis ab. Er war Schauspieler. Kammerdiener sei er höchstens in der Rolle des Butlers gewesen, den er am Alhambra in Bradford gegeben hatte. Es war ihm sehr wichtig, mir deutlich zu machen, daß diese Rolle anspruchsvoller gewesen sei, als sie klingt, weil bei diesem betreffenden Stück der Butler die Hauptfigur war – eine Abweichung von der Konvention, die den Bradfordern so wenig gefiel, daß das Stück nach siebzehn Tagen abgesetzt werden mußte.

Vielleicht war er sich meiner da schon sicher. Im Grunde fand ich ihn nur um so attraktiver. Unechter Diener eines Gentleman, aber ich bin schließlich auch kein ganz echter Gentleman.

Ein Bügelbrett von Körper, völlig flach. Aber interessante Bewegungen. Er ist der einzige *Mann*, den ich kenne, der Türen mit der Hüfte aufstößt. Nichtssagendes Allerweltsgesicht. Mit einem Fahndungsphoto käme man bei ihm nicht sehr weit. Aber auch dieses merkwürdige Gefühl, daß er seinem Gesicht jeden beliebigen Ausdruck geben könnte. Wenn die Rolle es verlangte, könnte er sogar schön aussehen. Und erfüllt von brennendem Ehrgeiz. Kennt ganze Passagen von Shakespeare auswendig. Ein sonderbarer, altmodischer, romantischer Patriot, aber ich weiß nicht, warum ich das sage, von diesem Typus laufen hier viele herum. Hallet beispielsweise. Aber sie deklamieren auch nicht »Wir wenige, glücklich wenige, wir Häuflein von Brüdern«, wie er neulich abend, ohne daß es ihm irgendwie peinlich gewesen wäre, als ich mich anschickte, schlafen zu gehen. Ich erwiderte ziemlich scharf, daß mir in dieser Phase des Krieges eine andere Stelle passender erschiene: »Ich stieg ins Blut so tief, daß mir, wollt ich nicht mehr drin baden ...« Da machte er einen bemerkenswerten Satz durchs Zimmer und gab mir eine schallende Backpfeife, so daß wir einander sprachlos, wie gelähmt anstarrten – er kreidebleich im Gesicht und ich vermutlich genauso –, ehe wir Zeit hatten, darüber nachzudenken, welche Strafe ein Soldat bekommt, der einem Offizier eine runterhaut. Möglicherweise die Todesstrafe.

Seitdem sind wir ruhiger geworden und haben uns hinter die schützende Mauer des Rangunterschieds zurückgezogen, was für ihn genauso wichtig ist wie für mich. Allerdings war unser Rückzug nicht schnell genug. Es sind tiefe Breschen in die Mauern geschlagen worden, so wie in die französischen Linien bei Agincourt.

Freitag, der 13. September (Kommentar überflüssig!)

Wir werden nicht zum Bataillon stoßen. Das Bataillon wird sich hier mit uns vereinigen. Vermutlich erklärt das diesen kuriosen, unwirklichen Urlaub, den wir im Moment noch haben. Jedenfalls ist heute Schluß damit. Habe Unterkünfte inspiziert.

Das Wetter ist auch umgeschlagen, so daß man die anderen Veränderungen irgendwie leichter ertragen kann. Wind und Regen, schwere graue Wolken.

Samstag, 14. September

Sahen die Manchesters bei strömendem Regen anmarschieren, nasse Umhänge, müde Gesichter, gerötete Augen. Hatten eine schlimme Zeit. Ein oder zwei Gesichter erkannte ich von letztem Jahr wieder. Oder von noch früher? Ich glaube nicht. Von den Verlusten spricht niemand. Sie saßen auf den Strohballen, pellten sich die Socken von den blutigen Füßen und klagten nur darüber, daß es keine Zigaretten gibt. Sie mußten sich selber welche drehen, aus Papierfetzen, zerrissenen Briefumschlägen oder dergleichen, aber natürlich kein Tabak, sie mußten das Kraut rauchen, das sie am Straßenrand fanden und zum Trocknen am Tornister festbanden, wenn die Sonne schien. Ich habe an Mama und Sarah und an alle möglichen anderen Leute geschrieben, sie sollen Woodbines schicken.

Sonntag, 15. September

Zum Bataillon verlegt. Adjutant ein netter, besorgt aussehender Mann. Meinte, ob ich nicht Gasoffizier des Bataillons sein könne (womit er einen ansonsten nicht erkennbaren Sinn für Humor bewies). Der Marschall-von-den-zehn-Wunden war da und lief mit lauter Stimme herum. Alles an ihm – Teint, Handbewegungen, Gesichtsausdruck, Haltung, Stimme – ist draufgängerisch, ungezwungen, grob. Skrupellos? Vielleicht, ich weiß es nicht, jedenfalls ist es ihm egal. Genießt das Leben, scheint's. Von Temperament und Erziehung her ein Soldat. Kühn, gerissen, rücksichtslos, resolut, entscheidungsstark, bemerkenswert tapfer – und wenn das einen Menschen ausmacht, dann bin ich kein Mensch. Er hat sein ganzes Erwachsenenleben beim Militär verbracht – unvorstellbar, daß er ein anderes Leben führen könnte.

Gestern abend, an unserem letzten Tag in Amiens, blies ein starker Sturm, in der Ferne Wetterleuchten, der Wind rüttelte am Haus.

Ich hatte mich gerade zu Bett gelegt, als ich ein merkwürdiges Rumpeln über mir hörte. Hallet erschien kreidebleich und mit aufgerissenen Augen in der Tür. Im Sternenlicht war kaum etwas zu sehen, und es zog dermaßen im ganzen Haus mit seinen kaputten Fenstern, daß die Kerze immer wieder ausging. Wir holten uns eine Petroleumlampe aus der Küche. Hallet fragte: »Sind das Geschütze?« Ich sagte: »Quatsch, es kommt von oben.«

Die Treppe, die nach oben und zum Kinderzimmer führt, ist schmal. Schließlich standen wir vor der Kinderzimmertür und sahen uns an. Hallets Gesicht wurde von unten beschienen, so daß er Ringe unter den Augen hatte, die aussahen wie ein zweites Lid. Ich öffnete die Tür, und sofort traf mich ein kalter Windstoß vom kaputten Fenster her. Zuerst sah ich nur eine Bewegung am hinteren Ende des Zimmers, doch dann mußte ich lachen: es war das Schaukelpferd. Ich kann es mir nur so erklären, daß der Wind so stark war, daß er das Ding in Bewegung gesetzt hatte und die Kufen auf den blanken Dielen rumpelten.

Eigentlich hätte sich ein Gefühl der Enttäuschung einstellen müssen, und zuerst ging es mir auch so. Wir räumten das Schaukelpferd vom Fenster weg, aus dem Zug, und gingen lachend nach unten und erklärten Potts, der aus seiner Zimmertür spähte, daß alles in Ordnung sei, er könne beruhigt sein, aber als ich dann in meinem dunklen Zimmer war, konnte ich nicht mehr einschlafen, und die ganze Nacht ging dieses Rumpeln in meinem Kopf weiter.

10

Sie mußten nicht lange auf einen richtigen Sterbefall warten.

Ngea war ein starker, kräftiger Mann, der mächtigste Häuptling auf der Insel nach Rembo. Hatte allen Grund, weiterzuleben, und trotzdem kämpfte er nicht, wie man es so oft in Melanesien sah. Er lag in seinem Haus, beobachtete die Geistermaske, die sich immerfort im Wind drehte, und sein Leben, fand Rivers, schien wie eine Pusteblume in seiner geöffneten Hand zu liegen.

Es ging ihm so schlecht, daß Emele, seine Frau, und die anderen Frauen auf einmal zu klagen begannen, das langgezogene, schluchzende, melodische Klagen der Frauen, doch dann rührte sich der Kranke ein wenig, und das Klagen verstummte.

Rivers verabschiedete sich bei Ngea mit der Versicherung, daß man sich am nächsten Tag wiedersehen werde, obgleich er wußte, daß das nicht der Fall sein würde, und kehrte zu seinem Zelt zurück. Als er dort eintraf, war es schon dunkel, und die Leinwand leuchtete grün im Schein der Zeltlampe. Hocarts Schatten, schwarz und langgestreckt, reichte bis über das Dach. Rivers bahnte sich einen Weg durch die aufgehängte feuchte Wäsche und trat ein.

Hocart hockte im Schneidersitz auf der Erde, hatte sich einen Bleistift in den Mund geklemmt und tippte seine Aufzeichnungen ab. »Ich hab mich wegen der Mücken hierher verzogen.«

»Mücken?«

»Egal.«

Hocart scherte sich weder um Chinin noch um Moskitonetze. Rivers warf sich auf sein Bett, verschränkte die Hände hinter dem Kopf und sah ihm zu. Wenig später zog Hocart sich das Hemd über den Kopf und fächerte sich mit einem Stapel Schreibpapier Luft zu. Die Hitze des Tages hatte sich, wie üblich, im Innern des Zelts angestaut, und der Schweiß lief ihnen über den ganzen Körper.

»Du bist dünn geworden«, sagte Rivers, als er die Schatten zwischen Hocarts Rippen bemerkte. »*Rakiana*, das ist der Ausdruck für dich.«

»Also«, nuschelte Hocart, der den Bleistift nicht aus dem Mund genommen hatte, »solange dein Spezi Njiru nicht beschließt, mich aus meinem Elend zu erlösen ...«

»Ist er mein Spezi?«

Ein rascher Blick. »Das weißt du doch selbst.«

Sie arbeiteten ein paar Stunden, aßen von dem Yamsbrei, den Namboko Taru für sie gekocht hatte, arbeiteten wieder und löschten schließlich das Licht.

Etwa eine Stunde später hörte Rivers das Geräusch von Schritten, die sich dem Zelt näherten. Hocart schlief. Er hielt einen Arm über die Augen und drückte sein Gesicht auf das Kissen, so daß Wange und Mund ganz schief aussahen. Im Mondschein huschte ein Schatten über die Zeltwand. Kurz darauf folgte ein zweiter, größerer Schatten.

Mali? Die dreizehnjährige Mali hatte sich kürzlich zum erstenmal in die Menstruationshütte zurückgezogen. Als sie fünf Tage später wieder herauskam, waren die Vorbereitungen für ihre Defloration bereits in vollem Gange. Der junge Runi – er mochte etwa achtzehn sein – hatte ihren Eltern die zwei Armringe bezahlt, die ihm das Recht gaben, zwanzig aufeinanderfolgende Nächte mit ihr zu verbringen, und hatte beschlossen, das Privileg mit zwei Freunden zu teilen – es war seine Entscheidung, das Mädchen hatte in dieser Angelegenheit nichts zu sagen.

Runi war als ziemliches Ekel bekannt. Unlängst waren er und zwei seiner besten Freunde – diejenigen vermutlich, mit denen er Mali teilen wollte – auf Canariumbäume geklettert und hatten die bedauernswerten Besitzer mit unreifen Nüssen beworfen. Rivers hatte sich an Pennälerstreiche erinnert gefühlt. Die Alten murrten und sagten dann, kein Wunder bei diesen jungen Männern, die wie alte Weiber auf der Insel herumhockten statt in ihren Kanus loszufahren, um Dörfer niederzubrennen und auf die Kopfjagd zu gehen, wie es eigentlich ihre Pflicht wäre.

Ganz in der Nähe wurde geflüstert. Ein erschrockener Ruf, fast ein Aufschrei, dann Grunzen, Keuchen, Stöhnen und ein langes Crescendo von Schluchzern.

Hocart wachte auf, horchte. »Mein Gott, nicht schon wieder!«

»Psst ...«

Unter den Insulanern existierte der Glaube, daß es vor der Defloration eines Mädchens schon ein erstes Mal gab, da ihre erste Blutung bedeutete, daß der Mond schon einmal bei ihr gelegen hatte. Die Männer erklärten, daß sie daran nicht glaubten, es sei nur ein Märchen, das sie den Mädchen zur Beruhigung erzählten, was zumindest auf eine gewisse Zärtlichkeit schließen ließ. Rivers hoffte es jedenfalls. Das Mädchen war wirklich noch ein halbes Kind.

Einige Minuten Flüstern, dann ging das Gestöhn wieder los. Was es heißt, achtzehn zu sein. Abermals ein Aufschrei, diesmal eindeutig männlich, und dann Schritte, die sich entfernten.

»Das war Nummer eins, jetzt noch zwei«, sagte Hocart.

»Weißt du, daß sie für den Rest des Lebens ihre Namen nicht nennen dürfen?«

Keine Reaktion. Rivers überlegte, ob Hocart wieder eingeschlafen war, doch als er sich zu ihm umdrehte, sah er das Weiß seiner Augen unter dem Moskitonetz schimmern. Wieder Schritte. Wieder bewegte sich ein Schatten über die Zeltwand. Eine kurze Pause, Flüstern, dann setzte erneut das Stöhnen ein.

Rivers seufzte. »Rinambesi sagt, daß beim Tod eines Häuptlings eine große Kopfjagd stattfindet, stattfand, besser gesagt. Anschließend wurde ein großes Fest gefeiert, und alle Mädchen standen den Kriegern unentgeltlich zur Verfügung. Anscheinend auch gar nicht unwillig. Sie laufen ihnen zur Begrüßung bis ins Wasser entgegen.«

»Kopfjagd als Aphrodisiakum?«

»Warum nicht?«

»Sie scheinen auch ohne ganz gut zurechtzukommen«, sagte Hocart, während das Stöhnen lauter wurde.

»Allerdings keine Kinder.«

Die Ahnenforschung hatte etwas Deprimierendes. Noch vor drei, vier Generationen waren fünf- oder sechsköpfige Familien die Regel gewesen. Inzwischen waren viele Ehen kinderlos.

Der letzte Schatten kam vorbei und verschwand. Rivers vermutete, daß er geschlafen hatte, denn schon bald zeigte sich das erste graue Dämmerlicht, in dem die Moskitonetze steif und unheimlich wie Leichentücher aussahen. »Hahn singen« hieß diese frühe Stunde vor Tagesanbruch auf Pidgin, und das Singen hatte tatsächlich schon begonnen, erst ein paar leise dahinperlende Töne, es war immer derselbe Vogel, dessen Namen Rivers nicht kannte, und schließlich entwickelte sich daraus ein wüster Wettkampf von Schreien und Rufen. Doch an diesem Morgen hörte er ein neues Geräusch. Verschlafen blinzelnd lag er da, ohne recht zu wissen, woher es kam, doch dann begriff er, daß es das Klagelied der Frauen war, in dieser Entfernung fast nicht zu unterscheiden von Flötenklängen. Und da wußte er, das Ngea gestorben war.

Als sie vor Ngeas Haus eintrafen, sahen sie den Leichnam in sitzender Position an einem Pfosten. Man hatte ihm, gewissermaßen als äußeres Rückgrat, einen kräftigen Stock auf den Rücken gebunden, mit dessen Hilfe Kopf und Hals aufrecht blieben. Ngea war gewaschen, er trug seine besten Sachen, Gesicht und Haare waren frisch mit Kalk bemalt, und in seinen Halsreifen steckten Ririabüschel, Blätter einer Pflanze, die für Männer zu Lebzeiten tabu war. Neben ihm saß seine Witwe, Emele, die sich am Klagen und Weinen der anderen Frauen nicht beteiligte. Sehr ruhig, sehr würdevoll.

Während die Frauen klagten und dabei den Oberkörper hin- und herbewegten, zertrümmerte Njiru systematisch den Besitz des Toten, bis auf die Axt, die er zur Seite gelegt hatte. Ein kostbarer Armring nach dem anderen wurde zerschlagen. Rivers hockte sich neben Njiru und fragte leise, um die anderen Trauergäste nicht zu stören, warum dieses Zerstörungswerk sein müsse.

»Wenn kaputtmachen, es gehen Sonto. Auch Ngea stinken, er faulen, er wird gehen Sonto.«

Den ganzen Tag wurde geklagt, aus allen Teilen der Insel kamen die Leute, um sich von Ngea zu verabschieden. Gegen Abend – Rivers dachte, daß die Beseitigung der Leiche nun nicht mehr lange auf sich warten lassen könne – befestigte Njiru einen Zweig mit Arecanüssen im Dachgiebel neben der Geistermaske, nahm eine Staude und hielt sie den Anwesenden hin. Als das letzte Klagen verstummt und Stille eingetreten war und aller Augen sich auf ihn richteten, hob er zu beten an. »Ich nehme den Anteil des Toten.« Er verneigte sich vor der Leiche, die ihn mit glasigem Blick anstarrte. »Sei nicht böse auf uns, sei nicht zornig, strafe uns nicht. Laß sie trinken und essen, Kokosnüsse aufbrechen, den Ofen öffnen. Laß die Kinder essen, laß die Frauen essen, laß die Männer essen, und sei nicht zornig auf uns, du großer Toter, oh, oh, oh.«

Mit diesem eigentümlichen Laut, halb Geheul, halb Gebell, endete jedes Gebet auf Eddystone. Njiru steckte sich eine Nuß in den Mund und verzehrte sie. Die Leute blickten noch immer nervös zu Ngea hin, während Njiru im Kreis herumging und jedem die Nüsse hinhielt. Jeder Mann, jede Fau, jedes Kind nahm eine Nuß und aß sie. Selbst ein Baby bekam etwas zerdrückte Nuß in den Mund geschoben.

Ngea wurde ohne weitere Zeremonie an einen Stock gebunden und, wie es hieß, »in den Busch« getragen, tatsächlich aber schaffte man ihn zum Strand, setzte ihn in eine steinerne Umfriedung – eine *era* – und legte ihm seine Axt und den Schild zu Füßen. Dort hockte er, dank des Stocks in aufrechter Haltung, und blickte über das niedrige Mäuerchen nach Westen, in die untergehende Sonne. Für ihn und seine Eltern, die »alten Geister«, ließ man etwas Proviant zurück. Früher, erklärte Njiru, und die Bitterkeit in seiner Stimme war nicht zu überhören, hätte man in diesem Moment einen Sklaven getötet und seinen Kopf Ngea zwischen die Füße gelegt. Njiru starrte Rivers an, als wollte er die Abschaffung dieses alten Brauchs ihm persönlich anlasten. »Jetzt alles anders.«

Als Rivers sich tags darauf zu Ngeas Haus begab, um Emele zu kondolieren, bot sich ihm ein ungewöhnlicher Anblick. Im Innern des Hauses war eine hölzerne Umfriedung errichtet worden, in Größe und Form so ähnlich wie die steinerne *era* für Ngeas Leiche, nur mit höheren Wänden. In diesem Areal hockte Emele, die Knie angewinkelt, die Hände auf den Füßen, in der gleichen Haltung wie ihr verstorbener Mann. Anscheinend saß sie schon die ganze Nacht so da, und der verzerrte Gesichtsausdruck zeigte deutlich, daß sie an schmerzhaften Krämpfen litt.

Mehrere Witwen, die mit ihren braunen Baströcken wie Baumstümpfe aussahen, hockten ringsherum. Viele von ihnen dienten Rivers regelmäßig als Ansprechpartner, wenn er sich über Themen wie Sexualität, Verwandtschaftsbeziehungen, Ehevermittlung informieren wollte. Er imitierte Emeles verkrampfte Sitzhaltung und erkundigte sich nach dem Wort dafür. *Tongo polo*, erklärten sie zögernd und sahen sich dabei an. *Tongo polo*, wiederholte er, um sich zu vergewissern, daß er den Tonfall richtig hinbekommen hatte. Seine Bemühungen, ihre Sprache zu sprechen, stießen jedoch nicht auf die gewohnte mütterliche Wärme. Die Frauen machten einen nervösen Eindruck.

»Wie lange?« fragte er und hockte sich dabei wieder hin.

Doch sie gaben ihm keine Antwort, und als er sich umblickte, sah er, daß Njiru in der Tür stand.

Vor Ngeas Tod hatte Njiru sich bereit erklärt, Rivers und Hocart zur Höhle von Pa Na Keru zu führen, die unweit des höchsten Berggipfels der Insel lag. Bis dorthin war man einen halben Tag unterwegs, auf dem ersten Teil durch dichten Urwald. Rivers hatte angenommen, daß der Ausflug wegen Ngeas Tod verschoben würde, doch als er am nächsten Morgen aus seinem Zelt trat, sah er, daß Njiru, umgeben von einem sehr viel größeren Gefolge als sonst, schon auf ihn wartete.

Nachdem Njiru ihnen Blätter ausgehändigt hatte, die sie vor den Berggeistern schützen sollten, brach die ganze Gruppe lachend und schnatternd auf. Später wurden die Männer zunehmend stiller, denn es ging steil bergan, und Beine und Rücken taten weh. Wie alle anderen Wege auf der Insel war auch dieser Pfad so schmal, daß man hintereinander gehen mußte.

Ein feierlicher Ernst hatte sich über die Gruppe gelegt. Rivers beobachtete die Rückenmuskeln seines Vordermannes, der sich schwitzend voranmühte. Vor ihnen erhob sich eine massive Felswand mit einer Höhlenöffnung wie ein dunkler Mund. Sie kletterten immer weiter über das Geröll, das hin und wieder lawinenartig talwärts donnerte. Das letzte Hangstück war übersät mit großen Felsbrocken und Findlingen, aber auch flachen, manchmal scharfkantigen Steinen. Es war fast Mittag. Ihre Schatten waren auf kleine schwarze Umrisse zusammengeschrumpft, die sich mit ihren Füßen bewegten. Einer der Männer nahm einen Stein und warf ihn in Richtung Höhle, um die Geister zu vertreiben. Rivers und Hocart, die einzigen unter den Anwesenden, die noch nie in dieser Höhle gewesen waren, durften erst dann näher treten, als Njiru ein Schutzgebet für sie gesprochen hatte. Während Njiru noch betete, sahen sie, wie die anderen sich unter dem überhängenden Fels duckten und in der Öffnung verschwanden.

Die Höhle war niedrig, aber erstaunlich tief, so tief, daß das andere Ende im Dunkeln verschwand. Ein flacher Stein beim Eingang wurde »Geistersitz« genannt. Hier saß der neue Geist, der gelegentlich die Wand bemalte, um sich die Zeit zu vertreiben. Weiter hinten, halb verborgen im Dunkel, lag ein Felsbrocken, auf dem die alten Geister saßen. »Alle alten *tomate* kommen, sehen aus wie neu *tomate*«, hieß es.

Rivers wandte sich an Njiru und zeigte auf den Sitz der alten Geister. »Mann stinken, er faulen, er gehen Sonto. Warum er nicht gehen Sonto?« fragte er.

Njiru spreizte die Hände.

Verschiedene Zeichen an der Wand wurden ihnen als Zeichnungen der neuen Geister vorgestellt. Hocart begann, die Zeichen abzumalen und die jeweilige Deutung zu notieren – Mann, Geist, Schweine, Kriegerkanu.

Njiru wollte noch weiter über das Thema alte Geister sprechen. Er selbst glaube nicht, erklärte er, daß es in der Höhle Geister gebe. Es sei ein, ein, ein ... Ungeduldig suchte er nach dem Pidgin-Ausdruck. Ein *warawara*, sagte er schließlich. Rivers vermutete, daß dieses Wort so etwas wie »Metapher« oder »Symbol« bedeutete. Wenn er mit Njiru allein war, versuchten sie in zunehmendem Maße, die Sprache des anderen zu verstehen, von den ungenauen Pidgin-Begriffen wegzukommen. Die Sprachbarriere war größer, als Rivers anfänglich gedacht hatte, denn neben dem gewöhnlichen Dialekt gab es die »Hochsprache« von Ritual, Mythos und Gebet. Außerdem gab es noch *tok blong tomate*, die Sprache der Geister, die für ihn aber weiterhin tabu war.

Während ihres Gesprächs waren sie unmerklich immer weiter in das Innere der Höhle gewandert. Rivers berührte Njirus Arm und zeigte auf eine schmale Spalte in der Wand. Sie stiegen über heruntergefallene Felsbrocken und standen schließlich vor ihr, doch selbst ein dünner Mensch schien dort nicht hindurchzupassen. Früher, sagte Njiru, sei die

Höhle bis tief in den Berg hinein »gut« gewesen, doch dann seien bei einem Erdbeben Teile der Decke eingestürzt. Rivers kniete hin und spähte in die Dunkelheit. Vielleicht würde er sich durchzwängen können. Und er hatte eine Taschenlampe mitgebracht, da er nicht wußte, ob es in der Höhle hell oder dunkel sein würde. Er arbeitete sich rücklings durch die Spalte, ritzte sich irgendwo den Arm und spürte etwas Feuchtes, Blut wahrscheinlich. Auf der anderen Seite richtete er sich vorsichtig auf, streckte die Arme in die Höhe. Er hatte das Gefühl, daß sich ein riesiges Gewölbe über ihm auftat. Die Höhle war groß. Als er merkte, daß Njiru ihm folgte, griff er nach der Taschenlampe, die in seiner Hosentasche steckte. Er hielt die Hand in die Wandöffnung, um Njirus krummen Rücken vor den scharfkantigen Felsen zu schützen.

Geräuschvoll atmend standen sie nebeneinander. Rivers richtete die Taschenlampe auf den Boden und ging vorsichtig weiter, in die Höhle hinein. Seine ausgestreckte Hand berührte etwas Weiches, das unter seinen Fingern wegglitt. Er schwenkte die Taschenlampe in die Höhe. Was er in dem schwachen gelben Lichtschein sah, ließ ihn für einen Moment an seinem Verstand zweifeln: die Wände bewegten sich. Sie waren überzogen mit einem pulsierenden schwarzen Pelz.

Fledermäuse, natürlich. Nach dem ersten Schreck war es deutlich zu sehen. Er richtete die Taschenlampe zur Decke des Gewölbes, wo noch mehr Fledermäuse hingen, Tausende, Abertausende vielleicht, kleine schwarzbraune Stalaktiten. Während der Strahl der Taschenlampe über sie hinwegfuhr, hoben sie die Köpfe, wilde, angstbebende, kleine Gesichter mit einer feuchten, rosafarbenen Schnauze und weißen Zähnchen.

Um sie nicht weiter zu stören, richtete er die Taschenlampe vorsichtig und langsam wieder auf die Erde, so daß ihre Beine und Füße wie herrenlos in einer Pfütze aus Licht standen. Über die Fledermäuse hätte er sich eigentlich nicht erschrecken sollen, denn er wußte von Njiru, daß die Männer von Narovo in alten Zeiten regelmäßig zur Höhle von Pa Na Keru gezogen waren, um dort Fledermäuse zu jagen. Eines Tages aber, so die Legende, bog ein Mann auf den falschen Weg ein, und während seine Gefährten dem Ausgang der Höhle zusteuerten, gelangte er mit jedem Schritt immer tiefer hinein. Durch Zufall stieß er irgendwann auf einen anderen Ausgang und fand den Weg zurück in sein Dorf, doch obwohl er nicht einmal eine Woche abwesend gewesen war, kehrte er als Greis zurück. Drei Tage blieb er bei seiner Mutter, dann verfärbte sich sein Gesicht schwarz, und er verfiel zu Staub.

Niemand war ihnen in den inneren Teil der Höhle gefolgt. Hocart saß bei seinen Zeichnungen, und die Eingeborenen fürchteten sich vermutlich vor der Legende. Hatte Njiru ebenfalls Angst? Er ließ sich jedenfalls nichts anmerken. Nur ein paar Schritte von ihnen entfernt wurde geredet und gelacht, aber hier, in dieser heißen, mit Pelz ausgekleideten Dunkelheit waren sie völlig isoliert.

Rivers, der zum erstenmal seit Ngeas Tod wieder mit Njiru allein war, wollte über Emele sprechen, nicht nur, weil jede Zeremonie anläßlich des Todes eines Häuptlings wichtig war. Auch die Frau machte ihm Sorgen.

»*Tongo Polo*«, sagte er.

Er spürte, daß Njiru zurückwich.

»Wie lange«, fragte er. »Wie viele Tage?«

Njiru schüttelte den Kopf. »Mensch alte Zeit wissen *tongo polo*. Jetzt nicht mehr.«

Die letzten Worte begleitete er mit einer abwehrenden Handbewegung, und dabei berührte er aus Versehen die Taschenlampe, so daß sie geräuschvoll zu Boden fiel, weiterhin leuchtend, ein gelbes Auge, das sich in der Dunkelheit auf sie richtete. Dann hoben sich die Wände und stürzten auf sie zu. Rivers sah gerade noch, wie der Lichtstrahl in der Menge taumelnder Schatten immer schwacher wurde, ehe ihn wildes, schreiendes, flatterndes Dunkel umfing. Wie geblendet blieb er stehen und wartete auf eine Berührung, zu der es nie kam.

Er stand mit geschlossenen Augen da und biß die Zähne zusammen, war von so vielen Reizen überflutet, daß seine Sinne fast nicht mehr existierten. Er fühlte sich wie ein winziger Lichtpunkt. Bleib still, sagte er sich, sie werden dich nicht berühren. Und dann dachte er überhaupt nichts mehr, sondern ertrug es nur noch, eine Fleischsäule, die über die Fußsohlen mit der Erde verbunden war, und seine Schädelknochen vibrierten von dem gleichbleibend hohen Geschrei der Fledermäuse.

Die Höhlenöffnung spuckte fliehende menschliche Lebewesen aus; hinter ihnen ergossen sich die Fledermäuse ins Freie, eine Wolke, die aufstieg und gleichzeitig auseinanderfloß, wie Blut, das unter Wasser aus einer Wunde quillt. Schließlich blieben die Männer stehen, schauten sich sprachlos vor Entsetzen um und sahen eine Weile zu, bis der Strom allmählich versiegte.

Im Innern der Höhle schlugen Rivers und Njiru die Augen auf. Rivers war sich nicht bewußt, daß er sich während dieses Ansturms bewegt hatte, er hätte es sogar beschworen, daß er sich nicht fortgerührt hatte, stellte aber fest, daß er Njirus Hand umklammert hielt. Er fühlte sich ... nicht benommen, das war das falsche Wort. Das Gegenteil von benommen. Eher gehäutet, nackt, ungeschützt, mit der Erde verbunden. Tiefe Stille ringsum. Staunend starrten sie auf die grauen Granitwände, an denen kopfüber einige schwarze Fledermausjunge hingen und auf die Rückkehr ihrer Mütter warteten.

Ein Sonnenstrahl blendete ihn.

»Entschuldigung«, sagte Miss Irving und zog die Vorhänge wieder ein Stück vor. »Wie haben Sie geschlafen?«

»So lala.«

Ihm war, als hätte er die ganze Nacht in einem heißen, pelzverbrämten Zimmer verbracht, und auch seine Zähne fühlten sich ganz pelzig an.

»Hier ist Ihr Tee«, sagte sie und stellte ihm das Tablett aufs Bett.

Dankbar trank er ihn und schickte dabei Anfragen an diverse Körperteile, um herauszufinden, wie es dort aussah. Schauderhaft, schien die allgemeine Antwort zu sein.

»Finden Sie nicht, Sie sollten mal zum Doktor?« fragte sie lächelnd. »Herr Doktor?«

»Nein. Er würde doch nur sagen, daß ich im Bett bleiben und viel trinken soll. Das weiß ich selber.«

»Gut. Klingeln Sie, wenn Sie noch etwas brauchen.«

»Könnten Sie die Vorhänge bitte wieder zuziehen?«

Die Dunkelheit erinnerte ihn an die Höhle. Die ganze Nacht hatten sich Fledermäuse an die Innenwände seines Schädels geklammert. Jetzt kam wenigstens etwas frische Luft herein, die Gardinen wehten im Wind. Aber ihm war noch immer heiß. Er schlug die Bettdecke zurück, wedelte sich mit der aufgeknöpften Pyjamajacke Luft zu und fuhr mit der Zunge über seine aufgesprungenen Lippen. Heiß.

Als sie aus der Höhle traten, standen sie sofort in der glühenden Sonne, und von den harten, weißen Felsen schlug ihnen die Hitze entgegen, obwohl schon Nachmittag war. Auf dem Rückweg bewegten sie sich etwas langsamer voran. Rivers spürte deutlich, daß Njiru vor ihm ging, auch wenn sie nicht miteinander sprachen. In der Nähe des Dorfes begannen sie, wie verabredet, hinter den anderen zurückzufallen. Hocart drehte sich um, wollte warten, doch Rivers winkte ihn weiter.

Sie setzten sich auf einen umgestürzten, moosbedeckten Baumstumpf. Die Sonne knallte ihnen auf den Schädel, wie jemand, der Zeltheringe in die Erde schlägt. Obwohl seine Sachen verschwitzt und seine Hemdschultern mit einer dikken, verkrusteten Schicht Fledermauskot bedeckt waren, fühlte Rivers sich wieder ungeschützt, wie neugeboren.

Sie saßen ruhig nebeneinander, hatten es nicht eilig, ihre bruchstückhafte Kommunikation wiederaufzunehmen. Ein leiser Wind strich kühl über ihre Haut.

»*Tongo polo*«, sagte Rivers schließlich, denn dort hatten sie abgebrochen. Wie lange? fragte er wieder. Wie viele Tage?

Njiru warf ihm einen heiteren, amüsierten, unverkennbar wohlwollenden Blick zu. Es gebe keine vorgeschriebene Zeit, sagte er, üblich seien aber achtzehn Tage. Seine Großmutter habe zweihundert Tage lang *tongo polo* praktiziert, doch das sei die Ausnahme, da Homu, sein Großvater, ein großer Häuptling gewesen sei. Die Männer von Roviana hätten die Muschel für sie geblasen.

Die Muschel geblasen? fragte Rivers. Was sei darunter zu verstehen?

Ein kurzes Schweigen. Rivers hatte aber nicht den Eindruck, daß Njiru nicht weiterreden wollte. In diesem Moment hätte Njiru ihm alles erzählt. Vielleicht hatte das mit der Situation in der Höhle zu tun, als sie sich bei der Hand gefaßt hatten. Nein, dachte er. *Nein.* In der Höhle hatte sich *zweierlei* abgespielt, und er war ganz sicher, daß auch Njiru es so erlebt hatte. Daß sie einander festgehalten hatten, war das eine. Das andere war, daß ihre Identität zusammengeschrumpft war, nein, nicht geschrumpft, sondern sich auf einen einzigen, unangreifbaren Punkt komprimiert hatte, wo weitere Kompromisse nicht mehr möglich waren, sondern nur noch die reine, nackte Selbstbehauptung blieb. Das Recht zu sein, und zwar so, *wie man war.*

Njirus Großvater, Homu, war berühmt für die dreiundneunzig Köpfe, die er an einem einzigen Nachmittag erbeutet hatte. Großmütterlicherseits war Njiru mit Inkava verwandt, der der wildeste Kopfjägerhäuptling von Roviana gewesen war, bevor die Briten seine Hochburg zerstörten. Das war Njirus Erbe. Rivers musterte ihn verstohlen und sah die weißen Kalkschuppen auf der straffen Haut über seinen Wangenknochen. Njirus Worte gründeten nicht auf Freundschaft – obgleich er ihm freundschaftliche Gefühle entgegenbrachte –, sondern auf dem Kern seiner Identität. Es war ihm nicht mehr wichtig, Fragen auszuweichen oder seinen Stolz auf die Kultur seines Volkes zu verbergen.

Das Muschelblasen, sagte er, ist das Zeichen für den Abschluß einer erfolgreichen Kopfjagd. Er wandte sich um und sah Rivers direkt in die Augen. Eine Häuptlingswitwe kann nur durch einen erbeuteten Kopf erlöst werden.

11

Montag, 16. September 1918

Wir hausen in Verschlägen, einer Kreuzung aus Kuhstall und Latrine. Wände und Dach aus Wellblech – wenn es regnet, wie jetzt gerade, macht es einen Höllenlärm –, der Boden mit Stroh ausgelegt, das raschelt und stinkt und im Kerzenlicht schimmert. Die Felder draußen – als wir ankamen, waren es ganz normale Felder. Nach dem starken Regen der letzten Nacht und den vielen Stiefeln und Wagenrädern, die hier herumwühlten, steht der Schlamm inzwischen einen halben Meter hoch. Die Lattenroste versinken langsam. Überall sickert das Zeug hin. Mein Schlafsack ist *nicht* sonderlich einladend – gestern nacht wollte ich schon im Freien schlafen. Darf mich aber nicht beklagen. (Warum eigentlich nicht? Die ganze Armee hält sich mit Meckern über Wasser.) Der Schlamm und die Lattenroste sind ungefähr die einzigen vertrauten Dinge, die übriggeblieben sind.

Ich habe ständig das Gefühl im Nacken, am falschen Ort zu sein. Die exponierte Lage, das wird's sein, aber diesmal hat es nichts mit dem grauenhaften Militärhaarschnitt zu tun. Wir sind die ganze Zeit im Freien, aber ich bin einen Krieg gewöhnt, bei dem man wie ein Maulwurf oder eine Ratte ständig im Erdreich herumrennt. (Die Ratten lebten sehr gut von uns, buchstäblich. Wir müssen die Maulwürfe verscheucht haben.) Gestern abend dachte ich, daß Rivers sich in einem entscheidenden Punkt irrt, wenn er glaubt, mich als Versuchsperson betrachten zu können – Fußballspieler im Niemandsland. Derselbe Verrückte – aber ein anderer Krieg. Wenn ich recht verstanden habe, besagt seine Theorie, daß die vielen Nervenzusammenbrüche in diesem Krieg nicht auf die Schrecken des Krieges zurückgehen – Krieg ist immer etwas Schreckliches –, sondern darauf, daß man der Situation völlig unbeweglich, passiv und hilflos ausgeliefert ist. Man hockt in engen Erdlöchern und wartet, ob man von der nächsten Granate erwischt wird oder nicht. Wenn das *tatsächlich* der entscheidende Faktor ist, dann bringt der Versuch nichts – denn wir stellen uns inzwischen auf einen offenen Angriffskrieg ein. Genau das passiert an der Front auch – die Situation hat sich völlig geändert.

Ich habe Rivers einmal erzählt, daß ich den Moment, wenn man beim Sturmangriff über den Graben klettert, sexuell erregend finde. Ich weiß nicht, ob er mir geglaubt hat, aber es gibt tatsächlich Parallelen – der rasende Puls, das Risiko, das Sichentblößen, dieses Element des Draufgängerischen. (Natürlich spreche ich nicht von Sex im Bett.) Davon ist jetzt nichts zu merken. Ich spüre eine ständige Nervosität, weil ich im Freien bin und es eigentlich nicht sein sollte. Eine neue Art von Krieg. An meinen Nerven hat sich allerdings nichts geändert. Mit ein paar Tonnen französischer Erde über dem Kopf wäre mir wohler.

Heute allgemeines Saubermachen. Zur Belohnung mußten die Männer Fußball spielen. Ich stand brav an der Seitenlinie und brüllte und winkte. Ein kalter, grauer Tag. Der Ball flog wie ein nasser, schwerer, lustloser Vogel durch den niedrigen Himmel. Die Männer starrten vor Dreck und stießen mächtige Dampfwolken aus. Das Ganze ungeheuer kämpferisch – 3. Kompanie gegen 4. Kompanie – und seltsam irreal. Straßenfußball, gespielt wie ein Rugbymatch an einer vornehmen Public School. Ich stand da und sah meinen Landsleuten zu, die mit roten Gesichtern und roten Knien in einem sozialen Niemandsland auf und ab rannten. Aber zumindest spielen Offiziere und Mannschaften zusammen – es ist der einzige informelle Kontakt außerhalb der Front.

In der Halbzeitpause zogen sich ein paar Spieler das Trikot aus, keuchend und dampfend standen sie da mit ihren roten und weißen Leibern, den rissigen Händen und Gesichtern. Jenkins winkte jemandem zu, der abseits des Spielfelds stand, und für einen Moment wandte er mir das Gesicht zu, grünliche Augen, rotes Haar, milchigweiße Haut mit vielen Sommersprossen. Mußte mir richtig Mühe geben, wegzugucken. Darf nicht in den Ruf eines Offiziers kommen, der »ein Auge auf Soldaten« wirft. Schlecht für die Disziplin. Aber verdammt noch mal, ich weiß nicht, wohin ich sonst gucken soll.

Auch der Gesichtsausdruck der Männer hat sich verändert. Dieser Blick von Jenkins, als er sich umdrehte und winkte. Früher gab es im wesentlichen nur zwei Arten von Gesichtsausdruck. Den einen sah man in Étaples, den Blick des zusammen mit einem Wiesel eingesperrten Kaninchens. Diesem Ausdruck bin ich nur einmal woanders begegnet, und zwar bei den Royces bei uns in der Nachbarschaft. Familie mit vier Jungs. Allabendlich mußten sie vor ihrem Vater antreten, der inzwischen einige Biere intus hatte, und ihre Hemden hochheben. Dann hat er ihnen mit einem Lineal den nackten Arsch versohlt. Jeden Abend, ausnahmslos. Einer von ihnen fragte mal: »Wofür, Dad?« Da antwortete er: »Für alle Fälle, irgendwas werdet ihr schon ausgefressen haben.« Aber bei Gott, es waren zähe Burschen. Einer von ihnen hat mir in der Schule das Leben zur Hölle gemacht.

Der andere Gesichtsausdruck war der Schützengrabenblick. Kann einen ziemlich erschrecken, wenn man nicht weiß, was es ist. Jeder Mann in meinem Zug könnte als »Brutaler Hunne« Modell für ein Propagandaplakat sitzen, aber es war keine Brutalität oder dergleichen. Es war ein mürrisches Angewidertsein, das vom Leben in den Schützengräben herrührte, wo menschliche Knochen aus der Erde herausragten und man bei Kälte Leichen vor die Schießscharte packte und die Latrinen unter Wasser standen.

Was auch mit uns passieren wird, ganz so schlimm kann es nicht mehr kommen.

Mittwoch, 18. September

Heute Besuch in der Divisionsbadeanstalt, die in einer großen, flachen Scheune untergebracht ist. Zur Abwechslung war es sonnig und trocken, und der Marsch dauerte zwar lang, war aber nicht allzu anstrengend. Da wir uns etwas verfrüht hatten, warteten die Männer draußen, an das Knie des Nachbarn gelehnt oder auf der Erde ausgestreckt, die Arme hinter dem Kopf verschränkt, bis sie an der Reihe waren.

Die übliche Mischung aus Regentonnen, Weinfässern und ein paar alten Wannen (richtigen Badewannen). Das Wasser unterschiedlich, von kochendheiß bis lauwarm, je nachdem, wo man gerade anstand. Die Männer ziehen sich aus, legen ihre Sachen ordentlich hin, stellen sich nackt an, albern rum, kabbeln sich, reißen Witze, manchmal singen sie, alle sind guter Dinge, weil sie den öden Soldatenalltag vergessen können. Im Dach und in den Wänden der Scheune viele Ritzen, durch die das Sonnenlicht fällt, es schimmert wie changierende Seide, und die Lichtreflexe tanzen auf braunen Gesichtern und weißen Leibern, die durch eine Linie am Hals abgesetzt sind, die so scharf wie eine Guillotine ist.

Beim Baden habe ich immer das Problem, daß ich angekleidet bin. Offiziere baden separat. Und ... also, es ist schon komisch. Eine meiner sexuellen Phantasien besteht darin, selbst angezogen zu sein, während ich meinen nackten Partner von hinten nehme. Dabei empfinde ich (abgesehen vom Offensichtlichen) eine ungeheure Zärtlichkeit – die Zärtlichkeit des Stärkeren, die vielleicht das einzig akzeptable Gesicht des Sadismus ist.

Bei einem Liebespartner ist das alles unerheblich, wenn es nur ein Spiel ist, aber hier ist die ungleiche Machtverteilung wirklich real und die Nacktheit unfreiwillig. Kann man nichts machen. Ich meine, ich kann ja kaum mit niedergeschlagenen Augen herumlaufen wie eine alte Jungfer bei einer Schwanzparade. Aber ich fühle mich unbehaglich, im Gegensatz zu den meisten anderen Offizieren vermutlich.

Durch die Scheune, hinaus ins Freie, rein in die sauberen Klamotten, verschiedene Unterhosen und Unterhemden, meistens zu groß. Die Armee will, daß die Sachen den Söhnen des Empires passen, aber einige der Söhne des Empires haben als Kind nicht genug zu essen bekommen. Einer der Männer in meinem Zug, gerade mal Mindestgröße, bekam eine Unterhose ab, die ihm bis ans Kinn reichte. Lachend paradierte er darin herum, und es machte ihm überhaupt nichts aus, daß die anderen ebenfalls lachten.

Bei seinem Anblick kam mir plötzlich der Gedanke, daß die Nacktheit von Soldaten etwas Pathetisches hat, nicht nur wegen ihrer offensichtlichen Verletzlichkeit, sondern weil sie sich mit der Uniform zugleich eine demütigende Anonymität überziehen, während sonst, bei Zivilisten, meist das Gegenteil der Fall ist.

Der Rückmarsch sehr fröhlich, alle sangen, in den Nähten der frischen Sachen platzten die Läuseeier, sobald der Körper sie erwärmt hatte. Aber das sind wir gewöhnt. Und ich erinnerte mich – auf Märschen ist immer viel Zeit zum Nachdenken – an Pater Mackenzies Kirche, an das große düstere, alles überragende Kruzifix auf dem Lettner, an die Stockrosen, die mit langen Stielen auf dem Boden des Altarraums lagen und darauf warteten, zusammengestellt zu werden. Und hinter jedem Altar Blut, Folter, Tod. Salome präsentiert Herodias auf einer Schale das Haupt des Johannes, die weißen Arme der Frau umschlingen den abgetrennten Kopf mit den starren Augen. Christus steht mit nicht ganz unbekanntem Gesichtsausdruck vor dem Prügelblock. Der heilige Sebastian mit seiner exaltierten Gebärde und mein alter Freund, der heilige Laurentius auf dem Rost. Pater Mackenzies Stimme, die dröhnend aus der Sakristei herüberschallt. Er hat mich geliebt, der arme Sack, da bin ich mir ziemlich sicher.

Und ich dachte an die vielen nackten Körper, die zum Baden anstanden, und dachte, nicht nur dir geht es so. Die ganze Westfront ist ein einziges Wichserparadies. Davon haben sie alle geträumt, danach sehnen sie sich alle. Seit Jahren. Rivers würde jetzt etwas Vernünftiges und Humorvolles sagen, aber ich stehe dazu, und überhaupt, Rivers ist nicht hier. Sooft hier ein Kerl mit knackigem Arsch auftaucht, kann man ziemlich sicher sein, daß etwas Furchtbares passiert.

Aber es wird ohnehin etwas Furchtbares passieren. Also, keine Panik.

Sonntag, 22. September

Vormittag – endlich ein bißchen Ausspannen (in dieser Woche war ich jeden Tag seit halb sechs auf den Beinen). Wyatts rasiert sich, und draußen fängt gleich ein freiwilliger Gottesdienst an. Es riecht nach gebratenem Speck, irgendwo wird mit Töpfen und Tiegeln geklappert, und Longstaffe putzt meine Stiefel und pfeift dabei. Hallet sitzt auf der anderen Seite des Tisches und schreibt an seine Verlobte, was bei ihm immer *stundenlang* dauert. Der Regen hat aufgehört, ein Sonnenstrahl fällt zur Erde, und das Stroh schimmert golden. Das Geräusch von Rasierapparat und Seifenschüssel ist angenehm. Der Geist des häuslichen Sonntagvormittags – Roastbeef und Soße, die Fenster sind beschlagen, Dad läßt die halbe *News of the World* raschelnd zu Boden sinken, und die Heilsarmee macht sich draußen bereit.

Vorwärts, Christi Streiter,
Vorwärts in den Krieg,
Blicket nur auf Jesus,
Er führt uns zum Sieg.

Zwanzig männliche Stimmen, vielleicht noch mehr, unisono. Longstaffe singt die alternative Fassung:

Vorwärts, tapfre Streiter,
Ins Gefecht marschiert,

Und der große Kommandeur
Schläft noch immer weiter.

Er tönt und kräht
Von früh bis spät
Und kommt sich furchtbar tapfer vor,
Doch die die gekämpft haben
Sind tot und schon begraben.

Er singt sehr fröhlich, in ausgesprochen heiterer Stimmung. Wir freuen uns alle auf das sonntägliche Mittagessen, Roastbeef und Kartoffeln. Ich komme um vor Hunger. Und während des Essens wird es *keine* Gasübung geben. Ich *weiß* es.

Dienstag, 24. September

Wurden weiter in Richtung Front transportiert. Die Männer sangen die ganze Zeit und waren gutgelaunt – ich nehme an, weil sie nicht marschieren mußten.

Donnerstag, 26. September

Das nächste Dorf liegt in Ruinen. Abenteuerlich gezackte Konturen von zerstörten Mauern im Mondschein, silbrige Hügel und Abgründe, hier und da schwarze, überwucherte Krater.

Manche Dörfer sind nicht einmal Ruinen. Über die Auswirkungen des feindlichen Feuers darf man ja nicht schreiben, da aber vieles von britischer Artillerie verursacht wurde, darf ich es vielleicht doch. Nichts ist übrig. In einem Dorf, durch das wir kamen, stand kein Stein mehr auf dem anderen. Überall verlassene Schützengräben, rostige Stacheldrahtverhaue, Skelette von Pferden, die es dort erwischt hatte. Und noch viel Schlimmeres.

Die Männer sind weiterhin reserviert, bis auf einen oder zwei, an die ich mich vom letzten Jahr erinnere. Manchmal, wenn sie nachts unter sich sind, höre ich sie lachen. Nicht oft. Eifersüchtig wahren sie das bißchen Privatsphäre, das ihnen bleibt. Die »Anhänglichkeit«, von der so oft die Rede ist, zeigen Offiziere, *einige* Offiziere, gegenüber den Mannschaften. Ich selbst kann nicht behaupten, daß sie groß erwidert wird. Wenn sie überhaupt jemandem trauen, dann den Unteroffizieren, die meist älter sind und aus der gleichen Schicht stammen. Aber schließlich bin ich nicht mit der Illusion groß geworden, daß ich verantwortlich für sie bin.

Verantwortlich bin ich für das GAS. Entweder hat der Adjutant keinen Witz gemacht, oder aber es ist ein alter Hut. Sie haben meinen alten Spitznamen – Kanarienvogel – reaktiviert. Owen nennen sie aus irgendeinem Grund den »Geist«. Als er nach Craiglockhart verschwand – und vermutlich aus schlechtem Gewissen nicht von sich hören ließ (auch ich habe nicht geschrieben) –, nahmen sie offenbar an, er sei gefallen.

Die Gasübungen finden mehrmals am Tag statt. Der regelmäßige Unterricht ist nicht allzu unbeliebt (nur bei mir – denn ich muß ihn halten), aber die unangekündigten Alarmübungen sind bei allen verhaßt. Man will gerade einschlafen oder eine Flanke schießen oder sich die erste Gabel warmes Essen in den Mund schieben, rrrrums! geht der Alarm los, Masken werden rausgerissen, Arme und Fäuste aufgepumpt, und dann der dumpfe, hohle Ruf GAS! GAS! GAS! Wesen mit riesengroßen Insektenaugen huschen durch den Wald. Besonders unbeliebt, auch bei mir, ist der Gasalarm beim Marschieren, beim Sport oder beim Bajonettdrill, denn man muß weitermachen, man drischt in grünem Licht weiter, hört den eigenen Atem – ein, aus, ein, aus –, der alle anderen Geräusche übertönt. Und jede Bewegung kostet Kraft.

Niemand kann die Maske leiden. Aber ich muß aufpassen, ob jemand mit der Situation nicht fertig wird, in Panik gerät, sobald er sich das Ding über den Kopf gezogen hat. Und leider habe ich jemanden gefunden, er ist allerdings in meiner Kompanie, das heißt, ich kann ihn im Auge behalten.

Die Einstellung gegenüber dem Gas hat sich verändert. Es wird öfter verwendet, und man hat nicht mehr soviel Angst davor. Der eine oder andere findet es sogar ausgesprochen gut. Schön, sagen sie sich, wenn man von einem kleinen bißchen nicht krepiert, sondern sofort ins Lazarett kommt, warum nicht? Eine neue Art von Selbstverstümmelung, aber sehr viel schwerer nachzuweisen.

Beim Abendessen erzählte ich Hallet und Potts, daß es vor vier Jahren noch üblich war, sich mit einer naßgepinkelten Socke vor dem Gas zu schützen. Man faltete die eine Socke zu einer Art Kompresse zusammen und band sie sich mit der anderen um Mund und Nase. Sie starrten mich an und wußten nicht so recht, ob sie mir glauben sollten. »Hat es funktioniert?« fragte Hallet. »Nein«, sagte ich. »Aber es hat uns zumindest abgelenkt.« Da lachten sie, vermutlich aus Erleichterung darüber, daß ich ihnen nur ein Märchen erzählt hatte.

Man bekam davon einen Ausschlag am Mund. Nicht daß es damals unsere Hauptsorge gewesen wäre.

Und heute war Zahltag. Nachdem die Männer den ganzen Nachmittag im Schlamm herumgekrochen, gelaufen und gerobbt waren, sahen sie aus, als seien sie aus Schlamm. Müde, aber Zahltag ist immer gut, selbst wenn man sein Geld gar nicht ausgeben kann, und sie standen schwatzend, drängelnd und lachend in der Warteschlange. Dann ging der Alarm los. Alles stöhnte (im Ernstfall bleibt keine Zeit zum Stöhnen – das müssen wir noch üben), und dann die üblichen Handgriffe: geballte Fäuste, pumpende Arme, GAS! GAS! GAS!

Sie standen weiterhin an. Schlammbraune Soldaten im Schlamm, die Strahlen der tiefstehenden Sonne schimmerten golden auf ihren Handrücken, das einzige Stück Haut, das noch zu sehen war. Ich saß neben Hardwick und hakte die

Namen auf der Liste ab. Der Mann, der hinter demjenigen wartete, der gerade abgefertigt wurde, wandte sein Gesicht ein Stück zur Seite, so daß ich in diesen riesigen Insektenaugen nicht eine, sondern zwei untergehende Sonnen sah.

Freitag, 28. September

Seit gestern abend pausenloser Artilleriebeschuß. Alle Straßen nach vorn sind verstopft, Fahrzeuge bleiben im Morast stecken, die Fahrer fluchen, ein flackerndes grünlichgelbes Licht steht am Himmel, und immer wieder kommt eine Granate angepfiffen und schlägt dumpf ein. Über uns ein ständiges Dröhnen von Flugzeugen, die alle in dieselbe Richtung fliegen.

Heute nacht rücken wir vor.

12

Rivers ging im Schein des Vollmonds, immer seinem Schatten hinterher, auf dem Pfad hinunter nach Narovo. Überall raschelte und kreischte es, Vogelgeschrei, das sich in Lachen verwandelte, für einen Moment Stille, dann wieder Rascheln, Kreischen, der allnächtliche Taumel des Jagens und Gefressenwerdens.

Sobald Rivers das Dorf erreicht hatte, ging er direkt zu Ngeas Haus und trat in gebückter Haltung ein. Die Geistermaske schüttelte sich bei seinem Eintreffen.

Die Witwen, die sich um Emele kümmerten, schliefen alle. Er schlich auf Zehenspitzen an ihnen vorbei und kniete hin, wisperte Emele! Emele!, woraufhin eine der Witwen sich rührte und im Schlaf etwas murmelte. Er wartete, bis sie sich beruhigt hatte, ehe er den Namen wieder rief. Keine Antwort. Da öffnete er die Tür, und dort, in der vorgeschriebenen Haltung, zusammengekauert, die Hände auf den Füßen, hockte Kath.

»Kath, Kath!« rief er. »Um Himmels willen, was machst du denn hier?« In dem Moment, als sich seine Lippen bewegten, wachte er auf.

Er setzte sich auf den Bettrand und sah auf seine Armbanduhr. Vier Uhr, keine gute Zeit zum Wachwerden. Er hatte starke Halsschmerzen. Er schluckte mehrmals und überlegte, daß jetzt ein Glas Wasser, das alte Hausmittel, am sinnvollsten sei.

Er blinzelte im grellen Badezimmerlicht, sah sich im Spiegel und dachte, mein Gott, hast du wirklich das aus dir gemacht? Er betrachtete seine Tränensäcke und das schüttere Haar, war aber nicht so neurotisch oder narzißtisch, zu glauben, daß eine nackte Birne um vier Uhr morgens das wahre Selbst offenbare. Er trank ein Glas Wasser und legte sich wieder ins Bett.

Trotz der frühen Stunde schimmerte schon etwas Licht durch die Vorhänge, die Sterne wahrscheinlich, dachte er, in dieser Nacht schien kein Mond. Auf eigentümliche Weise fühlte er sich an das Licht im Zelt auf Eddystone erinnert. Er schüttelte das Kissen zurecht und versuchte, wieder einzuschlafen.

»Laß offen«, sagte Rivers.

Es war wärmer als sonst gewesen, in der Gluthitze hatten Menschen und Bäume wie Lichtreflexe im Wasser geflimmert. Der Boden außerhalb des Zeltes war hart wie Zement. Rivers sah den roten Ameisen zu, die sich dort voran kämpften, ganz hinten schleppten sie einen toten Käfer herbei, der um ein Vielfaches größer war.

Hocart trat aus dem Zelt. »Ich glaube, heute nacht halte ich es hier drin nicht aus.«

»Wir können im Freien schlafen, wenn du willst. Solange du auf das Netz achtgibst.«

Die Reste ihres Abendessens lagen auf dem Tisch. Keiner von ihnen hatte großen Hunger gehabt.

»Was werden wir tun?« fragte Hocart, der im Schneidersitz neben Rivers auf der Erde hockte. »Was tun wir, wenn sie mit einem Kopf zurückkommen? Oder womöglich mit *mehreren*?«

Rivers antwortete langsam: »Wir mischen uns natürlich nicht ein.«

»Natürlich, wir sind ja tot. Selbst wenn wir beschließen, daß wir den Behörden nichts sagen, woher wollen sie das wissen? Wenn sie sichergehen wollen, bleibt ihnen doch nur ...«

»Sich an die Gesetze zu halten.«

»Uns zu beseitigen.«

»Ich glaube nicht, daß sie das tun.«

»Könnten sie es denn?«

»Ja, ich denke schon. Der Punkt ist nur, es wird nicht passieren, es wird keinen Kopf geben.«

»Und wenn ...«

»Dann wird uns schon etwas einfallen.«

Hocart war nicht überzeugt, schwieg lange und hartnäckig.

»Du weißt doch, welche Strafen darauf stehen. Wenn sie auf Kopfjagd gehen, wird der britische Gouverneur in jedem Fall davon erfahren. Und dann taucht ein Kanonenboot vor der Küste auf, Dörfer werden in Brand gesetzt, Bäume gefällt, Feldfrüchte vernichtet, Schweine getötet. Schreiende Frauen und Kinder werden in den Busch getrieben. Du weißt doch genau, was passiert.«

»Da ist man richtig stolz, Engländer zu sein.«

»Willst du damit sagen, daß Kopfjagd gestattet sein sollte?«

»Nein.« Zusammengepreßte Lippen.

»Gut. Ysabel war praktisch entvölkert, als diese Leute noch auf die Kopfjagd gingen. Es *mußte* Schluß damit sein.«

»Und wie wird die Frau dann freikommen?«

Rivers zögerte. »Ich weiß es nicht. Sie kann ja nicht ewig dort drin hocken bleiben.«

Insgeheim aber dachte er, auch wenn er es aus Aberglauben nicht aussprechen wollte, daß die Situation mit Emeles Selbstmord enden würde. Eine andere Lösung erschien ihm nicht vorstellbar.

Am nächsten Morgen brach er zu einem Besuch bei Namboko Taru auf. Sie verstanden sich gut, seit jenem Tag, als er sie mit seiner Pantomime von alternierender Verstopfung und Durchfall zum Lachen gebracht hatte, während Njiru den *nggasin* aus ihrem Bauch geholt hatte.

Sie hatte mit Namboko Nali im Meer gebadet, ihre Haare rochen nach Salzwasser. Taru saß, die dürren braunen Arme über der Brust verschränkt, vor ihrer Hütte und trocknete sich in der Sonne, während Hühner vorsichtig um sie herumstiegen und auf dem Boden pickten. Rivers setzte sich neben sie und bewunderte das blaßgrün schimmernde Kragengefieder des Hahns, während das Dorf langsam zum Leben erwachte.

Nachdem sie eine Weile geschwatzt hatten, begann er, sie nach dem Liebeszauber zu fragen, über den sie bei ihrer letzten Begegnung gesprochen hatten. Drei Frauen kamen heraus und hörten zu. Rivers zog sein Notizbuch heraus, um die Wörter des Zaubers, die Taru ihm nannte, aufzuschreiben. Dabei registrierte er, daß mehr als üblich geflüstert und gekichert wurde. Als Taru ihm eine Betelnuß reichte, dachte er, was soll's, wer braucht schon Zähne? und nahm an. Die Frauen kicherten erneut. Wenig später bot Taru ihm Kalk an, und ihr zuliebe ließ er sich von ihr eine weiße Linie auf die Wangen zeichnen. Das Kichern steigerte sich zu einem fast unbändigen Lachen, doch er bestand auf dem kompletten Zauberspruch. Es stellte sich heraus, daß er nur dann wirksam war, wenn sich der Mann von der Frau eine Betelnuß und Kalk geben ließ.

Er lachte mit den Frauen, und als sie zu Ende gelacht hatten, war eine so vertraute Atmosphäre zwischen ihnen entstanden, daß ihm schien, als könne er sie alles fragen. Selbst über Emele und *tongo polo*. Taru bestritt nachdrücklich, daß es zu einem Selbstmord kommen könne. Selbstmord, *ungi*, das sei etwas ganz anderes. Taru und Nali hatten Kera, der Witwe des letzten Häuptlings, geholfen, sich das Leben zu nehmen. Sie hatte versucht, sich mit Tabak zu töten, doch es hatte nicht funktioniert. Daraufhin hatte sie versucht, sich aufzuhängen, doch der Ast war abgebrochen. Da hatten sie eine Stange hochgehalten, und Kera hatte sich ein Stück Stoff um den Hals gewickelt und daran aufgehängt. Eher zu Tode gewürgt, dachte Rivers. Es konnte kein schneller oder leichter Tod gewesen sein. Wer entschied, ob die Witwe *ungi* machte oder *tongo polo*? fragte er. Sie selbst, antworteten sie.

Als er zum Zelt zurückkehrte, fand er Hocart, der vormittags Wäsche gewaschen hatte, im Freien liegen. Er schlief, oder ruhte, und hielt sich zum Schutz vor der Sonne die Arme über das Gesicht. Rivers setzte einen Fuß auf Hocarts Brust und drückte leicht.

Hocart blinzelte zu ihm hoch und sah die weißen Linien in seinem Gesicht. »*Mein Gott!*«

»Ich glaube, ich habe mich gerade verlobt.«

Hocart schüttelte sich vor Lachen. »Die Glückliche.«

In der großen Hitze fiel ihnen das Schlafen schwer, selbst wenn sie ihre Betten ins Freie stellten. Manchmal ließen sie es überhaupt sein und gingen statt dessen zum Strand hinunter und legten sich in das seichte Wasser, das in phosphoreszierend schimmernden Wellen über sie hinwegschwappte.

Der Gedanke an Emele ließ Rivers nicht mehr los. Wo immer er war, was er auch tat, der Gedanke an diese Frau, die völlig verkrampft in ihrem Haus hockte, verfolgte ihn, bis er sämtliche anderen Aspekte des Lebens auf Eddystone vor dem Hintergrund ihres Gefangenendaseins betrachtete.

Morgens ging er hinunter, um zu baden und den Kanus zuzusehen, die mit schaumglitzernden Paddeln ausliefen, während ein wortloses Lied über das Wasser wehte: »*Aie, aie, aie.*« Nur Vokale offenbar, keine Konsonanten. Und dann klatschten sie auf die Wasseroberfläche, um den Bonito in die Fangnetze zu locken.

Es war noch immer idyllisch. An seinem eigenen Glücksgefühl änderte sich nichts, aber inzwischen gab es diese beiden dunklen Punkte: Emele, die in ihrer Umfriedung hockte, und Ngea, der in seiner *era* dahinfaulte. Einmal beschloß er, zur anderen Seite der Bucht zu gehen, ohne daß er sich seinen Wunsch, Ngea zu sehen, hätte erklären können, da Verwesung ihn weder anzog noch abstieß. Ein Leichnam wurde begraben oder seziert. Mehr gab es dazu nicht zu sagen. Trotzdem mußte er Ngea sehen.

Der Geruch stieg ihm entgegen, als er den Berg noch nicht

einmal zur Hälfte hochgeklettert war. Er hielt sich zwar die Nase zu und atmetete durch den Mund, mußte aber nach ein paar Metern den Versuch aufgeben. Eine schwarze Wolke von Fliegen stieg hoch, wie aus einem Stück, so dicht, hörbare Hitze. Er kehrte um, nicht zuletzt deswegen, weil sie ihn an die Fledermäuse in der Höhle erinnerten, und diese Erfahrung, schutzlos zu sein, dieses Gefühl von Gehäutetsein, das seinerzeit durchaus etwas Positives gehabt hatte, machte ihm jetzt angst. Er war offen für alles, so wie ein Kind offen ist, denn alle früheren Erfahrungen waren irrelevant.

Die Hitze ließ nicht nach. Am späten Nachmittag war ein eigentümlich bronzenes Licht am Himmel, das sich gegen Abend ins Bräunliche verfärbte, als ob selbst die Luft angesengt wäre. Gelegentlich fuhr ein leichter Wind durch die Zweigspitzen, ohne aber die brütende Stille zu stören.

Rivers schlief unruhig. Schließlich wachte er gegen »Hahn singen« auf. Er wußte, daß er einen neuen, anderen Laut gehört hatte. Er lag da und lauschte und wollte sich schon wieder umdrehen, um vielleicht noch eine Stunde zu schlafen, als er es wieder hörte: das metallische Pfeifen einer Muschel.

Im nächsten Moment war er auf den Beinen und stand draußen vor dem Zelt. Der Busch verzerrte Geräusche, warf Echos zurück, aber dann hörte er eilige Schritte im Unterholz, Leute eilten hinunter zum Strand. Er rüttelte Hocart wach und folgte der Menge, wobei er sich etwas im Hintergrund hielt, weil er nicht wußte, wie geheim die Sache war, ob er anwesend sein durfte.

Unten am Wasser sah er Njiru, der, in weißen Stoff gehüllt und mit einem Stab in der Hand, auf die Bucht hinausblickte.

Ein von Lembu gepaddeltes Kanu näherte sich rasch von draußen, im Heck lag etwas Bündelartiges. Rivers war zu weit weg, um es genau erkennen zu können, aber von der Menge stieg ein »Ah« auf, und plötzlich liefen die Frauen und Mädchen wie tänzelnde Pferde in die Brandung hinaus, bis das Wasser so tief war, daß sie sich hineinwerfen und schwimmen konnten. Sie klammerten sich an das Kanu und eskortierten es bis in seichteres Wasser. Lembu, an dem alles schimmerte, Zähne, Haare, Augen, Haut, stieg aus und holte das Kanu an Land. Er ging zum Heck, wickelte das Bündel aus und zog den Inhalt auf den Sand. Ein kleiner, etwa vier Jahre alter Junge.

Rivers ging zum Kanu, denn es schien niemanden zu interessieren, ob er die Szene beobachtete oder nicht. Das Gesicht des Knaben war verweint und verschmiert. Er heulte nicht mehr, aber ein unregelmäßiger Schluckauf schüttelte seine dünne Brust. Während immer mehr Leute herbeiströmten und gafften, drängte er sich an den Mann, der ihn gefangen hatte, und legte eine dreckige Hand auf Lembus nackten Schenkel.

Rivers trat auf Njiru zu. »Ist das der Kopf?« fragte er, ohne zu merken, daß er Englisch, nicht Pidgin gesprochen hatte.

»Ja«, sagte Njiru ruhig.

Er nahm Lembu das Kind ab und trug den Kleinen, umringt von erregten, lachenden Menschen, ins Dorf hinauf. Rivers folgte ihm, blieb aber ein gutes Stück zurück, während sich die Menge vor Ngeas Haus versammelte. Lembu blies beim Betreten des Dorfes und dann wieder im Innern des Hauses auf der Muschel. Nach einer Weile erschien Emele, humpelnd, auf Tarus und Nalis Schultern gestützt. Hinter ihr kamen Lembu und Njiru heraus, und alles jubelte, nur der kleine Junge nicht, der verloren in der Menge stand, die Augen wie schwarze Luftblasen, die jeden Moment platzen konnten.

13

4. Oktober 1918

Was soll man sagen? Und doch muß ich etwas schreiben, denn so dürftig meine Erinnerungen heute sind, in späteren Jahren werde ich mich an sehr viel weniger erinnern. Es ist auch nicht wahr, wenn die Leute behaupten, daß sie sich an nichts erinnern. Man weiß, daß man viele Dinge nie vergessen wird, und ein paar Dinge möchte man sehnlichst vergessen und schafft es nicht. Aber die Zusammenhänge verschwimmen. Luftblasen zerplatzen an der Oberfläche, wie in den Kratern hier in der Gegend, die unter Wasser stehen – Krater, die es seit Jahren gibt, und weiß der Himmel, was in ihnen alles begraben ist.

In der Nacht des 1. Oktober (ich glaube jedenfalls, es war der 1. Oktober, auch das Zeitgefühl läßt nach) lagen wir stundenlang in einem etwa dreißig Zentimeter tiefen Schützengraben – der Preis des Sieges, denn es war ein deutscher Graben. Ein weiterer Siegespreis war die Tatsache, daß links neben uns keine britischen Soldaten lagen. Wir hatten die anderen weit abgehängt. Ich kann wohl mit Recht sagen, daß wir die einzige Einheit waren, die die Hindenburglinie durchbrochen *und* die Stellung gehalten hat. Es war dunkel, früher Abend, stockfinster, und wir rechneten mit einem Gegenangriff am nächsten Morgen. Bis dahin blieb uns nichts anderes übrig, als zu warten, aber wir waren unerträglich exponiert, MG-Feuer von drei Seiten, und es war unerträglich eng. Eng ist gar kein Ausdruck. Der Schützengraben war kaum mehr als eine flache Rinne in der Erde. Eine unvorsichtige Bewegung, und man war geliefert. Und die meiste Zeit mußten wir Gasmasken tragen, weil unsere Seite einen ziemlich heftigen Gasangriff geführt hatte und das Zeug nicht abzog. In der ganzen Gegend roch es wie nach einem mißglückten Selbstmordversuch, und immer wieder hörte ich Sarahs Stimme, die über Johnny, ihren ersten Verlobten, gesagt hatte: *Es war unser Gas, es war unser eigenes verdammtes Gas*. Trotz des vielen Übens brauchten einige Jungs ziemlich lange, bis sie die Maske aufhatten, ein, zwei Leute reagierten etwas komisch, und dann beschloß Oakshott, eine Panikattacke zu kriegen. Um ihn zu beruhigen, kroch ich rüber zu ihm, aber nicht an den Jungs vorbei, sondern über sie hinweg, wie ein Aal, der sich im Bassin über die anderen hinwegschlängelt. Ich entsinne mich, daß ich irgendwann lauthals lachen mußte, weshalb, weiß ich nicht mehr, aber es tat mir gut. Es gibt eine Art Wutgelächter, das befreiende Wirkung hat. Ich teilte mir mit Longstaffe eine Tafel Schokolade, wir kauerten unter meinem Mantel und versuchten, uns warm zu halten. Und dann kam der Gegenangriff.

Hier platzen zwei Luftblasen. Longstaffe fällt mit einem roten Loch in der Stirn und einem leicht überraschten Gesichtsausdruck in den Graben. Und die Bajonettarbeit. An die ich mich nicht erinnern will. Rivers würde sagen, Sie müssen sich *jetzt* erinnern – jede verdrängte Erinnerung wird Ihnen in der Zukunft Schwierigkeiten machen. Tja, Pech gehabt. Ich kann nur überleben, wenn ich nicht denke, und überhaupt – welche Zukunft?

Das ganze Unternehmen war ja zusammenbruchgefährdetes Terrain, wie Rivers es definieren würde. Enger Raum, Unbeweglichkeit, Hilflosigkeit, Passivität, die ständige Gefahr, der man nicht ausweichen kann. Mein Nervenkostüm scheint aber in Ordnung zu sein. Zumindest nicht schlechter als das der anderen. Wir sind alle ziemlich fertig, jeder versucht irgendwie zu bewältigen, was er gesehen hat. Und getan hat. Aber nach außen hin tun alle unbeschwert. Wir marschieren *zurück*, durch dieselbe Ödnis, aber in Richtung Sicherheit. Ein anderes Bataillon springt für uns ein. Und sooft ich mit dem rechten Fuß auftrete, sage ich mir, *vorbei, vorbei, vorbei.* Der Krieg geht nämlich zu Ende, wir alle wissen es, und er geht zum Teil wegen unserer Aktion zu Ende. *Wir* sind durchgebrochen. *Wir* haben die Stellung gehalten.

5. Oktober

Am schlimmsten war es nach dem Gegenangriff, als wir den ganzen Tag, umgeben von toten Kameraden, in diesem Schützengraben lagen. Langstaffe lag noch immer neben mir, wenngleich sein Gesichtsausdruck sich inzwischen verändert hatte. Die Überraschung war verschwunden. Und wir hörten das Stöhnen der Verwundeten draußen. Zwei Sanitäter, die sich bereit erklärten rauszugehen, erwischte es sofort, als sie aufstanden. Später versuchte es noch ein dritter. Daraufhin sagte ich, Schluß jetzt, niemand verläßt seine Deckung. Bei Einbruch der Nacht hatte das Stöhnen zum größten Teil aufgehört. Ein paar Leichtverwundete, die im Schutz der Dunkelheit herankrochen, wurden von uns so gut es ging zusammengeflickt. Aber einer stöhnte pausenlos, es hörte sich nicht wie ein Mensch an, nicht einmal wie ein Tier, es war ein kehliges Gurgeln, wie ein verstopftes Abflußrohr.

Ich beschloß, es selbst zu versuchen, und nahm Lucas mit. Kein Vergleich mit früher, als man aus dem verfluchten Graben *geklettert* ist. Einfach unter dem Stacheldraht durchgerobbt, so daß man mit den Ärmeln hängenbleibt, und rein in den Schlamm. Ich spürte die Kälte auf dem Gesicht und den unendlichen Raum über mir, dieses Gefühl, das man immer hat, wenn man im Freien auf dem Boden liegt, daß die Erde wie ein Ball durch den Raum fliegt. Ich hatte Zeit für diesen Gedanken, trotz der Kugeln – die mir jedenfalls weniger angst machten als die Vorstellung, mit ansehen zu müssen, was dieses Stöhnen verursachte.

Das Gurgeln führte uns zu ihm. Er lag am Rand eines überfluteten Kraters, starker Gasgeruch, wie immer in der Nähe von Wasser. Während wir hinunterkletterten, peitschten Kugeln auf die Wasseroberfläche, plopp, plopp plopp, ein unschuldiges Geräusch, wie wenn man einen flachen Stein über einen Fluß schlittern läßt, und die Kugeln strichen über den Kraterrand, wo wir eben noch gewesen waren, so daß sich die Erde löste und zu uns herunterrieselte. Das Gurgelgeräusch veränderte sich, als wir näher kamen, er wußte also, daß etwas passieren würde. Mehr dürfte er kaum wahrgenommen haben. Schließlich war ich direkt bei seinen Füßen und begann, seine Beine nach Wunden abzusuchen, nichts, aber damit hatte ich auch nicht gerechnet. Ein solcher Laut konnte nur von einer Kopfverletzung herrühren. Daß die mir zugewandte Seite des Kopfes heil war, machte die ganze Sache nur unwesentlich schlimmer. Der Mann zitterte am ganzen Leib, er sah ganz blau aus im Sternenlicht, wie wir anderen auch, aber seine Haut hatte das Dunkelblau eines Menschen, der unter Schock steht. Ich rief: »Hallet«, und für einen Moment hörte das Gurgeln auf. Ich bedeutete Lucas, mir zu helfen, ihn richtig auf den Rücken zu drehen, und dann sahen wir die Wunde. Freiliegendes Gehirn, massenhaft Blut, und am Hals floß etwas hinunter, das kein Blut war. Ein Auge war futsch. Ein Loch – ich wollte gerade sagen, in seiner linken Wange – dort, wo seine linke Wange gewesen war. Irgendwo brannte es, und der rote Feuerschein am Himmel spiegelte sich auf unseren Gesichtern. Es war der Bauernhof, einer unserer Orientierungspunkte. Die Wolken hatten eine rötliche Färbung angenommen.

Wir schlangen einen Strick um Hallet und zogen ihn quer durch den Krater, zur anderen Seite, in unsere Richtung, und die ganze Zeit dachte ich, wozu eigentlich? Er stirbt doch sowieso. Ich glaube, ich dachte auch daran, ob ich ihn töten sollte. Einmal schrie er, so daß ich die Plomben in seine Backenzähnen sah, und sein Mund füllte sich mit Blut. Danach gab er wieder Ruhe, und es ging etwas leichter voran, doch dann stieg eine Leuchtkugel hoch und tauchte alles in bleiches, flackerndes Licht. Arschlöcher, ihr verdammten Arschlöcher, dachte ich. Ich hörte eine Bewegung und sah ein weißes Gesicht am Kraterrand, das zu uns herunterschaute. Carter, der, wie ich später herausfand, auf eigene Initiative losgekrochen war. Es ging gerade noch. Mehr als drei, und wir hätten einander behindert. Wir schafften Hallet unter feindlichem Beschuß zurück, der, sofern man das überhaupt sagen kann, nicht ganz so heftig war wie zuvor – unbeabsichtigt vermutlich. An diesem Tag hatten beide Seiten viel zuwenig Gnade gezeigt, als daß eine solche Geste möglich gewesen wäre.

Wir fielen in den Schützengraben, Hallet obenauf. Ich spürte etwas Feuchtes im Gesicht, es war kein Schlamm, und als ich es wegwischte, klebte ein Stück von Hallets Gehirn an meinen Fingern. Weil er auf dem letzten Stück keinen Mucks mehr von sich gegeben hatte, nahm ich an, daß er bewußtlos oder tot war, aber er war weder noch. Ich gab ihm etwas Wasser zu trinken. Dazu mußte ich meine Hand an sein Gesicht drücken, sonst wäre das Wasser aus dem Loch herausgeschwappt. Und die ganze Zeit dachte ich: Bitte stirb! Menschenskind, stirb doch endlich! Aber er starb nicht.

Ich weiß noch, als wir schließlich den Befehl zum Rückzug bekamen, schaute ich hoch zum Himmel, sah ein paar blasse Sterne durch einen grünlichen Lichtschleier und dachte, Gott sei Dank wird es Abend, denn es kamen noch immer Granaten angeflogen, die zum Teil genau in der Chaussee einschlugen. Wenigstens würden wir in die relative Sicherheit der Nacht marschieren.

Die Sonne stand am Horizont und füllte den Himmel aus. Ich weiß nicht, ob es am Blickwinkel lag oder an den dahintreibenden Rauchschwaden, die sie halb verbargen, jedenfalls war es überwältigend. Die ganze Szene sah aus wie etwas, das sich unmöglich auf Erden ereignen konnte, teils die Sonne, teils die absolute Leblosigkeit der zerstörten, zerwühlten, pockennarbigen Landschaft mit ihren stinkenden

Kratern und den Stacheldrahtverhauen. Kein einziger Vogel, nicht einmal Aasfresser. Selbst die Krähen haben kapituliert. Ich stolperte voran, hinter mir die Kompanie, und wartete darauf, daß die Sonne untergehen würde. Aber das blöde Ding tat mir nicht den Gefallen. SIE GING AUF. Nicht nur mir ging es so. Ich sah mich nach den anderen um und erkannte die gleiche Verblüffung auf jedem Gesicht. Seit vier Tagen hatten wir kein Auge mehr zugetan. Ein solcher Erschöpfungszustand ist wie eine andere Welt, so wie Lärm, Artillerielärm, nicht mit irgendeinem anderen Lärm zu vergleichen ist. Man sieht, wie die Leute hindurchwaten, sich anlehnen. Ich glaube wirklich, wenn der Krieg noch hundert Jahre dauert, würde sich eine andere Sprache herausbilden, eine, die den Klang eines Bombardements beschreiben könnte oder das Summen von Fliegen an einem heißen Augusttag an der Somme. Es gibt keine Worte. Es gibt keine Worte für das, was ich beim Anblick der aufgehenden Sonne empfand.

6. Oktober

Wir sind jetzt so weit zurückverlegt, daß wieder Offiziere aus verschiedenen Kompanien gemeinsam im Kasino essen. Ich sitze an einem wackligen kleinen Tisch und kontrolliere die Post, die wir bekommen haben, auch ein Brief von Sarah ist dabei, sie schreibt, daß sie nicht schwanger ist. Ich weiß nicht genau, was ich davon halten soll. Ich sollte froh sein, und natürlich bin ich es auch, aber das war nicht die erste Reaktion. Für den Bruchteil einer Sekunde war da etwas anderes, bevor die Erleichterung einsetzte.

Es kommen auch Briefe für die Toten an. Ich überprüfe die Namen anhand der Liste und schreibe »Verstorben« mit dicken, fetten Buchstaben links oben in die Ecke. Wir hatten schwere Verluste, weniger beim ersten Angriff als bei den Gegenangriffen.

Gregg ist seinen Verwundungen erlegen. Ich weiß noch, wie er uns einen Brief zeigte, auf den seine kleine Tochter mit Buntstift große rote »Küsse« gemalt hatte.

Von den Leuten, mit denen ich noch vor einem Monat in einem Haus in Amiens gewohnt habe, ist Potts verwundet, aber er wird durchkommen. Jones (Owens Bursche) ist verwundet, wird durchkommen. Hallet ist so übel zugerichtet, daß er es wohl kaum schaffen wird. Manchmal sehe ich ihn im Gartenteich liegen, mit den flinken Goldfischen um ihn herum und den silbernen Bläschen auf seinen Schenkeln. Eher eine Zeichnung, weniger ein Photo, keine Tiefenschärfe, keine Perspektive, aber ganz deutlich. Und Longstaffe ist tot.

Der Than von Fife, der hatt' ein Weib, wo ist sie nun?

Ich sehe hinüber zu Owen, der mit einer Woodbine im Mundwinkel – gottlob gibt es wieder reichlich Zigaretten – dasitzt und Verlustmeldungen schreibt. Die Haare, ziemlich glatt im Moment, fallen ihm in die Stirn. Nach der Schlacht lief er tagelang in seiner blutstarrenden Uniformjacke herum, aber meine war genauso mit Blut und Hirn verschmiert. Wir müssen wie die Schlachthofarbeiter gestunken haben, aber wir achten schon lange nicht mehr darauf, wie wir riechen. Owen sieht aus wie einer von diesen Burschen, die im East End an den Straßenecken herumlungern. Offen für Angebote. Ich muß sagen, ich wäre nicht abgeneigt. Er spürt, daß ich ihn beobachte, blickt hoch, lächelt und schiebt mir die Zigaretten herüber. Ich habe ihn beim Angriff gesehen, Umhang und Maske blutbeschmiert, wie er ein Maschinengewehr erbeutete und es seinen früheren Besitzern auf die Brust setzte. Als würde man die gefangenen Fische im Eimer abstechen. Ob er wohl diese grauen Gesichter mit offenen Mündern sieht, Gesichter, aus denen das Leben tritt, bevor die Kugeln auftreffen, so wie ich die Gesichter der Männer sehe, die ich beim Gegenangriff getötet habe. Ich werde nicht fragen. Er würde mir keine Antwort geben. Ich würde mich auch nicht trauen, ihn zu fragen. Zum erstenmal kommt mir der Gedanke, daß auch Rivers' Arbeit Mut verlangt.

Über unsere Verluste wird nicht gesprochen. Die Tage sind mit Belanglosigkeiten angefüllt, so kann man leichter vergessen. Ich reibe mit der Daumenspitze gegen Zeige- und Mittelfinger der rechten Hand, dort, wo ein Stück von Hallets Gehirn klebte, und empfinde nichts Besonderes dabei.

Wir sind die Erfolgsbeweise von Craiglockhart. *Schaut uns an!* Wir erinnern uns nicht, wir empfinden nichts, wir denken nicht – jedenfalls nicht mehr als das, was unbedingt notwendig ist, um hier zu funktionieren. Nach den Maßstäben zivilisierter Menschen (aber was heißt das schon heutzutage?) bieten wir ein Bild des Grauens. Aber unsere Nerven sind völlig stabil. Und wir leben noch.

Dritter Teil

14

ERBITTERTE GEFECHTE

Beide Seiten entrichten hohen Preis
Hunnen in Erwartung unserer Bajonette

Prior wird dabeigewesen sein, dachte Rivers. Er nahm die Zeitung vom Frühstückstablett und versuchte, sich ernsthaft zu konzentrieren. Selbst dieser markige Bericht ließ keinen Zweifel daran, daß es schwere Verluste gegeben hatte. Die Gefallenenlisten schon jetzt zu überprüfen war sinnlos, da es mindestens eine Woche dauerte, bis individuelle Namen bekannt wurden. Wenn Prior jedoch am Leben war, würde in den nächsten Tagen vermutlich eine Feldpostkarte von ihm eintreffen. Sein letzter Brief hatte ganz gut geklungen, doch das war schon zehn Tage her.

Rivers hatte dabei jenen Neid verspürt, den Briefe von Frontsoldaten jedesmal in ihm auslösten. Wenn dieser elende Krieg schon sein mußte, dann hätte er ihn lieber mit dem Marschall-von-den-zehn-Wunden verbracht als mit Telford-vom-eingelegten-Penis. Angestrengt konzentrierte er sich auf den Text, in dem von der Schlacht berichtet wurde, doch die Buchstaben verschwammen vor seinen Augen. Und das Frühstücksei – weiß der Himmel, wieviel Geld Mrs. Irving dafür ausgegeben hatte – bekam er nur mit Mühe hinunter. Wenn er noch einen Löffel davon hinunterwürgte, würde ihm schlecht. Er setzte seine Brille ab, legte sie auf den Nachttisch und schob das Tablett beiseite. Er wollte nur ein wenig ruhen, bevor er weiterlas, aber seine Finger gaben nach und zuckten auf der Bettdecke, und nach einer Weile glitt die Zeitung mit ihren gellenden Meldungen von fernen Schlachten raschelnd zu Boden.

Auf einem gabelförmig endenden Stock bleichte Ngeas Schädel in der Sonne vor sich hin. Eine einsame Schmeißfliege summte in den Augenhöhlen herum, fand aber nichts Interessantes und flog wieder davon, in den blauen Himmel.

Rivers, der zum Strand hinuntergegangen war, um zu baden, blieb stehen und betrachtete den Schädel. Vor einem Monat erst hatte er mit diesem Mann gesprochen, beim Abschied sogar kurz seine Hand gehalten. Kein Wunder, daß die Insulaner Halsbänder aus Pepeu-Blättern trugen, um sich vor *tomate gani yambo* zu schützen, dem Tote fressenden Geist.

Später sah er den kleinen Jungen, den Lembu von Ysabel mitgebracht hatte. Teilnahmslos hockte er vor Njirus Haus und stocherte mit einem Stöckchen im Sand herum. Er weinte nicht, sah jedoch bedrückt aus. Es hieß, daß er gekauft worden sei, doch erschien Rivers diese Darstellung nicht sehr glaubhaft. Hier auf diesen Inseln, deren Bewohner, trotz Abschaffung der Kopfjagd, noch immer Kriegergemeinschaften waren, würde nicht einmal die ärmste Familie freiwillig einen Sohn hergeben. Rivers glaubte eher an eine Entführung. Er beobachtete das Kind eine Weile, wollte zu ihm hingehen, wußte aber, daß ein fremder weißer Mann den Jungen nur noch mehr erschrecken würde.

»Werden sie ihn töten?« fragte Hocart, als er in dieser Nacht schlaflos im Bett lag.

»Nein, bestimmt nicht – dann müßten sie uns auch töten.«

»Das wär vermutlich kein Problem für sie.«

»Die Reaktion des Gouverneurs aber.«

Doch nachdem Hocart eingeschlafen war und sich unruhig hin- und herwälzte, lag Rivers wach da und überlegte, daß es für die Insulaner nicht allzu schwierig sein dürfte, sie zu beseitigen. Die ganze Zeit starben weiße Männer an Schwarzwasserfieber, und zweifellos gab es sehr ähnlich wirkende Gifte. Man mußte sich nur Ngeas Schädel ansehen, um zu wissen, daß bis zur Ankunft des nächsten Dampfers nicht mehr genügend von ihnen übriggeblieben wäre für irgendwelche Ermittlungen. Außerdem würde es sich bei dem nächsten Dampfer um das Schiff von Brennan handeln, der hier in der Gegend seine Geschäfte betrieb und bei dem geringsten Anzeichen von Unruhe so schnell wie möglich das Weite suchen würde. Nein, sie mußten einfach abwarten und vorsichtig sein.

Als er am nächsten Morgen im Dorf eintraf, war der kleine Junge verschwunden.

Sie wurden eingeladen, der Überführung von Ngeas Schädel in das Schädelhaus beizuwohnen. Njiru würde die Zeremonie vornehmen.

Bei Tagesanbruch weckte sie das Gebrüll der Schweine, die geschlachtet wurden, und den ganzen Vormittag stiegen Rauchsäulen von den Kochstellen auf. Die eigentliche Zeremonie begann erst mittags, als die Sonne ihnen auf Kopf und Schultern knallte und die glühende Hitze noch von zwei Feuern verstärkt wurde, dem Opferfeuer vor dem Schädelhaus und dem gewöhnlichen Feuer, um das Rivers und Hocart zusammen mit den Leuten aus dem Dorf und den umliegenden Weilern saßen. Rivers sah sich nach dem kleinen Jungen um, konnte ihn aber nicht entdecken. Neben ihm hockte Lembu und flocht eine Schnur, mit der er Ngeas Kieferknochen am Schädel festband, bevor er ein Muscheldiadem auf die Schädeldecke setzte und weitere Muscheln in die Augenhöhlen legte.

Durch das Feuer konnte man Gestalten erkennen, die sich in der flimmernden Hitze bewegten. Eine Frau mit einem Baby in den Armen, Nanja, deren eigenes Kind im Frauenhaus gestorben war und die jetzt Kwini die Brust gab, dem ausgemergelten Kind, das Rivers schon einmal mit Njiru gesehen hatte. Nuckelnd und schmatzend bearbeitete es die

Brustwarze – die dünnen Beinchen waren schon etwas dicker geworden. Die Kleine wird durchkommen, dachte Rivers, ein Gedanke, der ihn fröhlicher stimmte, denn die aufgestapelten Schädel waren eine irritierende Kulisse für westliche Augen.

Njiru hob Ngeas gekrönten Schädel in die Höhe, und sofort setzte Stille ein, unterbrochen nur von unbeschwertem Kindergeschrei, das aber ein ganzes Stück entfernt war. Rivers verstand Njirus Gebet über weite Strecken hinweg auch ohne Dolmetscher. »O ihr Geister, wir bringen euch Yams dar, wir bringen euch Schweine dar. Steht uns bei im Kampf, steht uns bei auf See, steht uns bei, wenn wir die Dächer abbrennen. Nehmt hin den großen Toten …« Njiru legte Ngeas Schädel jetzt auf den Boden. »Und seid uns gewogen und vernichtet unsere Feinde. Oh, oh, oh.«

Es war ein Gebet um Erfolg bei der großen Kopfjagd, die die Trauerfeier für den verstorbenen Häuptling hätte abschließen müssen. Das *vavolo*, das nächtliche Fest, bei dem alle jungen Mädchen den heimkehrenden Kriegern gratis – *tugele* – zur Verfügung standen. Aber das Unternehmen würde nicht stattfinden. Das Gebet konnte nicht erhört werden. Njiru legte Schweinefleisch und Yamskuchen in das Opferfeuer, dessen Flammen träge im Sonnenschein flackerten. Dann nahm er den Rest des Kuchens, ging um die Felssteine, die die Lichtung einfaßten, und legte auf jeden Stein ein Stück Yamskuchen. Diese Steine – sie hießen *tomate patu*, Steingeister – wurden zum Gedenken an die Männer errichtet, die in der Fremde gestorben waren und nicht heimgeholt werden konnten. Rivers beobachtete, wie Njiru von Stein zu Stein schritt.

Die Kopfjagd hatte verboten werden müssen, aber die Folgen dieses Verbots waren an der Antriebslosigkeit und Lethargie der Insulaner deutlich abzulesen. Die Kopfjagd war ihr Lebensinhalt. Auch wenn es zynisch oder frivol klang – auf die Kopfjagd zu gehen war für sie immer ein Riesenvergnügen gewesen, und ohne dieses Vergnügen hatte das Leben praktisch keinen Sinn mehr.

Dieses Volk ging daran zugrunde, daß keine Kriege mehr geführt werden durften. Das zeigte sich an der Familiengröße: die Geburtenrate sank von einer Generation zur nächsten – seit Rinambesis Jugend hatte sich die Bevölkerung der Insel um mehr als die Hälfte verringert –, und zwar großenteils beabsichtigt.

War die Versuchung, zu Ehren eines verstorbenen Häuptlings nur einen einzigen kleinen Kopf zu opfern, in dieser hoffnungslosen Situation nicht vielleicht übermächtig? Eine richtige Kopfjagd, nein, das kam, angesichts der harten Bestrafung, nicht in Frage. Aber wer würde schon einen kleinen Jungen vermissen?

Nachdenklich aß Rivers den Yamskuchen und das Schweinefleisch, das man ihm gereicht hatte. Einmal blickte er hoch und sah Njiru auf der anderen Seite des Feuers, eine hochgewachsene, schlanke, etwas krumme Gestalt, die in der Hitze schwankte, und registrierte auf seinem Gesicht einen Ausdruck von – Bitterkeit? Nein, noch mehr. Beinahe Haß.

Kundaite konnte *tok blong tomate* dolmetschen, die Sprache der Geister. Manchmal, sagte er, finde eine Versammlung statt in der Nacht, in der die alten Geister kämen, um die neuen Geister nach Sonto zu holen, und er befrage die Geister und man hörte sie sprechen. Ob eine solche Versammlung auch für Ngea stattfinden würde? fragte Rivers. Kundaite wußte es nicht genau, er vermutete eher nicht. Würde sie stattfinden, wenn wir dir zehn Tabakstangen geben? Kundaite nickte. Er bekam fünf, und die restlichen fünf wurden ihm für den nächsten Morgen versprochen. Ob sie Ngea würden sprechen hören? fragte Hocart. Nein, antworte Kundaite. »Ngea noch nicht sprechen. Er wie kleiner Junge, *pikinini.*« Nervös griff Kundaite nach seinen Tabakstangen. »Nichts sagen Njiru!« bat er schließlich.

Bei Sonnenuntergang trafen sich alle in Ngeas Haus und saßen mit untergeschlagenen Beinen um das Feuer. Es bestand aus frischen Zweigen und qualmte ziemlich stark. Sie husteten und warteten mit tränenden Augen. Nichts passierte. Draußen war es stockdunkel, da der Mond noch nicht aufgegangen war. Nanja brachte trockenes Holz herein, das sie, Scheit für Scheit, geschickt auf das Feuer legte, bis es knisterte und prasselte. Als Kwini weinte, nahm sie die Kleine in die Arme und beruhigte sie. Ältere Kinder saßen mit großen Augen um das Feuer herum, aber Rivers stellte fest, daß seine Lider immer schwerer wurden, denn er war schon früh aufgestanden und in der Hitze meilenweit gelaufen. Er zwang sich, die Augen offenzuhalten, und sah sich in der Runde um. Emele – Namboko Emele, wie man sie jetzt anreden mußte – war da und trug einen braunen Bastschurz, hatte aber keinen Kalkputz und keinen Halsschmuck angelegt. Erstaunlicherweise war Njiru nicht anwesend, immerhin war er es, der Ngeas Schädel in das Schädelhaus gebracht hatte.

Kundaite trat ein und setzte sich neben die Tür. Auf ein Zeichen von ihm wurden die Fackeln gelöscht, aber die Gesichter der Anwesenden, die sich im Feuerschein bewegten, waren noch immer deutlich zu sehen. Es wurde still, noch stiller, ganz still. Kundaite schloß die Augen und begann leise zu stöhnen. Rivers beobachtete ihn skeptisch, überlegte, ob der Versuch, sich in Trance zu versetzen, echt oder bloß gespielt war. Abrupt kam Kundaite wieder zu sich. Er legte drei Tabakstangen als Opfergabe ins Feuer und erklärte beiläufig, daß die Geister aus Sonto unterwegs seien. Langes Schweigen. Nichts geschah. Jemand meinte, daß die Geister sich möglicherweise vor dem Hund fürchteten, der neben dem Feuer lag. Das Tier hob den Kopf, als es seinen Namen hörte, stellte fest, daß kein Anlaß zu Sorge bestand, und streckte sich mit einem Seufzer wieder aus. Andere sagten, daß sich die Geister vielleicht vor den weißen Männern fürchteten.

Vom vielen Sitzen taten Rivers allmählich die Beine und der Rücken weh. Auf einmal sagte Kundaite: »Hört, die Kanus!« Ein Blick in die Runde zeigte deutlich, daß alle das Klatschen von Paddeln hörten. Auf jedem Gesicht vermischten sich Freude und Trauer. Emele begann mit dem melodischen Klagegesang der Frauen, hielt aber inne, als Kundaite die Hand hob.

Gespanntes Schweigen. Dann pfiff jemand. Der Laut war schwer zu lokalisieren. Rivers beobachtete die vielen Gesichter, konnte aber nicht erkennen, woher das Pfeifen kam. Namen wurden ausgerufen, die er von den Familiengeschichten her kannte. Jeder rief einen Angehörigen, der vor kurzem gestorben war. Manche auch vor längerer Zeit. Namboko Taru rief nach ihrer Großmutter. Dann wurde der Name Onda gerufen, und wieder pfiff jemand. Rivers bemerkte, daß Hocart sich ebenfalls umschaute, um den Pfeifer zu lokalisieren.

Es folgte nun eine Debatte über die weißen Männer, wobei die Stimmen der Geister von Kundaite übersetzt wurden. Wer sind die weißen Männer? Warum sind sie da? Warum wollen sie die Sprache der Geister hören? Ob die Geister etwas gegen die Anwesenheit der weißen Männer einzuwenden hätten, fragte Kundaite. »Was machen wir, wenn sie ja sagen?« flüsterte Hocart, ohne die Lippen zu bewegen. »Wir verschwinden sofort.«

Doch die Geister hatten keine Einwände. Der pfeifende Onda erklärte, daß er noch nie weiße Männer gesehen habe. Kundaite zeigte auf Rivers und Hocart. Onda, anscheinend zufrieden, verstummte wieder. Kundaites Vater, der ebenfalls Kundaite hieß, kam als nächster an die Reihe und bat um Tabak. Der lebende Kundaite legte seine letzten zwei Stangen in das Feuer und sagte: »Hier ist Tabak für dich, Kunda. Rauch ihn und geh fort.« Namboko Rupe, die Mutter von Ngea, sprach als nächste. Sie sagte, daß sie gekommen sei, um Ngea nach Sonto mitzunehmen. Andere Verwandte von Ngea schlossen sich an. Schließlich erklärte Kundaite, daß Ngea selber im Raum sei.

Das Schweigen wurde noch tiefer. Rivers spürte eine Gänsehaut auf seinen Armen. Namboko Emele begann, um ihren Mann zu klagen. Kundaite sagte: Weine nicht. Er geht nach Sonto. Ngeas Mutter sagte: Er muß jetzt gehen. Er muß auf der Muschel blasen und nach Sonto gehen. Inzwischen war der Raum von Pfeifklängen erfüllt, die an den Wänden entlang- und über den Boden glitten. Manchmal schienen die Töne wie ein leiser Wind über die Haut zu streichen. Namboko Emele begann wieder zu klagen, und die anderen Frauen fielen ein. Weint nicht, sagte Ngeas Mutter wieder durch Kundaites Mund. Ich bin gekommen, ihn nach Sonto zu holen. Kundaite erklärte nun, daß Ngea die Muschel blasen werde. Jeder der Anwesenden, außer Rivers und Hocart, hörte es, dann verstummten die Klänge, und es war wieder still, nur noch der melodische Klagegesang der Frauen war zu hören.

Als Rivers sich zehn Jahre später von der heißen Bettdecke befreite, dachte er, daß die Geister genau das gefragt hatten, was die Lebenden beantwortet haben wollten. Was taten die weißen Männer auf der Insel? Waren sie wirklich so harmlos, wie sie aussahen? Warum wollten sie die Sprache der Geister hören? Würden die Geister ihre Anwesenheit möglicherweise als Beleidigung empfinden?

Sassoon hatte, während er in Craiglockhart mit der Entscheidung rang, ob er seine Protesthaltung aufgeben und wieder an die Front zurückkehren sollte, beim Aufwachen den Geist eines toten Kameraden vor seinem Bett stehen sehen. Und später waren, mehr als einmal, Schattenfiguren aus dem Sturm getreten und hatten ihn gefragt, warum er nicht an der Front sei, warum er seine Männer im Stich gelassen habe.

Diese Geister waren keine Ausflucht, dachte Rivers, weder bei Siegfried noch bei den Insulanern. Vielmehr wurden die Fragen, indem man sie Toten in den Mund legte, noch drängender, noch unerbittlicher.

Während Rivers und Hocart im Schein der Taschenlampe, der ihnen um die Füße tanzte, auf dem schmalen Pfad zu ihrem Zelt zurückkehrten, Seite an Seite, so daß ihre Schultern ständig aneinanderstießen, sprachen sie über die Séance.

Ein törichtes Wort, das Rivers unpassend erschien, aber ein besseres fiel ihm nicht ein.

»Wer hat gepfiffen?« fragte Hocart.

»Ich weiß es nicht.«

Die Zeremonie hatte ihn in einer Weise bewegt, wie er es nie erwartet hätte, als sie sich am Feuer versammelten. Sie sprachen eine Weile darüber und versuchten, sich genau an die Abfolge der Ereignisse zu erinnern, denn sie hatten ja keine Notizen machen können. Dann sagte Rivers: »Njiru war nicht da.«

»Ja, ist mir auch aufgefallen.«

Vor dem Zelt sagte Hocart: »Soll ich das Licht anmachen?«

»Nein, nicht nötig. Jedenfalls nicht für mich. Ich geh sofort schlafen.« Er schnallte den Gürtel auf und rieb sich die juckende Hautpartie darunter. Er warf die Hose in eine Ecke, legte sich aufs Bett und stieß sofort einen lauten Ruf aus, denn sein Kopf war auf etwas Hartes, Kaltes gestoßen. Hocart kam bleichen Gesichts mit der Taschenlampe herein. Auf dem Kissen lag eine Axt. Rivers nahm sie und hielt sie ins Licht. Der Griff war, nach lokalen Maßstäben, recht kunstvoll gearbeitet, und unterhalb des Blatts war ein Knoten im Holz, eine Unregelmäßigkeit.

»Jemand muß sie hiergelassen haben«, sagte Hocart zögernd.

»Tja, offensichtlich.«

»Nein, ich meine aus Versehen. Der Besitzer wird morgen früh kommen und sie holen.«

»Ich hoffe nicht«, sagte Rivers trocken. »Sie gehört Ngea.«

»Bist du sicher?«

Rivers zeigte auf den Knoten im Holz. »Ja, ich erinnere mich daran, es fiel mir auf, als sie die Axt zu ihm in die *era* legten.« Er strich über das Blatt. »Nein, ich fürchte, wir haben zu viele unangenehme Fragen gestellt. Es soll uns eine Warnung sein.«

15

10. Oktober 1918

Wieder in Wellblechhütten, die zwar trocken, ansonsten aber weniger bequem als Unterstände sind. Owen hat es irgendwie geschafft, ein Porträt von Siegfried Sassoon bei sich an der Wand anzubringen. Sassoon in ausgesprochen byronscher Manier, wie ich finde – nicht der Sassoon, wie *ich* ihn in Craiglockhart erlebt habe, wie er mit geschulterten Golfschlägern den Hauptkorridor entlangrennt und so schnell wie möglich ins Freie kommen will. Ich stand einfach da und glotzte das Bild an. Und plötzlich war ich wieder in Rivers' Zimmer und sah die spätnachmittägliche Sonne auf seinen Brillengläsern funkeln, während er mal wieder endlos schwieg. Rivers bedrängt einen nicht mit seinem Schweigen. (Im Gegensatz zu mir.) Er versucht nicht, einen dahin zu kriegen, daß man mehr sagt, als man will. Er möchte das, was man bereits gesagt hat, mit einem schützenden Raum umgeben, so daß man darüber nachdenken kann, ohne sich dabei in die Hose zu machen. Dünne weiße Gardinen wehen im Wind. Plopp-plopp, plopp-plopp von den Tennisplätzen, bis jemand danebenschlägt und der Rhythmus unterbrochen wird.

Owen machte heute eine vorsichtige Bemerkung, die ich nicht ganz mitbekam. So ungefähr, daß »wir alten Craiglockhartianer« zusammenhalten müssen. Früher hätte ich das zum Kotzen gefunden. Bei Owen hatte ich immer das Gefühl, daß Craiglockhart eine Traumwelt für ihn war, die vornehme Schule, die er nie besuchen durfte. Ich wollte immer sagen: Owen, wir sind hier in einer Klapsmühle. Mach dir doch nichts vor! Inzwischen geht es mir nicht mehr so – vielleicht weil Craiglockhart für uns beide eine Erfahrung des Scheiterns war und die letzten Wochen diese Erinnerung ausgelöscht haben. Weggeschwemmt im Blut, könnte man sagen, wenn man Schauspieler wäre, und ich bin ja einer. Und nicht im eigenen Blut.

Würde Rivers bei dieser Bemerkung in sein übliches Schweigen fallen? Ich weiß es nicht. Manchmal dachte ich, er ist wieder bei seinen komischen Kopfjägern – er liebt sie wirklich, er strahlt über das ganze Gesicht, wenn er von ihnen spricht –, und das bringt ihn zu etwas ungewöhnlichen Ansichten über den »gegenwärtigen Konflikt«, wie es so schön heißt.

Bin wegen meines Einsatzes für Hallet für das Military Cross vorgeschlagen worden. Vor drei Jahren hätte ich mich wahnsinnig gefreut darüber. Immerhin, Hallet lebt noch. Mehr als eine Auszeichnung wünsche ich mir, jemand würde mir einfach sagen, daß ich das Richtige getan habe.

11. Oktober

Heute mußten wir die Männer antreten lassen und einen neuen Befehl bekanntgeben: »In der Vierten Armee sind jedwede Diskussionen über den Frieden ab sofort untersagt.«

Die hohen Herren können unbesorgt sein. Einige Soldaten saßen auf Strohballen und reinigten ihr Zeug, während jemand aus der Zeitung vorlas: »Österreich-Ungarn bricht zusammen, Friedensschluß steht unmittelbar bevor usw.« Jenkins, ein verhutzeltes Wiesel von Mann (*bestimmt* jenseits der Altersgrenze), holte den ganzen Schleim von vier langen Jahren in seinem Mund zusammen und spuckte ihn auf sein Gewehr. Dann fuhr er mit dem Reinigen fort. Kann mir keinen besseren Kommentar vorstellen.

Und trotzdem. Und trotzdem. Jeder von uns denkt irgendwo, daß wir es geschafft haben, daß wir vielleicht aus dem Schneider sind. In jedem Augenblick können die Kanonen verstummen. Komischerweise hilft es einem nicht.

Wir verbringen die Zeit in der üblichen Weise: ein Bad nehmen, frische Sachen anziehen, allgemeines Saubermachen, Exerzieren, Mannschaftsspiele, Gottesdienst. Ach ja, und natürlich Gasübungen. Nicht wenige Männer husten und keuchen, weil es eine ganze Weile dauert, bis sie die Maske aufgesetzt haben. In manchen Fällen vielleicht sogar absichtlich. Vielleicht dachte der eine oder andere, man würde ihn nach Hause schicken. Wenn, dann dürfte man ihnen diese Illusion gründlich ausgetrieben haben, und der Beweis ist das endlose Gehuste, das einen hier überall begleitet. Habe mich furchtbar über Owen aufgeregt, als er sagte, daß sie selber schuld seien. *Er* hat seine Maske rechtzeitig aufgesetzt, mit ihm ist alles in Ordnung, sagt er. Ich bin wohl etwas ausfällig geworden. Der einzige, der hier damit prahlen könnte, daß er einen Gasangriff überlebt hat, bin ich. ICH.

Als wir hier ankamen, stellten wir fest, daß ein neuer Transport aus Scarborough eingetroffen war. Sie sitzen herum, erwarten, daß man sie willkommen heißt, aber bislang ist nichts dergleichen geschehen. Schwer zu sagen, warum die anderen ihnen aus dem Weg gehen, aber so ist es eben. Zu viele Fronterlebnisse im Kopf, als daß man mit diesen sauberen, unschuldigen Milchgesichtern etwas anfangen könnte. An ein paar entsinne ich mich. Ein besonders nutzloser Knabe, der Owen im Clarence Gardens Hotel das Leben zur Hölle machte, bis er dem Kommandeur einen Teller heiße Suppe über den Schoß kippte, woraufhin alle anderen, einschließlich Owen, ihn sehr viel sympathischer fanden. Kellner, junge Handlungsreisende. Wenn sie nicht gerade in der Gegend herumgescheucht werden, hocken sie rum, die meisten von ihnen armselige, jämmerliche, verschreckte Gestalten. Ein paar stolzieren auf und ab – harte Burschen, echte Killer –, aber sie sehen dann noch mehr als die anderen wie kleine Drosseln aus.

12. Oktober

Heute bekamen wir Pakete. Die Zigaretten in den Paketen für die Toten und Verwundeten haben wir untereinander aufgeteilt. Die Stimmung besserte sich schlagartig. Die Neuen auf die verschiedenen Kompanien zu verteilen ist mit einem ungeheuren bürokratischen Aufwand verbunden. Während ich Formulare ausfülle, schießen mir Frontszenen durch den Kopf. Muß an den Mann denken, den ich mit dem Bajonett niederstach. Mich beschäftigt, daß er schon älter war. Schon merkwürdig – angeblich wird ja um die goldene Jugend getrauert. Aber es war so offensichtlich, daß dieser Mann nach Hause gehörte. Um sich um seine Kinder zu kümmern, um über den Bierpreis zu murren und sich zu fragen, ob die kahle Stelle auf dem Kopf noch deutlicher zu sehen wäre, wenn er sich das Haar darüberkämmen würde. Doch, doch, all das stand in seinem Gesicht – bei manchen Menschen sieht man das genau. In manchen Gesichtern liest man wie in einem offenen Buch. *Ach, zum Kuckuck.*

Und sonst: immer wieder Exerzieren. Übungsmärsche. Wir bekommen genau die angemessene Menge an grauenhaftem Zeug zu fressen. Inzwischen tun sie Kartoffeln ins Brot. (Zusammen mit den Holzspänen eine interessante Mischung.)

15. Oktober

Gestern abend Auftritt der »Peddlers«, das ganze Bataillon war anwesend, und ein paar Offiziere von unseren Nachbarn zur Linken waren auch da. Unter ihnen der Marschall-von-den-zehn-Wunden, inzwischen stellvertretender Kommandeur, der nach jeder Szene mit kindlicher Begeisterung klatschte. Genau das, was man von ihm nicht erwartet hätte. Später am Abend, als es, wie immer, ein bißchen sentimental wurde, sang jemand »Rose of England«:

Rose of England breathing Englands air,
Flower of liberty beyond compare.

Keine üble Stimme – sie schmetterte über die Baracken und die Zelte und die Rauchsäulen, die von den Feuern aufstiegen –, und ich sah mich um, und dort stand unser Marschall, und dicke fette Tränen kullerten ihm über die Wangen. Ich beneidete ihn.

16. Oktober

Bainbrigge ist tot. Ich erinnere mich noch an den Abend, den wir ein paar Tage vor unserer Abreise in Scarborough in einer Bar verbrachten. Wir waren alle blau, aber Bainbrigge war schon so hinüber, daß er seine eigenen Gedichte rezitierte (beknacktere gibt es nicht). Er unterhielt sich mit Owen, meinte, wahre Antikriegsgedichte sollten das verherrlichen, was den Männern durch den Krieg genommen wird – na? –, »Beethoven, Botticelli, Bier und Buben«. Owen stieß ihn unter dem Tisch an, vermutlich meinetwegen. Überflüssigerweise.

Gestern wieder ein neuer Transport aus England. Bin inzwischen in ein Zelt umgezogen, genau in dem Moment, wo das Wetter einem den ersten richtigen Vorgeschmack auf den Winter liefert. Schneeregen auf der Zeltwand, grauenhaft. Nicht daß wir viel Zeit in den Zelten verbringen. Wir sind den ganzen Tag im Freien, marschieren, üben Kolonne ausrichten, Stellung ausbauen usw. usw. Und Gasübungen.

Aber jetzt ist Abend. Die Männer lehnen sich an ihre Tornister oder an das Knie des Nachbarn, dürfen die schmerzenden Beine endlich ausstrecken, an Frauen, Mütter, Freundinnen schreiben. Der eine oder andere vielleicht an Beethoven & Co. Ich habe einmal gesagt, daß ich mich nicht der Illusion hingebe, für sie verantwortlich zu sein. Stimmt. (Es stimmt, daß ich mich nicht hingebe, und es ist tatsächlich eine Illusion.) Aber es soll nicht der Eindruck entstehen, daß sie mir egal sind. Also setze ich mich zu der Gruppe gleich neben mir. Wilson hat sich in den Absatz seines linken Stiefels einen unglaublich langen Nagel getreten. Jeder hat es probiert: mit Hammer, Kneifzange, Zeltheringen, was weiß ich alles. Der Nagel steckt noch immer drin, und weil er die Haut wundritzt, wird Wilson sich eine Blutvergiftung holen, wenn ich ihm nicht ein anderes Paar Stiefel besorge. Was eigentlich leicht sein sollte, es aber nicht ist. Leider wird die Blutvergiftung nicht reichen, daß er zurückbleiben kann, falls wir wieder an die Front müssen. Das Gehen wird eine Qual für ihn sein und ihn mehr als nötig anstrengen.

Oakshott, der Außenseiter der Gruppe – er hat beschlossen, mit niemandem zu reden –, ist im Begriff durchzudrehen. (Ich muß es schließlich wissen.) Dabei ist er überhaupt nicht ängstlich, er ist ein guter Soldat, der sich nicht mehr als üblich vor Gewehr- und Maschinengewehrkugeln, vor Granaten und Schrapnellen fürchtet. (Wollen lieber nicht fragen, wie die übliche Angst aussieht.) Er hat nicht einmal Angst vor Gas, obwohl dieser Eindruck natürlich entsteht. Er hat einfach Schiß vor der *Maske*. Ich weiß nicht, was ich mit ihm machen soll. Ein paarmal habe ich letzthin bemerkt, daß er sich bei Gasübungen Zeit ließ, und mir fiel auf, daß ich bei ihm ein Auge zudrücke. Was natürlich nicht richtig ist. Wenn *er* damit durchkommt, machen es die anderen ihm nach.

Neben ihm, genauer gesagt, vor ihm, sitzt Moore. Moores Frau war am Freitag abend vorletzter Woche im »Rose and Crown« (kenne ich gut), und zwar mit einem gewissen Jack Puddephat, der einen anständigen Job in der Munitionsfabrik hat (in der auch Dad arbeitet) und fünf Pfund die Woche nach Hause bringt. Moores Schwägerin, eine mitteilungsbedürftige Seele, hat ihm das freundlicherweise geschrieben.

Heywoods Junge hat Mandelentzündung, der Arzt ist dafür, die Mandeln rauszuschneiden, Heywood ist dafür, sie drinzulassen, aber der Brief, den er jetzt schreibt, wird nicht rechtzeitig ankommen.

Buxtons Frau erwartet ihr erstes Kind. Die Geburt scheint

sie nicht zu beunruhigen, aber *er* hat Schiß. Seine Mutter starb kurz nach der Entbindung, und er ist überzeugt, daß mit seiner Frau dasselbe passieren wird.

Jenkins schreibt die glühendsten Liebesbriefe an seine Frau. Die beiden sind seit ewigen Zeiten verheiratet, aber offensichtlich ist es noch immer wie am ersten Tag. Ich kriege eine Erektion, wenn ich seine Briefe lese. In bezug auf sexuelle Dinge habe ich noch nie eine solche Scham empfunden. Genauer gesagt, es ist das erste Mal, daß mich überhaupt irgend etwas mit Scham erfüllt. Er *muß* wissen, daß die Briefe zensiert werden, und doch schreibt er sie, Seite um Seite. Vielleicht ist es ihm so wichtig, das alles mitzuteilen, daß er vergißt, daß ich sie als erster lese. Es erinnert mich an die Situation in der Badeanstalt. Ich sitze hier sozusagen vollständig angekleidet und weiß, daß *meine* Briefe an Sarah nicht zensiert werden. Bei Offizieren gibt es vermutlich Stichproben, aber zumindest werden sie woanders durchgeführt und auch nicht von Leuten, denen man tagtäglich in die Augen schaut.

Über den Frieden wird weiter geredet, ob es nun verboten ist oder nicht. An dem Abend, an dem wir hörten, daß die Deutschen in Friedensverhandlungen eingewilligt hätten, fand eine große spontane Feier statt, Offiziere und Mannschaften, alle miteinander. Alle haben gesungen. Und am nächsten Tag erklärt Bottomley im *John Bull*: Nein, nein, und nochmals nein. Wir müssen bis zum bitteren Ende kämpfen. (*Wessen* Ende eigentlich?) *Es muß Schluß sein mit diesem Gerede, daß es nicht unsere Absicht sei, die deutsche Nation zu vernichten – genau das ist nämlich meine Absicht ...*

Bei den Männern kommt das nicht gut an. Nicht mehr. Tatsächlich sind einige dazu übergegangen, mit einem Exemplar des *John Bull* herumzuwedeln, wenn sie sich auf die Latrine verziehen.

Niemand hier begreift, warum jetzt noch weitergekämpft werden soll.

18. Oktober

Dafür andere. Wir brechen heute auf, es geht zurück an die Front.

16

Oktoberregen trommelte an die Fensterscheibe. Draußen auf dem Vincent Square lagen goldene Blätter zertrampelt im Dreck. Rivers hörte auf zu husten, steckte sein Taschentuch weg und entschuldigte sich.

»Schon gut«, sagte Wansbeck. »Ich müßte mich bei Ihnen entschuldigen. Ich habe Sie angesteckt.«

»Ihnen kann ich es wenigstens nicht mehr zurückgeben«, sagte Rivers und rieb sich die Augen. »Sie und ich sind wirklich die einzigen hier, die es nicht mehr erwischen kann.«

»Es sieht ziemlich schlimm aus, nicht wahr? Ich meine, auf den Stationen. Ob ich mich wohl irgendwie nützlich machen könnte?«

Rivers sah ihn fragend an.

»Patienten anheben. Es erscheint mir so lächerlich, daß ein großer, kräftiger Kerl wie ich untätig herumhockt, während eine arme kleine Schwester sich anstrengen muß, einen Kerl von achtzig Kilo ganz allein hochzuheben.«

»Das ist sehr nett von Ihnen«, sagte Rivers bedächtig, »aber ich glaube nicht, daß die Behörden das gestatten würden. Und überhaupt kann nicht die Rede davon sein, daß Sie ›untätig‹ sind.«

Schweigen. Keine Reaktion auf die Anspielung. Rivers zwang sich, eine lockere Haltung einzunehmen, denn er wußte, daß sich seine eigene Spannung auf Wansbeck übertrug, auch wenn es nur die Anspannung war, einen langen Arbeitstag zu überstehen, obwohl er sich noch immer ziemlich schlapp fühlte. »Und, wie geht's so?«

»Der Geruch ist weg.« Ein leicht amüsierter Blick. »Ich weiß, es hat ihn nie gegeben, aber es ist trotzdem schön, ihn los zu sein.«

»Hmm, gut.« Diese Andeutung von Selbstironie gefiel Rivers noch besser als der verschwundene Geruch. Der einzige Ausdruck, den man nie auf den Gesichtern von psychisch Kranken sieht. »Wann war das?«

»Ist ganz allmählich verschwunden. Ich würde sagen, Mitte letzter Woche. Plötzlich wurde mir klar, daß es mich nicht mehr beschäftigt hat.«

»Und der Traum?«

»Es ist kein Traum.«

»Dann also die Erscheinung.«

»Ach, wir sehen uns noch immer ziemlich häufig.«

»Lassen Sie mal eine Nacht aus?«

Ein leises Lächeln. »Sie meinen, ob *er* mal eine Nacht ausläßt? Nein.«

Langes Schweigen. Rivers sagte: »Es ist schwer, über ... Glaubensdinge zu sprechen, nicht wahr?«

»Finden Sie?«

»Ich finde, ja.«

Wansbeck lächelte. »Was für ein grundehrlicher Mensch Sie sind!«

»Ich wollte Sie fragen, ob Sie an ein Leben nach dem Tod glauben.«

Stöhnen, dann wieder Schweigen.

Es ist wirklich schwer, dachte Rivers. Er konnte all die Dinge aufzählen, die auf Eddystone tabu waren, aber die Tabuthemen in seiner eigenen Gesellschaft schienen sich in den letzten Jahren enorm verlagert zu haben. Heutzutage war es fast schon einfacher, einen Menschen über sein Privatleben zu befragen als über seine Glaubensvorstellungen. Vor dem Krieg ... doch man mußte sich hüten, alles auf den Krieg zu schieben. Der Wandel hatte schon vor dem Krieg eingesetzt.

»Nein«, sagte Wansbeck schließlich.

»Sie haben aber lange nachgedacht.«

»Tja, also, früher habe ich daran geglaubt. Ich war so erzogen. Wahrscheinlich gibt man nicht gern zu, daß nichts mehr übrig ist. Vom Glauben.«

»Was war denn der Auslöser bei Ihnen?«

Er zuckte mit den Augenbrauen. Rivers wartete.

»Die Leichen. Besonders in der Kälte, wenn man sie nicht begraben konnte. Und im Sommer, im Niemandsland. Die summenden Fliegen.«

Sie stiegen als schwarze Wolke von Ngeas Leiche auf.

»Aber es muß doch nicht dazu führen, oder? Immerhin gibt es Priester, die sich einen Schädel auf den Schreibtisch stellen. Weil der sie an ihren Glauben erinnert.«

Oder Njiru. Mann stinken, er faulig, er werden gehen nach Sonto. Ein simple, beiläufige Tatsachenbeschreibung.

»Bei mir hatte es jedenfalls diese Auswirkung. Ich würde gern glauben. Ich würde gern an die Möglichkeit von Erlösung glauben. Sie haben recht, es ist peinlich.«

Schweigen.

»Na jedenfalls«, sagte Rivers schließlich, als klar war, daß nichts kommen würde, »Sie glauben nicht, daß es sich bei der Erscheinung um den Mann handelt, den Sie getötet haben? Sie glauben nicht, daß es sein Geist ist?«

»Nein. Ich würde es aber vermutlich selbst dann nicht glauben, wenn ich noch immer ein überzeugter Christ wäre.«

»Was ist es denn?«

»Eine Projektion von mir.«

»Ihres Schuldbewußtseins?«

»Nein. Schuld ist das, was ich im Moment empfinde, dazu brauche ich keine Erscheinung. Nein, es ist ...« Ein tiefer Seufzer. »Schuld als objektive Tatsache – nicht als Empfindung. Es ist nicht ... also, ich wollte sagen, es ist nichts Subjektives, aber natürlich muß es das sein, hab ich recht?«

»Ist es die Verkörperung fremder, von Ihnen akzeptierter Maßstäbe, an die Sie glauben?«

»Ja.«

»Welche Sprache spricht sie?«

Ein verständnisloser Blick. »Keine. Sie spricht nicht.«

»Welche Sprache würde sie denn sprechen, wenn sie spräche? Ja, ich weiß, es ist eine irrationale Frage, aber die Erscheinung ist auch nicht besonders rational. Welche Sprache würde –«

»Englisch. Natürlich.«

»Also, warum sprechen Sie nicht mit ihr?«

»Sie ist nur eine Sekunde da.«

»Sie haben sie aber anders beschrieben. Sie haben gesagt, die Erscheinung ist endlos.«

»Na schön, es ist eine endlos lange Sekunde.«

»Dann müßten Sie eigentlich viel sagen können.«

»Ihr meine Lebensgeschichte erzählen?«

River erwiderte sanft: »Sie kennt Ihre Lebensgeschichte.«

Wansbeck dachte lange nach. »Na gut. Es ist wirklich verrückt, aber ich werde es probieren.«

»Was werden Sie sagen?«

»Keine Ahnung.«

Nachdem Wansbeck gegangen war, blieb Rivers noch eine Weile still sitzen, ehe er einen Vermerk in der Akte notierte. Während des Gesprächs mit Wansbeck hatte er an Sassoon denken müssen, an Sassoon und die Erscheinungen, die sich um sein Bett versammelten und wissen wollten, warum er nicht an der Front sei. Und an Harrington, ebenfalls Patient in Craiglockhart, der, selbst für dortige Begriffe, furchtbare Alpträume hatte, die bis in die Aufwachphase andauerten, so daß sie den Charakter hypnagogischer Halluzinationen angenommen hatten. Er sah den abgetrennten Kopf, den Rumpf und die Gliedmaßen eines verstümmelten Körpers, die aus der Dunkelheit über ihn fielen. Eine Variante davon war ein Gesicht, das sich, Lippen, Nase und Lider wie von Lepra zerfressen, über ihn beugte. Dieses Gesicht, soweit überhaupt identifizierbar, gehörte einem engen Freund Harringtons, der in seiner Gegenwart von einer Granate zerfetzt worden war. Aus diesen Träumen erwachte er entweder mit einem Brechanfall oder mit durchnäßtem Bett oder beidem.

Harrington hatte schon vor dem Tod seines Freundes an Kopfschmerzen gelitten, an Sehstörungen, Übelkeit, Brechanfällen, Problemen beim Harnlassen, Vergeßlichkeit und einem starken Zittern der Hände. Alle diese Symptome hatte eine Granatexplosion zwei Monate zuvor ausgelöst, bei der er verschüttet worden war. Dessenungeachtet hatte er weiterhin seinen Frontdienst versehen (Der Sanitätsoffizier gehört abgeknallt, dachte Rivers), bis der Tod seines Freundes zum völligen Zusammenbruch führte.

Interessanterweise kam es im Verlauf von Harringtons Behandlung nicht zu einer gründlichen Klärung seiner Alpträume, so daß sie eine eher symbolische, weniger konkrete Erscheinungsform hätten annehmen können, was der normale Heilungsprozeß gewesen wäre. Es passierte etwas sehr viel Bemerkenswerteres. Die Leiche seines Freundes hatte sich wieder zusammengefügt. Nacht für Nacht hatte der knochige Leib etwas Fett angesetzt. Und Harrington hatte mit ihm geredet. Offenbar lange Gespräche geführt, jedenfalls wachte er mit diesem Eindruck auf, Gespräche, in denen er seinem Freund von Rivers erzählte, vom Leben in Craiglockhart, von der Therapie ...

Als er einige Wochen später eines Tages aufwachte, war seine Erinnerung an die erste Stunde nach der Explosion wieder da. Harrington war, obschon unter Schock stehend und trotz heftigen feindlichen Feuers, um die verstreuten Leichenteile seines Freundes herumgekrochen und hatte Uniformfetzen aufgesammelt – Koppel, Revolver, Mütze und Kragenspiegel –, die er der Mutter des Toten schicken wollte. Das Wissen, daß er den Schauplatz nicht fluchtartig verlassen, sondern beispielhaften Mut und Loyalität bewiesen hatte, trug in erheblichem Maße zur Wiederherstellung seines Selbstwertgefühls bei, denn wie die meisten Patienten in Craiglockhart litt er unter heftigen Schamgefühlen und der Empfindung, versagt zu haben. Von nun an machte seine Gesundung rasche Fortschritte, auch wenn die Gespräche mit seinem toten Freund weiterhin stattfanden, bis er eines Morgens in Tränen aufwachte und erkannte, daß er nicht nur um den eigenen Verlust weinte, sondern auch um den seinen Freundes, um die ungelebten Jahre.

Wansbecks Lage war sehr viel komplizierter als die beiden anderen Fälle. Siegfrieds Erscheinungen verschwanden in dem Moment, als er sich bereit erklärte, seinen Protest aufzugeben und an die Front zurückzukehren. Die äußeren Forderungen, die sich in den nächtlichen Besuchern verkörperten und die er für völlig legitim hielt, waren erfüllt. Für Harrington war die Einsicht, daß er sich anständiger verhalten hatte, als er dachte, überaus hilfreich gewesen. Von diesem Moment an machte seine Genesung so dramatische Fortschritte, wie Rivers sie nur selten erlebt hatte. Diese beiden Lösungen bestanden jedoch nicht für Wansbeck, der sich als Soldat tadellos verhalten hatte, bis eine Handlung ihn in seinen eigenen Augen – und in denen des Gesetzes – zum Verbrecher gemacht hatte. Fast alles, was man zu seinem Trost sagen konnte, war entweder eine Beschönigung seiner Tat oder sonstwie beleidigend und wäre von Wansbeck auch sofort so verstanden worden. Ein Geringerer als er hätte es besser verkraftet.

Rivers fragte sich, ob er während des Gesprächs mit Wansbeck in Gedanken *zu sehr* bei Sassoon und Harrington gewesen war. Bei solchen Gelegenheiten war man bestenfalls ein Instrument, das die mühsam errungene Selbstheilungserfahrung eines Menschen einem anderen Menschen zur Verfügung stellte. Schlimmstenfalls hörte man der einzelnen Stimme nicht mehr aufmerksam genug zu. Es bestand tatsächlich die Gefahr, dachte Rivers, daß aus den vielen Geschichten am Ende eine einzige Geschichte wurde, daß die vielen Stimmen zu einem einzigen Schmerzensschrei verschmolzen.

Und er war müde. Wegen der Grippeepidemie hatte er in den letzten achtundvierzig Stunden dreißig Stunden Dienst getan, und auch in der kommenden Nacht würde er wieder Dienst haben. Seufzend nahm er den Umschlag, holte die

Röntgenaufnahme heraus und klemmte sie an den Lichtschirm.

Ein Schädel starrte ihn an. Rivers trat zurück und betrachtete ihn einen Moment, so daß sich in dem einen Brillenglas das Licht des Schirms spiegelte, in dem anderen das Licht des regnerischen Novembernachmittags. Dann griff er nach dem Bericht.

Leutnant Matthew Hallet, 20 Jahre, wurde am 18. Oktober mit Schußverletzungen an Kopf und Unterkiefer eingeliefert. War nicht imstande, den Hergang seiner Verwundung zu erläutern. Als einziger Hinweis fand sich bei ihm ein kleines Kärtchen mit der Angabe, er sei am 30. September verwundet worden.

Vor zwanzig Tagen also.

Eine Kugel war links neben dem rechten Ohr eingetreten und direkt über dem linken Ohransatz ausgetreten. Die Einschußstelle war an einer kleinen, tadellos verheilten Narbe zu erkennen. Dort, wo die Kugel ausgetreten war, klaffte ein großes Loch in der Schädeldecke, durch das ein eitriger, pulsierender Hirnbruch heraushing.

Mein Gott.

Der Verwundete hatte sich bis dahin noch nicht spontan geäußert. Er reagierte auf direkte Ansprache, allerdings unverständlich. Bedingt durch die Kieferverletzung war nicht zu erkennen, ob dies auf eine Störung des Ausdrucksvermögens hinwies oder ob es sich um eine partielle bzw. primär mechanische Beeinträchtigung des Sprechens handelte. Der Verwundete gab jedoch ein gewisses Verstehen zu erkennen, als er, entsprechend aufgefordert, auf einfache Fragen mit Bewegungen seiner nichtgelähmten Hand reagierte.

Irgendwo am Rand seines Bewußtseins registrierte Rivers das leise Geräusch von unablässigem Regen, der das Krankenhaus vor der einsetzenden Dämmerung abzuschirmen schien. Schon seit dem frühen Morgen regnete es ununterbrochen, so daß man bei der Düsternis des Tages noch größere Mühe hatte, wach zu bleiben. Er setzte die Brille ab, rieb sich die Augen und sah zum Fenster, wo jeder Regentropfen einen silbrig schimmernden Halbmond festhielt.

»Was meinst du, ob es irgendwann mal aufhört?« fragte Hocart, der sich im halbdunklen Zelt unruhig hin- und herwälzte.

Seit sie Ngeas Axt gefunden hatten, regnete es, aber nicht etwa in der Art eines zurückhaltenden englischen Regens, sondern wolkenbruchartig, und sosehr sie sich auch anstrengten, es gelang ihnen nicht, sich vor dem Wasser zu schützen, das gurgelnd und platschend in das Zelt drang. Vielleicht war es überhaupt töricht, im Innern zu bleiben, aber warum sollten sie, wenn man nach einem Fünfmetersprint, um im Busch zu pinkeln, mit klatschnassen Haaren zurückkehrte und das Hemd durchsichtig am Oberkörper klebte.

Sie lagen vor der Zeltöffnung und beobachteten den Regen, eine richtige Wasserwand, durch die man die nahen Bäume nur undeutlich sehen konnte, eine schwankende blaue Masse, hin und her gepeitscht von einem Wind, der in jähen, gehässigen Böen daherkam. Vor lauter Frustration hatte Hocart gegen das durchhängende Zeltdach getreten, so daß zu dem allgemeinen Dreck und Gestank nun noch seine schlammigen Schuhabdrücke kamen. Erhitzte, nasse Leiber, Haar, das täglich gewaschen wurde, aber nur in Meerwasser, dessen Salz zu einer weißen Schorfschicht auf der Haut trocknete. Der einzige Ausweg war ein Bad im Meer, das sie von der elenden Nässe erlöste.

Am vierten Tag ließ der Regen ein wenig nach. Rivers trat hinaus auf die Lichtung und sah Njiru auf dem Pfad näher kommen, diesmal ohne Gefolge.

Rivers hatte sich schon überlegt, ob er die Axt erwähnen sollte, und sich dagegen entschieden, aber sobald er Njiru in die Augen sah, wußte er, daß er die Sache bereden mußte.

»Dir gehören?« sagte er und hielt ihm die Axt hin.

»Gehören Ngea«, sagte Njiru lächelnd.

Doch er nahm sie entgegen und legte sie in den Bastkorb, den er über der Schulter trug. Rivers hörte das metallische Geräusch, mit dem das eine Blatt auf Njirus eigene Axt traf. Es war wichtig, in diesem Moment absolut standhaft zu sein, dachte Rivers. Er und Hocart waren vermutlich die einzigen weißen Männer im gesamten Archipel, abgesehen von den Missionaren – von einigen der Missionare –, die keine Waffen mit sich trugen. Nicht einmal Messer hatten sie dabei, obwohl auf einer Insel, die von dichtem Urwald überzogen war, ein Buschmesser gute Dienste geleistet hätte. Nichts, was die Leute möglicherweise für eine Waffe halten konnten. Und sie gingen auch barfuß wie die Eingeborenen. Sie setzten auf Harmlosigkeit, was zwar nicht unbedingt Erfolg garantierte, aber mit Waffen hätten sie ihrer Arbeit unmöglich nachgehen können.

Njiru erklärte, er sei gekommen, weil eines der ältesten Schädelhäuser auf der Insel erneuert werde, und er müsse für den Priester das Reinigungsgebet sprechen. Ob Rivers ihn begleiten wolle. Selbstverständlich, gar keine Frage.

Sie brachen auf. Njiru sagte irgendwann, daß es jedesmal regne, wenn ein Schädelhaus erneuert werde, weil »*tomate* immer gern baden in frisches Wasser«. Bald machten der schmale Pfad und die dampfende Hitze jede Unterhaltung unmöglich. Rivers beobachtete die Muskeln, die sich unter der eingeölten Haut bewegten, und überlegte, nicht zum erstenmal, ob Njiru wohl starke Schmerzen hatte. Er war in vielerlei Hinsicht ein Rätsel, und daran würde sich vermutlich nichts ändern. Er war beispielsweise nicht verheiratet, und das in einem Volk, dem die Vorstellung des Ledigseins völlig fremd war. Lag es daran, daß junge Mädchen und deren Eltern ihn wegen seiner Entstellung als wenig attraktiven

Kandidaten betrachteten? Andererseits war er, aus Sicht der Insulaner, wohlhabend und mächtig. Verspürte er selber eine Abneigung gegen den Ehestand? Und wie hatte sich das Wissen, daß er der Enkel Homus war, des Größten aller Kopfjägerhäuptlinge, auf den kleinen verkrüppelten Jungen ausgewirkt? Es war bestimmt schlimmer, dachte Rivers und mußte dabei lächeln, als der Großneffe des Mannes zu sein, der den Mann erschossen hatte, der Lord Nelson erschossen hatte.

All diese Fragen konnte er nicht weiterverfolgen. Es war nicht bloß der Mangel an Worten, sondern auch ein Mangel an gemeinsamen Begriffen. Die Insulaner schienen den Begriff der Persönlichkeit im abendländischen Sinne nicht zu kennen, und auch jede Form von Selbstbeobachtung schien ihnen fremd zu sein. Njiru war einer der mächtigsten Männer auf der Insel, vielleicht sogar der mächtigste. Für Rivers und Hocart war völlig klar, daß sich seine Stellung einer ganz außergewöhnlichen Intelligenz, Energie und Entschlußkraft verdankte, doch wurden diese Eigenschaften nie erwähnt, wenn die Insulaner seine Position zu erklären versuchten. Seine Macht schrieben sie ausschließlich der Anzahl von Geistern zu, über die er gebot. Er »kannte« Mateana. Und vor allem »kannte« er Ave. *Njiru kennt Ave.* Eine der ersten Informationen, die er bekommen hatte, obwohl er die Bedeutung dieser Aussage nicht verstanden hatte, vielleicht sogar noch immer nicht richtig verstand.

Angesichts der klappernden Axtblätter – woher dieser plötzliche Sinneswandel? Rivers war ziemlich sicher, daß Njiru ihnen Ngeas Axt ins Zelt gelegt hatte. Er hatte nicht einmal überrascht getan, als Rivers sie ihm hinhielt. Und doch gab er sich aufgeschlossen und hilfsbereit und lud ihn tatsächlich zu einem bedeutenden Ritual ein. Aber so war Njiru eben, erst verschloß er sich völlig und befahl sogar auch anderen Menschen, keine Informationen preiszugeben, und im nächsten Moment war er der beste Informant auf der Insel. Manchmal vergewisserte er sich, daß sie jede Einzelheit eines Rituals, jedes Wort eines Gebets genau mitbekamen.

In diesem Widerspruch spiegelten sich vermutlich Njirus Zweifel an seiner eigenen Macht. Andere ließen sich überzeugen, aber er selbst konnte Distanz aufbringen und sich kritische Fragen stellen. Wenn er die Geister beherrschte, wenn die Rituale angeblich alles vermochten, was er von ihnen verlangte, wieso waren dann die weißen Männer noch immer auf der Insel? Nicht Rivers und Hocart, die er gern hatte und respektierte, sondern die anderen: die Regierung, die die Kopfjagd untersagte, obwohl sie der Daseinszweck der Menschen war, die Händler, die sie übers Ohr hauten, die Plantagenbesitzer, die sie ausbeuteten, besonders aber die Missionare, die ihren Glauben zerstörten. Wenn man all diese Dinge nicht verhindern kann, wozu taugt dann das ganze Wissen?

Und so schwankte er hin und her: manchmal hütete er sein Wissen eifersüchtig, manchmal teilte er es großzügig mit ihnen, manchmal spuckte er es Rivers mit bitterem, wütendem Stolz, manchmal fast dankbar hin, diesem Mann, dessen offensichtliches Interesse an den Dingen, die ihm da erklärt wurden, ihren Wert zu bestätigen schien. Und dann entfernte er sich wieder, beschämt darüber, daß er diese Bestätigung überhaupt nötig hatte.

Eine stürmische Beziehung also, auf Njirus Seite, und doch begegneten sie einander mit tiefem Respekt. Er würde mich nicht töten, dachte Rivers. Dann dachte er, nun ja, unter bestimmten Bedingungen würde er genau das tun.

Als sie zu der Stelle kamen, wo man vom Küstenpfad abbog, hatte die Sonne ihren höchsten Stand erreicht. Schweißtropfen kitzelten Rivers an der Nasenspitze. Seine Lenden waren klatschnaß. Die Dunkelheit unter den Bäumen war nach dem furchtbar grellen Licht zuerst willkommen, doch dann ließ sich eine Wolke von stechenden Insekten auf seiner schweißbedeckten Haut nieder.

Plötzlich kamen sie auf einer Lichtung heraus, scharfe

Sonnenstrahlen fielen schräg durch den Wald, und vor ihnen, hoch am Hang, erhoben sich sechs oder sieben Schädelhäuser, deren Gerüste mit klingelnden Muschelketten geschmückt waren. Das Gefühl des Beobachtetwerdens, das man bei diesen Schädeln immer hatte. Benommen vom plötzlichen Licht, folgte er Njiru den Hang hinauf, einem Schattenknäuel entgegen, und dann löste sich einer der Schatten, es war Nareti, der blinde Totenpriester, der mit spitzen Knien und Ellbogen dahockte und aus dessen Augenwinkeln eitrige Schleimspuren liefen.

Aus dem hintersten Schädelhaus, das gerade repariert wurde, hatte man die Bewohner ins Freie gebracht, sie lagen auf der Erde, so daß die Lichtung auf den ersten Blick wie mit Schädeln gepflastert schien. Rivers zögerte, war nicht sicher, wie nahe er herantreten durfte, und in diesem Moment fuhr plötzlich ein heftiger Windstoß durch die Bäume, und die Schnüre mit den Votivmuscheln klingelten und klapperten.

Njiru bedeutete Rivers mit einer Handbewegung näher zu treten und begann, ohne weitere Vorbereitung, das Reinigungsgebet zu sprechen und dabei Blätter an Naretis Beinen zu zerreiben, vom Hintern bis zum Knöchel.

»Ich verrichte die Reinigung am großen Strom Mondo. Er fließt hinab, er fließt hinauf, er schwemmt die giftigen Wasser der dahingeschiedenen Häuptlinge fort. Das Dachstroh ist giftig, die Dachsparren sind giftig, die Würmer sind giftig, die Erde ist giftig ...«

Unter den Schädeln, die auf der Erde lagen, waren mehrere Kinderköpfe. Geliebte Kinder, die beweint worden waren? Oder Kinder aus Ysabel und Choiseul, die verschleppt und geopfert worden waren?

»So lasset mich nun diesen Priester reinigen. Möge er herunterkommen und gehen. Möge er herunterkommen und darüber hinwegsteigen. Möge er nicht dahinschwinden, möge er keinen Ausschlag bekommen, möge er kein Jucken bekommen. Möge er der Bonito im Meer sein, die Schildkröte im Meer, der Aal im frischen Wasser, der Flußkrebs im frischen Wasser, der *vape* im frischen Wasser. Ich reinige, ich reinige, ich reinige, zusammen mit allen Häuptlingen.«

Njirus Stimme, die immer höher geworden war, senkte sich zum Schluß wieder.

Wie immer in Melanesien, der abrupte Übergang zwischen Ritual und Alltag. Bald plauderte und lachte Njiru mit Nareti, dann forderte er Rivers auf, ihm zu folgen. Ein kurzer Pfad führte zu Naretis Haus, vor dem der kleine Junge, den Lembu aus Ysabel mitgebracht hatte, im Staub hockte und sich von einem Hund die Essensreste aus dem Gesicht lecken ließ. Gesund, wohlgenährt. Unversehrt, wie Rivers bei genauerem Hinsehen erkannte, nicht besonders glücklich, doch das war kaum zu erwarten. Er beobachtete ihn eine Weile. Zumindest hatte er in dem Hund einen Freund gefunden.

Er solle Nareti helfen, sagte Njiru. Später einmal würde er das Amt des Totenpriesters übernehmen. Ein sonderbares Schicksal, sich sein Leben lang um Schädel eines fremden Volkes zu kümmern, aber zumindest würde er leben, und vielleicht gar nicht mal so schlecht, denn die Totenpriester wurden reich und genossen beträchtliches Ansehen. Selbst zu Kopfjagdzeiten sei es üblich gewesen, Gefangene zu machen, erklärte Njiru. Er war wieder in mitteilsamer Stimmung. Von den Jagdzügen brachte man immer ein paar lebende »Köpfe« mit, die man für Gelegenheiten aufbewahrte, bei denen man sie rasch benötigte. Eine Art lebende Vorratskammer. Diese Gefangenen wurden nie schlecht behandelt – vorsätzliche Grausamkeit war den Insulanern fremd –, ja sie stiegen zu Reichtum und Ehre auf, obschon sie immer wußten, daß ihr Kopf jederzeit gefordert werden konnte.

Als sie auf dem Rückweg über die Lichtung kamen, blieb Njiru stehen, nahm den mittleren Schädel der mittleren Reihe und hielt ihn Rivers hin.

»Homu.«

Rivers war, während er den Schädel entgegennahm, sich

der enormen Ehre bewußt, die ihm damit erwiesen wurde, und suchte nach etwas, das er sagen konnte, und nach den passenden Wörtern. Er strich mit den Fingern über den Hinterkopf und tastete die Schädelnähte ab. Er erinnerte sich daran, wie er in Bart's zum erstenmal ein menschliches Gehirn in der Hand gehalten und über das Gewicht gestaunt hatte. Diese ausgepustete Eierschale hatte das einzige Produkt der Evolutionskräfte enthalten, das fähig ist, sich Klarheit über seine Entstehung zu verschaffen. Doch auch für Njiru war der Schädel nicht als solcher heilig, sondern weil er den Geist, *tomate*, enthalten hatte.

Rivers sah Njiru an und erkannte, daß er nichts sagen mußte. Mit leicht geneigtem Kopf gab er ihm den Schädel zurück, und für einen Moment griffen ihre verschränkten Hände danach, so hielt jeder den Gegenstand, der überall auf der Welt höchste Bedeutung genießt.

Die Kugel, die den Schädel in Richtung Lobus temporalis durchschlug, verursachte schwere Verletzungen am linken Auge. Pupille starr, Hornhaut empfindungslos, Lid hängt schlaff herab, Augapfel nur senkrecht bewegbar. Erblindung infolge gerissener Aderhaut und Atrophie des Sehnervs. Jawohl. *Neigung zu Schüttelkrämpfen am rechten Handgelenk* ... Na schön.

Rivers schaltete den Lichtschirm aus und legte den Bericht wieder in die Akte. Als sein Blick auf den Deckel fiel, stellte er fest, daß Hallet bei den 2. Manchestern war. Er überlegte, ob er Billy Prior kannte, und wenn ja, ob er sich an ihn erinnern würde.

17

19. Oktober 1918

Den ganzen Tag durch eine völlig verwüstete Landschaft marschiert. Verendete Pferde, herumliegende Leichen von Soldaten, Verwesungsgestank. Wenn man das alles sieht, die Krater, den stinkenden Schlamm, das stehende Wasser, die Bäume wie riesige verkohlte Streichhölzer, dann denkt man manchmal, wie soll sich das Land je davon erholen. Es ist *vergiftet*. Das ganze Gas, und aus den verwesenden Soldaten, den toten Pferden sickert Gift in den Boden. Er wird sich natürlich erholen. In fünfzig Jahren wird ein pflügender Bauer hier Schädel ausgraben.

Eine riesige Krähe flatterte melancholisch krächzend über uns hinweg. Eine verheißt Unheil. Die Männer gaben erst Ruhe, als sie eine zweite erspäht hatten.

Können also beruhigt sein.

Die unbestattet herumliegenden Toten, obschon keine aufmunternden Marschgefährten, hatten wenigstens etwas Gutes. Es fand sich ein Stiefel für Wilson. Die Beschaffung war nicht sehr angenehm, aber sobald die Überreste des früheren Besitzers herausgekratzt waren, konnte man ihn verwenden. Wilson sieht zufriedener aus.

Die Männer meistens gutgelaunt, eine lange, singende Kolonne, die sich unermüdlich vorwärts bewegt (wir haben allerdings noch einen weiten Weg vor uns!). Ertappte mich dabei, daß ich an Longstaffe dachte. Nicht einmal drei Wochen tot, und doch kommt er mir nur selten in den Sinn. In der

Tite Street, drei Häuser neben Beatties Laden, wohnte ein altes Paar, sie waren seit mehr als fünfzig Jahren verheiratet, und alle dachten, wenn einer der beiden stirbt, wird der andere es nicht ertragen. Aber die Alte war gar nicht so geknickt, als ihr Mann starb, und nach seiner Beerdigung sprach sie kaum mehr von ihm. Trotz aller Vitalität und Manneskraft um mich herum – und mein Gott, es ist manchmal überwältigend –, sind wir alle in der gleichen Lage wie die alte Frau. Sind selbst viel zu nahe am Tod, als daß wir deswegen großes Tamtam machen würden. Wir trauern sparsam.

Später

Männer biwakieren im Freien, aber die Offiziere sind in Unterständen einquartiert, dem Überrest eines weitläufigen deutschen Grabensystems. Die Unterstände sind mit Brettern abgedichtet, hinter denen endlos weite Tunnel liegen. Wenn man das Auge an eine Bretterritze hält, kann man in die Dunkelheit spähen, und nach einer Weile tut einem das Auge wegen der kalten Luft weh. Das Erstaunliche ist, daß diese Tunnel uns nervös machen, viel mehr als die Geschütze, die donnern und blitzen und den Himmel erleuchten, während ich das hier schreibe. Es ist eine völlig irrationale Angst. Vielleicht hat es mit den Kindern zu tun, die der Rattenfänger in den Berg führte und die nie mehr zurückkehrten, oder mit Rip Van Winkle, der wiederkam und feststellte, daß viele Jahre vergangen waren und kein Mensch ihn mehr kannte. Es ist interessant, ich jedenfalls finde es interessant, daß wir noch immer eine so irrationale Angst haben können, während wir von den schlimmsten Dingen umgeben sind, die es im zwanzigsten Jahrhundert gibt: Granaten, Revolver, Gewehre, Geschütze, Gas. Vermutlich liegt es daran, daß es besondere Empfindungen weckt. Es kommt ja tatsächlich vor, daß Kinder in den Wald gehen und nicht mehr zurückkommen. Wir sind doch alle im Urlaub in der Heimat gewesen und haben uns dort so fremd gefühlt, so deplaziert. Wie wird es wohl nach dem Krieg sein? Aber vielleicht ist es besser, darüber nicht nachzudenken. Man soll das Schicksal nicht herausfordern. Und jetzt gibt es etwas zu essen. Ich habe Hunger.

20. *Oktober*

Wieder ein Marathonmarsch. Was für eine lausige, beschissene Aufgabe, Nachzügler auflesen zu müssen. Von wegen Führerschaft. Damit ist jetzt Schluß, statt dessen ist Zusammenstauchen angesagt. Ich hörte mich rumbrüllen wie einer von diesen Rekrutenschindern in Étaples. Aber immerhin mache ich selber, was ich den anderen abverlange.

Wollte mir schon einen Mann vorknöpfen, um ihn richtig zur Schnecke zu machen, dann sah ich sein Gesicht. Asthmatiker. Dieser gespannte, bleiche, angestrengte, unsichere Blick. Wer selber Asthmatiker ist, sieht das sofort. Er hätte genausogut eine Erkennungsmarke tragen können. Ich lief neben ihm her und versuchte, mit ihm zu reden, aber er konnte nicht gleichzeitig reden und marschieren bzw. vorankrauchen – marschiert ist er jedenfalls nicht. Das ist ja das Sonderbare bei Asthma: Es läßt jene brüderliche Beziehung entstehen, die durch Menschlichkeit allein meist nicht entsteht. Ich habe ihn auf den Sanitätskarren gepackt, er lehnte an der Seitenwand, und ich drückte ihm zum Abschied das Handgelenk. Ich bin nicht sicher, ob er mich hat gehen sehen. Wer so schlecht beieinander ist, der intereressiert sich nur für den nächsten Atemzug.

Als ich sein Gesicht sah, hatte ich komischerweise sofort ein Engegefühl in der Brust, ich nehme an, bloß weil ich an die Möglichkeit erinnert worden war. Bis jetzt keinerlei Probleme, unberufen. Aber heute abend rasselt mein Atem etwas.

Nachmittags wurde der Marschgesang schon etwas dünner, viele Männer schwiegen, es war ein Härtetest. Doch plötzlich, zumindest kam es mir so vor, denn wir waren mehr oder weniger dösend dahingetrottet, sahen wir rechts und links grüne Felder, Bauernhäuser mit intakten Dächern, Bäume mit Zweigen und auch Zivilisten. Wir waren durch die Schlachtfelder direkt in Gebiet marschiert, das bis dahin fest in deutscher Hand gewesen war. Frauen. Kinder. Hunde. Katzen. Wir konnten es nicht fassen, daß es solche Geschöpfe auf der Welt gab. Die Jungs pfiffen den Mädchen hinterher, und keiner war besonders wählerisch. »Mädchen« erstreckte sich bald auf alles zwischen Vierzehn und Fünfzig.

Ich sitze, während ich dies schreibe, an einem Küchentisch in einem Bauernhaus. Draußen ist ein Hof mit den üblichen Bauernhofgeräuschen. Die schnatternden Gänse sind ein Wunder. Aber wir marschieren bald weiter. Im Nebenzimmer werden Zivilisten verhört. Owens Französischkenntnisse leisten uns gute Dienste. Und noch vor ein paar Wochen saß ein deutscher Offizier hier an diesem Tisch und schrieb Briefe nach Haus.

22. *Oktober*

Noch immer da, aber heute geht es weiter. Nicht einmal der Regen, der den Teich (mit seinen offiziellen Enten und den inoffiziellen Moorhühnern) kräuselt, kann meine heitere Stimmung vertreiben. Atem sehr viel besser, trotz der Feuchtigkeit.

24. *Oktober*

Weitermarschiert. Bei diesem Tempo sehe ich uns schon bis nach Berlin marschieren. Gestern nacht wurde das Nachbardorf bombardiert. Fünf Zivilpersonen kamen dabei um.

Wann haben wir eigentlich aufgehört, Zivilisten als Menschen zu betrachten? Muß schon ziemlich lange her sein. Wie auch immer, niemand war erschüttert. Trotzdem sind die Leute hier freundlich, wir kommen gut mit ihnen zurecht. Sie sind wohl nur ein bißchen vorsichtig. Den Einmarsch der Deutschen haben sie abgelehnt, niemand bezweifelt das, aber die Deutschen waren eine lange Zeit hier. Irgendwie hat man sich arrangiert. Und die deutschen Truppen scheinen zumindest hier in der Gegend sehr diszipliniert gewesen zu sein. Keine Greueltaten. Die jungen Bauernmädchen sind tatsächlich sehr anständige junge Damen, obwohl sie vier Jahre in den Klauen des brutalen und lüsternen Hunnen zubringen mußten. Und die Bombenkrater in den Gärten, Feldern und Straßen – große klaffende Wunden – stammen von *unseren* Geschützen. Der Beschuß war zeitweise sehr heftig. Manche Kinder laufen vor uns davon. Trotzdem empfängt man uns überall mit offenen Armen.

Kann mich noch immer nicht an alltägliche Geräusche gewöhnen, besonders Frauen- und Kinderstimmen. So muß man sich fühlen, wenn man aus dem Gefängnis kommt.

25. Oktober

Owen soll vors Kriegsgericht. Hauptsächlich, weil er besser Französisch spricht als irgend jemand sonst und alle Mädels sofort auf ihn zugelaufen kommen, aber nicht etwa, um sich nur zu bedanken. Sie küssen ihn sogar. Dabei trafen sich unsere Blicke, und mir war, als blinzelte er mir zu. Ironisch oder so ähnlich. Die vielen Ungeküßten sind jedenfalls stinksauer auf ihn und haben ein Tribunal gebildet. Im Morgengrauen erschossen, würde mich nicht wundern.

Wyatt besucht unterdessen einen Bauernhof am Rand des Dorfes, in dem eine entgegenkommende Witwe und ihre ebenso entgegenkommenden, aber erheblich heiratsfähigeren Töchter wohnen. In diesem Moment ist er vermutlich im

Begriff, seinen Pinsel dort reinzustecken, wo schon mancher Deutsche vor ihm seinen Pinsel reingesteckt hat. (Ein Gefühl, das Wyatt bestimmt kaltläßt.)

Aber heute morgen sah ich eine Frau im Dorf, die Sonne schien auf ihr Haar und auf einen dieser langen Brotlaibe, den sie unterm Arm trug, und in diesem Moment lag mehr Sinnlichkeit als in Hyatts plumper Bumserei. Natürlich tabu. Eine anständige Hausfrau beim Einkaufen.

26. Oktober

War heute vormittag auf einem der Bauernhöfe hier in der Gegend, um einen Streit zu schlichten. Die Bäuerin hatte ein paar Männer von der 3. Kompanie, die bei ihr einquartiert sind, des Eierdiebstahls bezichtigt. Sie leugneten hartnäckig, aber ich bin sicher, sie hat recht. Nachdem ich sie beruhigt hatte und mehr für die Eier bezahlt hatte, als sie wert waren, bemerkte ich einen rothaarigen Jungen, der mich anstarrte. Nicht gerade anstarrte, aber unsere Blicke trafen sich länger, als unbedingt notwendig. Etwa sechzehn, würde ich sagen, vielleicht ein bißchen älter. Er ging mit einem Eimer Schweinefutter über den Hof, und nachdem ich mich von Madame verabschiedet hatte (ich *vermute*, seine Mutter), folgte ich ihm in die stinkende Dunkelheit, ein einziges Gegrunze und Geschnüffel, wo die Schweine mit feuchten, bebenden Schnauzen und auf zierlichen rosa Füßen angetrottet kamen. Nachdem er die Brühe ausgekippt hatte, quieksten sie eine Weile, dann hoben sie den Kopf und beobachteten uns ruhig unter langen feinen weißen Lidern, während sie vor sich hin mampften. Ich strich ihnen über den Rücken und versuchte dann, mit ihm zu reden. Durch das Dach fielen einzelne Sonnenstrahlen herein, und eine übelriechende grünliche Nässe bedeckte den Boden. Der Junge sprach schnell, ich verstand sehr wenig – mein Schulfranzösisch nützte mir überhaupt nichts. Ich dehnte das Rückenkratzen so lange aus, wie ich konnte, dann brach ich wieder auf und überlegte dabei, wieviel von diesem anfänglichen Blick ich mir eingebildet hatte.

Er sah nicht besonders gut aus – käsiger Teint, schmutzige Sommersprossen, sonderbar leere, goldbraune Augen – nicht daß es mich gestört hätte. Nach zwei Monaten ohne Sex wären mir auch die Schweine recht gewesen.

Später trafen wir uns unweit der Kirche wieder. Am Friedhof führt ein Weg vorbei, auf der einen Seite ein niedriges Mäuerchen, auf der anderen ein Kanal, einer dieser vielen Kanäle hier in der Gegend. Ein ziemlich dumpfiges, düsteres Wasser, auf dem sich lustlos ein dichter weißer Himmel spiegelte, am Ufer Weiden mit schlaffen gelben Blättern. Er saß da und preßte seine großen, roten, grobknochigen Hände zwischen die Knie. Das rote Haar wirkte in dem gräulichen Licht nicht hellrot, nicht kastanienbraun, sondern dunkel, stumpf, wie verbrannt.

Es war ganz deutlich, daß er wartete. Er begrüßte mich mit einem Lächeln, tippte sich an den Mund und machte Raucherbewegungen. Ich gab ihm eine Woodbine und stand am Kanal, ein paar Meter von ihm entfernt, und sah auf und ab, um mich zu vergewissern, daß wir nicht beobachtet wurden. Wieder machte er die Raucherbewegungen und zeigte auf das Päckchen. Als ich nicht gleich reagierte, wiederholte er seine Handbewegung und sagte etwas auf deutsch. Ich dachte, mein Gott, bist du wirklich so bescheuert, daß du nicht weißt, welche Armee hier liegt? Ich nehme an, es hätte mich abstoßen sollen, doch es hatte genau die gegenteilige Wirkung – ich hätte ihm sämtliche Päckchen gegeben, die ich besaß. Ich gab ihm das Päckchen, und da stand er auf und führte mich in den Wald. Es dauerte eine Weile, bis wir einen halbwegs geschützten Ort gefunden hatten. Ich zeigte ihm, was ich wollte. Er stellte sich an einen Baum und stützte sich mit den Händen ab. Ich zog ihm die Hosen herunter und fing an, mit Nase und Zunge seinen Arsch zu bearbeiten, und überlegte, wie ich in die Spalte reinkommen sollte, denn in dieser Stellung verhärten sich die Muskeln. Ein Geruch von

Chrysanthemen, die zu lange im Wasser standen, dann ein dunklerer, freundlicherer Geruch, die feste, faltige Öffnung, die vor Spucke glänzte, und hinter dem harten französischen Schließmuskel deutsches Sperma. Nicht buchstäblich – sie sind ja schon etwas länger fort –, aber die schemenhaften Figuren, die man durchs Scherenfernrohr in den Schützengräben sah, waren trotzdem da, meine Zunge tastete sich nach ihnen vor, und ich dachte:

> Seid umschlungen, Millionen!
> Diesen Kuß der ganzen Welt …

Plötzlich fand ich das sehr komisch, und mein Atem erzeugte einen furzenden Laut zwischen seinen Arschbacken, er wollte sich mir entwinden, doch ich hielt ihn fest und fickte ihn, dann drehte ich ihn zu mir um und leckte seinen kleinen, kurzen purpurroten Schwanz, bis er kam.

Dann gingen wir auseinander. Und seitdem suche ich mir neurotisch mit der Zunge die Lippen nach einem Ausschlag ab.

27. Oktober

Jeder findet diese Märsche grauenhaft. Ich verbringe viel Zeit damit, Füße zu inspizieren. Manche Männer haben hühnereigroße Blasen. Und meinen eigenen Füßen, denen es heute morgen nicht sehr gutging, geht es inzwischen *überhaupt* nicht gut.

Aber heute nacht haben wir eine anständige Unterkunft. Ich habe tatsächlich ein Bett in einem Zimmer mit Rosentapete, und auch im Garten sind noch ein paar Rosen. Habe mir ein paar gepflückt und in einer Vase auf den Küchentisch gestellt, zur Erinnerung an Amiens. Große, volle Rosen, die bald verblüht sein werden, aber heute ziehen wir weiter, so daß ich nicht sehen werde, wie die Blätter abfallen.

29. Oktober

Im Schutz der Dunkelheit angekommen. Das Dorf scheußlich, die Leute unfreundlich, starre Blicke, kein Wunder, wenn man bedenkt, daß wir sie vor nicht allzu langer Zeit heftigst bombardiert haben.

Es geht das Gerücht, die Österreicher hätten einen Friedensvertrag unterzeichnet. Die Stimmung hob sich sofort, als die Männer davon hörten, und sie brauchen wirklich Ermunterung, wenn man ihre Füße sieht. Niemand hier versteht, warum nicht endlich Schluß ist.

Gestern nacht lag ich im Bett und hörte, wie sie in der Scheune sangen. Ich wünschte, ich hätte nicht diese Ahnung, daß sie den Zusatzklauseln und dem Kleingedruckten geopfert werden. Aber ich bin sicher, daß es so kommen wird.

Donnerstag, 31. Oktober

Hier werden wir noch eine Weile bleiben. Die Deutschen haben sich auf der anderen Seite des Sambre-Oise-Kanals eingegraben, wie es scheint, für länger.

Das Dorf ist noch immer besetzt, aber die Häuser an der vordersten Linie sind evakuiert, und wir hocken zusammengepfercht im Keller eines dieser Häuser. Ab und zu gehen wir hinauf in eines der möblierten Zimmer, kommen uns wie Ratten oder Mäuse vor, und dann huschen wir wieder zurück in unser Loch. Aber es ist warm, man fühlt sich sicher, obwohl das ganze Haus erzittert, wenn Granaten einschlagen, und ich stelle mir lieber nicht vor, was ein Volltreffer anrichten würde. Die Deutschen haben alle Bäume umgehauen, aber es gibt noch viel Unterholz, dichtes Gestrüpp, an dem man sich die Beine zerkratzt, totes Farnkraut, das genau die Farbe beziehungsweise eine der Farben von Sarahs Haar hat. Irgendwelche Übungen sind hier nicht möglich. Tagsüber halten wir uns bedeckt, nachts gehen wir auf Patrouille, denn natürlich haben sie Warnposten diesseits des Kanals zurückgelassen, eine Art lebenden Stolperdraht, der vor einem bevorstehenden Angriff warnt. Diese Posten auszuschalten ist unangenehm, da es lautlos zu geschehen hat. Mit Messern und Knüppeln also.

1. November

Gestern nacht hatte ich Patrouillendienst. Ein Warnposten »ausgeschaltet«. Ich hoffe, es ist der letzte. Wir krochen fast bis zum Kanalufer und schauten hinüber. Das Licht der Sterne reichte gerade aus. Man spürte, daß die Deutschen in der Dunkelheit zu uns herüberspähten, genau wie wir, lautlos, aufmerksam. Ich hatte das Gefühl, daß irgendwo dort drüben ein Augenpaar zu mir herübersah, genau in meine Augen.

Der Kanal mit seinen Stichgräben auf beiden Seiten (die von den Deutschen natürlich geflutet wurden) liegt etwa anderthalb Meter über den angrenzenden Feldern. Er ist zwölf Meter breit. Zu breit, als daß man ihn mühelos überwinden könnte, und zu schmal für einen Artillerieangriff. Aufgrund der geringen Entfernung müssen Truppen und Material ziemlich weit hinten bleiben, für den Fall, daß irgendwelche Granaten zu kurz fliegen. Das heißt, wenn das Sperrfeuer, wie geplant, um dreihundert Meter vorverlegt wird, bleiben uns etwa fünf Minuten Zeit, um das sumpfige Gelände und die Stichgräben zu überwinden und überhaupt erst unsere Seite des Kanals zu erreichen. Viel Zeit für die Deutschen, Luft zu holen und die Geschütze zu bemannen – obwohl die natürlich schon zerstört sind, offiziell.

Das Feld gegenüber steht schon jetzt teilweise unter Wasser, und es regnet noch immer. Nicht bloß Regen, die Stichgräben auf der anderen Seite sind ebenfalls geflutet. Vom Kanal geht es steil hinauf zum Bauernhof La Motte, unserem Angriffsziel. Die ganze Zeit bergan. Keinerlei Deckung. MG-Schützen hinter jedem Grasbüschel.

Wenn man, und sei es im Halbdunkel, einen Blick über das Terrain warf, wurde das Problem grauenhaft deutlich. Viel deutlicher als auf den Landkarten, obwohl wir die jeden Tag stundenlang studieren. Es gibt zwei Möglichkeiten. Entweder man beschießt das gegenüberliegende Ufer so heftig, daß dort kein MG-Schütze überlebt, dann brechen die Gräben und wahrscheinlich auch das Kanalufer, so daß sich das Gelände auf der anderen Seite in einen Alptraum aus drei, vier Meter tiefem Schlamm verwandeln wird, durchaus vergleichbar mit Passchendaele. Oder man beschränkt sich auf leichten Beschuß, verlegt das Artilleriefeuer rasch weiter vor und wartet, daß die Infanterie nachrückt. In diesem Fall riskiert man, daß überall unversehrte MG-Schützen auftauchen und ein hübsches kleines, konzentriertes Zielschießen veranstalten.

Also entweder Passchendaele oder die Somme. Jeweils nur Miniaturformat, aber wen tröstet das schon. Man braucht bloß eine Kugel pro Mann.

Das Oberkommando hat sich für die Somme entschieden. Heute nachmittag hatten wir eine kurze Lagebesprechung mit den Lancashire Fusiliers, die zu unserer Linken liegen. Marschall-von-den-zehn-Wunden war da, ich fand ihn überraschend freimütig, aber das kann man sich leisten, wenn man derart zugekleistert ist mit Ordensbändern und Medaillen, daß es wie eine exzentrische Form von Tarnung aussieht. Er erklärte, daß seine Leute ohne Deckung keine Chance hätten, den Hang hinaufzukommen, solange die MG-Nester über ihnen intakt seien. Bei dem zu erwartenden Feuer unter offenem Himmel eine Brücke zu bauen sei *unmöglich*. Die ganze Operation sei *Wahnsinn*. Die Erfolgsaussichten seien gleich *Null*.

Niemand widersprach ihm, ich meine, es gab keine Diskussion. Uns wurde schlicht und einfach erklärt, daß die Wucht der Artillerie jeden Widerstand brechen werde. Ich glaube, bei diesen Worten lief es jedem, der sich an die Somme erinnerte, kalt den Rücken hinunter. Der Marschall warf seinen Bleistift hin, verschränkte die Arme über der Brust und sagte für den Rest der Besprechung kein Wort mehr.

Jetzt sitzen wir hier und schreiben Briefe. Die Versorgung mit Nachschub dauert lange, weil die Deutschen bei ihrem Rückzug die Straßen blockiert und die Brücken zerstört haben. Seit sechs Wochen ist niemand von uns in einem richtigen Laden gewesen, also reiße ich die hinteren Seiten aus meinem Notizbuch und verschenke sie.

Jetzt sind nicht mehr viele übrig. Aber es reicht.

2. November 1918 *2. Manchester Rgt. Frankreich*

Mein lieber Rivers,
Wie Sie meinem letzten Brief entnommen haben werden, bin ich noch immer am Leben. Sollte dieser erfreuliche Zustand ein Ende finden, wäre ich Ihnen dankbar, wenn Sie meine Mutter besuchen könnten. Sie hat einen ziemlichen Narren an Ihnen gefressen, als sie letztes Jahr in Craiglockhart war, und Sie wissen besser als jeder andere, was zu sagen ist. Oder Sie schweigen vernünftigerweise, was ja immer Ihre Stärke war, nicht wahr?
Meine Nerven sind in bester Verfassung. Damit will ich sagen, daß es in meiner gegenwärtigen Situation das einzig Vernünftige wäre, wegzulaufen, aber das werde ich nicht tun. Prüfung bestanden?

Ihr
Billy Prior

Eine kühle, knappe Mitteilung für jemanden, der so viel für mich getan hat. Völlig falscher Ton, aber ich habe keine Zeit, einen neuen Brief zu schreiben.

Ich wage es nicht, an Sarah zu denken.

3. November

In diesem Keller ist es so eng, daß mich ständig jemand von der einen oder anderen Seite mit den Ellbogen anrempelt. Beißender Zigarettenqualm steigt mir in die Augen. Ich glaube ehrlich, wenn es hier nichts mehr zu rauchen gäbe, brauchte man bloß tief einzuatmen. Aber mein Vorrat reicht, selbst nach meinem Anfall von Großzügigkeit am Kanalufer. Heute morgen habe ich es noch mal gelesen, herausgerissen und verbrannt. Am Kanalufer erwartet mich eine zweite Begegnung – diesmal aber eine von der anerkannten Sorte.

Komischer Tag – er schien nicht enden zu wollen. Wir hatten eine weitere Lagebesprechung in einem Bauernhof weiter unten am Weg. Wir wurden von einem kleinen kläffenden Terrier begrüßt, einem Welpen, schwarzweiß und verspielt, der sich beim Laufen ein Bein einklemmte, so daß ich zuerst dachte, er ist verkrüppelt, aber die Kinder im Haus sagten, nein, er läuft immer so. Er beruhigte sich etwas, aber dann regte er sich wieder auf und kläffte. Winterton nickte mir zu und sagte: »Das geht nicht.«

Ich habe ihn selbst erschossen. Ich bin stolz darauf. In den Schützengräben sah man durchs Fernrohr manchmal einen deutschen Soldaten, meistens weit hinten in einem der Versorgungsgräben, wo er sich in Sicherheit wähnte, die Hosen runterließ und sich seelenruhig zum Scheißen hinhockte. Man will nicht auf ihn schießen, dieser verwundbare nackte Arsch hat irgendwas, man fühlt quasi die kalte Luft am eigenen Hintern, es ist ein Moment schlichten menschlichen Mitgefühls. Also macht man den Posten auf ihn aufmerksam und befiehlt ihm, den Mann abzuknallen. So kommen beide gut weg – man selbst hat nicht geschossen, und der Posten tötet ihn zwar, aber eben auf Befehl.

Doch ich habe den Hund selbst erschossen. Ich nahm ihn am Schlafittchen und trug ihn in die Scheune. Er wußte, daß etwas Schlimmes passieren würde, rollte sich auf den Rücken und zeigte mir seinen rosaroten Bauch und wedelte ein bißchen mit dem Schwanz, denn er war sicher, daß diese Unterwerfungsgebärde funktionieren würde. Ich kraulte ihn hinter den Ohren und sagte: »Tut mir leid, mein Kleiner. Ich bin human – wir sind nicht so.«

Und ich bin dankbar für den warmen Mief hier drin, und nicht bloß, weil wir vor Wind und Regen geschützt sind. Denjenigen, die sich Plätze am Feuer ergattert haben, steigt der Dampf aus Stiefeln und Gamaschen. Die anderen behelfen sich damit, daß sie einfach mit den Zehen wackeln.

Nach meiner Bemerkung, daß ich es nicht wage, an Sarah zu denken, muß ich die ganze Zeit an sie denken. Ich erinnere mich an unser erstes Zusammensein – dieser lächerliche Ringkampf auf einem Grabstein, was mir im nachhinein als durchaus angemessener Beginn einer Beziehung erscheint, die so sehr vom Tod umgeben ist. Und davor in der Kneipe, wo ich versuchte, sie mit Hilfe von Portwein herumzukriegen, aber sie wollte von Johnnys Tod erzählen, und ich hatte keine Lust, zuzuhören. Loos, sagte sie. Ich weiß noch, ich stand an der Bar und dachte, daß Wörter nichts mehr bedeuten. Patriotismus Ehre Mut – kotz brech würg. Nur die Namen bedeuten noch etwas. Mons, Loos, die Somme, Arras, Verdun, Ypern.

Doch nun sehe ich mich in diesem Keller um, die Kerzen brennen auf den Tischen, und unsere Schatten tanzen an der Wand, und mir wird klar, daß es noch eine andere Gruppe von Wörtern gibt, die etwas bedeuten. Kleine Wörter, die unbeachtet durch die Sätze stolpern. Wir, sie, uns, ihnen, hier, dort. Das sind die Wörter der Macht, und wenn wir nicht mehr da sind, werden sie noch lange in der Sprache herumliegen, wie die Blindgänger in diesen Feldern, und jedes davon kann einem die Hand abreißen.

Wyatt schläft wie ein Baby, nur daß Babys nicht so schnarchen. Hoggart schält Kartoffeln. Becher mit chlorig schmekkendem Tee stehen herum. Und jemand hackt Holz und legt nach, aber es ist so feucht, daß jedes neue Scheit zischende Dunkelheit produziert, Gesichter und Augen verdüstern sich für einen Moment, und dann züngeln die Flammen um das Scheit, und das Feuer brennt weiter. Wir brauchen ein richtiges Feuer. Alle husten und keuchen, eine unangenehme Erkältung macht die Runde. Ich spüre schon ein leises Kribbeln im Hals, ich schwitze und fröstele zur gleichen Zeit. Ich denke an Ratten mit langen, nackten Schwänzen am Kanalufer, und der Gedanke an das kalte Wasser ist nun wirklich nicht sehr einladend. Aber wir singen, wir erzählen Witze, und jeder Witz hier ist komisch. Alle sind erstaunlich guter Dinge. Das Wort, das ich zu vermeiden suche, ist »todgeweiht«. Irgend etwas davon liegt in der Luft. Wir wissen alle, wie unsere Chancen stehen.

Und bald werde ich Wyatt aus dieser Koje schmeißen und versuchen, ein wenig zu schlafen.

Vor fünf Monaten bot Charles Manning mir eine Stelle im Rüstungsministerium an, und ich lehnte sein Angebot ab und sagte, wenn ich nach Frankreich zurückgeschickt würde ... »Wenn wenn wenn – dann werde ich in einem Unterstand sitzen und an diesen Nachmittag zurückdenken und zu mir sagen: ›Du Rindvieh.‹«

Ich erinnere mich, daß ich auf dem steifen Brokatsofa in seinem Wohnzimmer saß, als ich das sagte.

Nun ja, und jetzt bin ich hier, in einer Art Unterstand. Und ich schaue in all diese Gesichter, und mir fällt nichts anderes ein, als daß es wirklich sehr dumm von mir gewesen wäre, nicht zurückzukehren.

18

Brauner Nebel umhüllte das Krankenhaus. Schweflige Dunstschwaden hingen träge in der Eingangshalle und verschoben sich zu immer neuen Formen, sobald jemand das Gebäude verließ oder betrat. Rivers war am frühen Abend hinausgegangen, um am Kiosk vor dem Victoria-Bahnhof eine Zeitung zu kaufen, hin und zurück zehn Minuten bei zügigem Tempo, eine Gelegenheit, etwas Luft zu schnappen, obwohl die Luft in der letzten Zeit im Hals kratzte. Die Nachrichten klangen gut. Man ahnte, daß in jedem Augenblick die Kanonen verstummen und alle Soldaten ins Zivilleben zurückkehren könnten. Jeder spürte es – und doch schien es nicht sonderlich wichtig zu sein. Das Ende, nach dem sich alle sehnten, wurde überschattet von der Grippeepidemie, die das Krankenhaus heimsuchte. Wäre jemand den Korridor entlanggestürmt und hätte überall die Türen aufgerissen und »Der Krieg ist aus!« gebrüllt, dann hätte Rivers »Ach ja?« gesagt und weiter an seinen Berichten geschrieben.

Er schaute auf seine Uhr und stand auf. Es war Zeit für seinen Rundgang durch die Station.

Marsden versuchte, seinen Blick zu erhaschen. Rivers war es bei seinem morgendlichen Rundgang so vorgekommen, als hätte Marsden ihn etwas fragen wollen, sich von der Förmlichkeit der Situation aber abschrecken lassen. Rivers wechselte rasch ein Wort mit Schwester Roberts – in dieser Nacht war die Personalsituation besonders schwierig –, setzte sich dann zu ihm ans Bett, plauderte über dieses und jenes, bis Marsden so weit war, daß er zur Sache kommen konnte. Es war ganz einfach. Marsden hatte ein Gespräch von zwei Assistenzärzten am Fußende seines Bettes mitgehört und dabei die Worte »koitaler Reflex ausgelöst« aufgeschnappt. Ob dies bedeute, wollte Marsden wissen, daß er irgendwann, wie er sicherheitshalber betonte, natürlich nicht *jetzt*, ob er *irgendwann* einmal wieder Geschlechtsverkehr haben könne? »Geschlechtsverkehr haben« brachte er mit flacher, nüchterner, sachlicher Stimme vor. Er meinte »mit einer Frau schlafen«. Er meinte »Kinder bekommen«. Das Photo seiner Frau stand auf seinem Schrank. Rivers strengte sich so sehr an, nicht hinzusehen, daß seine Nackenmuskeln ganz steif wurden. Nein, sagte er langsam, das sei damit nicht gemeint. Er erklärte, was gemeint war. Marsden hörte nicht zu, aber er brauchte eine Nebelwand von Wörtern, hinter der er seine Reaktion vorbereiten konnte. Er spielte mit dem Saum seiner Bettdecke. »Tja«, sagte er schließlich, als Rivers fertig war. »Hatte es mir eigentlich schon gedacht. War nur eine Frage.«

Ein Vorkommnis; ein Tag.

Ihre verschatteten Gesichter unter den Stahlhelmen hätten sie selbst dann kaum erkannt, wenn das schwache Licht der Sterne bessere Sicht ermöglicht hätte. Prior, der in einem Graben an der Kreuzung kauerte, blickte immer wieder auf das linke Handgelenk, an dem er normalerweise seine Uhr trug. Zwanzig Minuten zuvor hatte man sie ihm zum Synchronisieren weggenommen. Die üblichen Symptome: trokkener Mund, feuchte Hände, Herzklopfen, Reizblase, kalte Füße. Was für ein brutal treffender Ausdruck »kalte Füße« war. Der andere brutal treffende Ausdruck – »sich in die Hose scheißen« – galt für ihn allerdings nicht. Wie einige andere erfahrene Frontkämpfer auch, hatte er den ganzen Tag Opiumtinktur geschluckt. Wenn das hier vorüber war, würde er zwei Wochen lang scheißen, aber zumindest in dieser Nacht würde er sich nicht in die Hose machen.

Er blickte wieder auf sein Handgelenk, sah Owen dasselbe

tun, lächelte irritiert, schwieg. Er schaute zu den Sternen hoch, suchte den Großen Wagen, konnte sich aber nicht konzentrieren. Regenwolken türmten sich auf. Das hat uns gerade noch gefehlt. Etwas später brachte ihm ein Bote die Uhr zurück, und mit dem ungeheuer starken, natürlich illusorischen, Gefühl, wieder Herr der Lage zu sein, band er sich die Uhr um.

Dann rückten sie vor, Hunderte von Soldaten, gespenstisch leise, dunkle Figuren im Sternenlicht, die kaum einen Schatten auf das Gras warfen. Und nirgendwo bellte ein Hund.

Das Zifferblatt der Wanduhr im Krankensaal verschwamm, erschien dann wieder scharf. Nun, da er seinen Rundgang gemacht, die Berichte geschrieben hatte und einfach nur *anwesend sein* mußte, für alle Notfälle, die sich in der Nacht ereignen mochten, konnte er sich nur mit Mühe wach halten. Schwester Roberts stellte ihm einen Becher orangefarbenen, stark gesüßtem Tee hin, und er trank einen Schluck. Sie saßen zusammen im Dienstzimmer der Nachtschwestern – es gab keine Nachtschwestern, alle waren wegen Grippe krank geschrieben – und tranken den viel zu starken, viel zu süßen Tee und beobachteten den hinteren Teil des Saals, wo grüne Schirme um Hallets Bett standen. Über seinem Bett brannte eine Lampe, so daß sich die grüne Bespannung leuchtend vor dem dunkel daliegenden Saal abhob. Durch einen Spalt zwischen zwei Schirmen konnte Rivers einen Jungen sehen, vierzehn, fünfzehn Jahre vielleicht, Hallets jüngeren Bruder, der, vom stundenlangen Warten gelangweilt, auf seinem Stuhl herumrutschte und wußte, daß es unverzeihlich war, sich zu langweilen.

»Ich wünschte, die Mutter würde nach Hause gehen und sich hinlegen«, sagte Schwester Roberts. »Sie ist ja völlig am Ende ihrer Kräfte.« Ein Schnaufer. »Und das Mädel scheint mir auch ziemlich hysterisch zu sein.«

Junge Mädchen waren überhaupt nicht ihr Fall. »Ist das seine Schwester?«

»Die Verlobte.«

Ein Murmeln hinter dem Schirm, aber keine deutlich vernehmbaren Wörter. River stand auf. »Ich werde mal nachsehen.«

»Soll ich die Angehörigen rausschicken?«

»Wenn Sie so freundlich wären. Nur für einen Moment.«

Die Familienangehörigen blickten auf, als er den Schirm beiseite schob. Fast sechsunddreißig Stunden, mit Unterbrechungen, saßen sie schon an diesem Bett, seit Hallets Zustand sich verschlechtert hatte. Mrs. Hallet, die Mutter, stand zu seiner Rechten. Rivers vermutete, daß man ihr den Anblick der linken Gesichtshälfte soweit irgend möglich ersparen wollte. Der Augenverband verbarg zwar das Schlimmste, aber es gab noch immer genug zu sehen. Auf der schlimmen Seite saß der Vater, ein älterer Herr, sehr aufrecht, pensionierter Offizier, der für die Dauer des Krieges Uniform trug. Seine Art, die Schultern durchzudrücken, sich gerade zu halten, ließ eher chronische Rückenschmerzen vermuten als eine Reaktion auf die gegenwärtige Situation. Und dann die junge Frau, wie hieß sie doch gleich ... Susan, genau. Sie saß, mit einem zerknüllten Taschentuch zwischen den Fingern und oft mit einem höflichen, nichtssagenden Lächeln auf dem Gesicht im Kreise der Familie, in die einzuheiraten sie im Begriff gewesen war, und hatte inzwischen wohl erkannt, daß daraus nichts werden würde. Und der Junge, linkisch, ungeschickt, mürrisch, war fast die anrührendste Gestalt von ihnen allen, manchmal kiekste seine Stimme, so daß er errötete, dann brüllte er wieder durch den ganzen Krankensaal und war schwierig, rebellisch, fordernd, weil er Angst hatte, daß er losheulen müßte, wenn er sich anders verhielt.

Sie erhoben sich, als Rivers hinzutrat, und sahen ihn mit Blicken an, die er aus langen Berufsjahren kannte. Man erwartete von ihm, daß er etwas *tat*. Obschon sie wußten, daß Hallet in einem kritischen Zustand war, hofften sie noch immer, er werde ihn »gesund machen«.

Als Schwester Roberts die Angehörigen bat, sich für einen Moment zurückzuziehen, begaben sie sich in das Wartezimmer am Ende des Korridors.

Rivers sah Hallet an. Die ganze linke Gesichtshälfte hing schief. Das unverbundene, tief in der Höhle liegende Auge war geöffnet, aber er war offenbar nicht ganz bei Bewußtsein. Der Schädel war rasiert seit der Operation, und die hufeisenförmige Narbe über der eitrigen Wunde, die die Gewehrkugel verursacht hatte, heilte ironischerweise gut. Die pulsierende Gehirnmasse sah aus wie ein fremdartiges Unterwasserlebewesen, wie der Mund einer Seeanemone vielleicht. Die gesamte linke Körperhälfte war nicht zu gebrauchen. Selbst wenn Hallet so weit bei Bewußtsein war, daß er sprach, konnte man ihn aufgrund des schiefen Mundes und der Unterkieferverletzung nicht verstehen. Seine Angehörigen irritierte das mehr als alles andere. Sie gaben sich deutlich Mühe, ihm zu folgen, verstanden aber kein einziges Wort. Seine Stimme war ein verhuschtes, kraftloses Wispern. Jetzt schien er zu wispern. Rivers beugte sich über ihn, lauschte, richtete sich wieder auf. Er hatte sich den Laut wohl nur eingebildet. Abgesehen von dem Zucken unter der Decke, das auf den ständigen Schüttelkrampf im rechten Fußgelenk zurückging, hatte Hallet sich nicht bewegt.

Warum bist du eigentlich noch am Leben? dachte Rivers beim Anblick dieses grotesk entstellten Gesichts.

Mate, so hätte Njirus Bezeichnung für ihn gelautet: derjenige Zustand, für den es nur eine sinnvolle, mithin wünschenswerte Lösung gibt – den Tod. Er hätte Hallet schon längst als tot betrachtet und alles dafür getan, den eigentlichen Tod *(mate ndapu*, sterben fertig) rasch herbeizuführen. Rivers befühlte seine Kragenspiegel, und indem die Form des Äskulapstabs von seinen unversehrten Nerven an sein unbeschädigtes Gehirn übertragen wurde, bestätigte sich seine Loyalität gegenüber einer ganz anderen Denkrichtung, ohne daß ihm der Konflikt je bewußt wurde.

Er prüfte Hallets Puls. »Gut«, sagte er zu Schwester Roberts. »Sie können sie wieder hereinlassen.«

Während er ihr noch hinterhersah, erschien es ihm feige, den Angehörigen auszuweichen, und so folgte er ihr den Korridor entlang. Unterwegs kam ihm Mrs. Hallet entgegen. Sie zögerte bei seinem Anblick, aber das Bedürfnis, wieder zu ihrem Sohn zurückzukehren, war stärker. Hinter ihr kamen Susan und der jüngere Bruder. Major Hallet stand an einem geöffneten Fenster und paffte. Ein Schwall dumpfer, feuchter, nebliger Luft kam herein, der Rivers daran erinnerte, daß es draußen noch eine andere Welt gab.

»Jammervoll, nicht wahr?« sagte Major Hallet und hob die Zigarette. »Nun?«

Rivers zögerte.

»Nicht mehr lange, wie?«

»Nein.«

Trotz seiner Markigkeit stiegen Major Hallet sofort Tränen in die Augen. Er wandte sich ab, seine Stimme zitterte. »Er ist so tapfer. Er ist so unglaublich tapfer.« Er rang einen Moment um Fassung. »Wie lange noch, was meinen Sie?«

»Ich weiß nicht. Stunden.«

»O Gott.«

»Sprechen Sie immer wieder mit ihm. Er erkennt Ihre Stimmen und kann Sie hören.«

»Aber wir können *ihn* nicht verstehen. Es ist furchtbar, er erwartet offensichtlich eine Antwort, aber wir können nichts sagen.«

Gemeinsam kehrten sie wieder in den Krankensaal zurück. Major Hallet blieb einen Moment vor dem Schirm stehen und straffte den Rücken. Ein Murmeln vom Bett her. »Sehen Sie?« sagte er hilflos.

Rivers folgte ihm und beugte sich über das Bett. Hallets Stimme war ein undeutliches Wispern. *»Sisnichwer.«*

Zuerst erkannte Rivers nur den Anfangskonsonsanten und glaubte, er wolle »Susan« sagen, doch das Wort war länger. Hallet richtete sich auf und schüttelte den Kopf. »Sprechen Sie mit ihm, Mrs. Hallet. Er erkennt Ihre Stimme.«

Sie beugte sich vor und begann verlegen, wie man bei solch quälenden Gelegenheiten ist, ihm von zu Hause zu erzählen, von Tante Ethel, die ihn grüßen lasse, von Madeleine, die im April heiraten werde ...

Susan hatte wieder dieses starre, nichtssagende Lächeln auf den Lippen, das an die Grimasse eines verängstigten Affen erinnerte. Und das Gesicht des Jungen war eine Maske aus Angst und Wut, denn er wußte, daß er in jedem Moment in Tränen ausbrechen konnte, für die er sich vor seinem eigenen gnadenlosen Tribunal würde verantworten müssen.

Rivers ließ sie mit sich allein. Schwester Roberts und ein Pfleger waren gerade bei Adams, der jede Stunde umgedreht werden mußte. Rivers setzte sich in den Lichtkreis der Wachstation, und während er von Bett zu Bett blickte, zwang er sich dazu, sich den Namen und die Geschichte eines jeden Patienten in Erinnerung zu rufen, und beobachtete müde den vorrückenden Uhrzeiger.

Die grün leuchtenden Schirme um Hallets Bett erinnerten ihn an das Zelt auf Eddystone, an die Nächte, in denen es mit den Insekten wirklich so schlimm gewesen war, daß sie die Lampe hereingeholt hatten. Wenn man hinaus in den Urwald ging und zurückkehrte, sah man diesen grandiosen Lichtschein und Hocarts riesigen Schatten auf der Zeltwand. Sicherheit, jedenfalls soweit man sich am Rande der Dunkelheit sicher fühlen konnte.

An ihrem letzten Abend saß er draußen vor dem Zelt, packte Kisten mit Kleidung und Ausrüstungsgegenständen, die ausgebreitet vor ihm lagen, und tippte seine letzten Aufzeichnungen ab. Hocart, der in einem anderen Teil der Insel unterwegs war, würde erst in einigen Stunden zurückkehren. Er lehnte sich zurück und rieb sich die Augen, die von der Arbeit im hellen Schein der Lampe müde geworden waren. Als er die Augen wieder öffnete, stand Njiru, der sich lautlos genähert haben mußte, vor ihm und beobachtete ihn.

Rivers nahm die Lampe vom Tisch, stellte sie auf die Erde und setzte sich daneben, denn er wußte, daß Njiru sich dort wohler fühlte. Die Finsternis des Urwalds umfing sie. Große pelzige Motten, die einen bestimmten blühenden Busch liebten, der rings um das Zelt wuchs, taumelten gegen die Lampe, so daß er und Njiru in einer Wolke blasser Flügel saßen.

Eine Weile plauderten sie über einige ihrer mehr als vierhundert gemeinsamen Bekannten und verfielen dann in ein langes, unbeschwertes Schweigen.

»Kundaite sagt, du kennst Ave«, sagte Rivers ganz leise, fast so, als hätte der Busch selber gesprochen und Njiru nur laut nachzudenken brauchen.

Njiru sagte, fast mit denselben Worten wie zu Anfang: »Kundaite nicht sprechen wahr, er machen Schwindel ganz *nanasa*«, doch dann lachte er brummend und fügte auf englisch hinzu: »Er lügt.«

»Ja, aber ich glaube doch, daß du Ave kennst.«

Plötzlich erinnerte er sich an ein Erlebnis mit Haddon, der in der Torres-Straße versucht hatte, an Schädel zu kommen, die er ausmessen wollte. Ein Mann hatte unendlich würdevoll erklärt: »Habt Geduld. Irgendwann werdet ihr alle unsere Schädel haben.« Es war keine angenehme Erinnerung. Er selbst wollte zwar keine Schädel haben, aber doch etwas vergleichbar Heiliges. Er beugte sich vor, und ihre Schatten hefteten sich tanzend an den Urwald. »Erzähl mir von Ave.«

Ave wohnt auf Ysabel. Er ist ein Geist und viele Geister zugleich. Sein Mund ist groß und voll vom Blut von Menschen, die er verschlingt. Kita und Mateana sind nichts neben ihm, denn sie vernichten bloß den einzelnen, während Ave »alle Menschen im Langhaus« vernichtet. Der zerbrochene Regenbogen gehört ihm, er kündigt Epidemien und Kriege an. Ave vernichtet die Völker.

Und die Worte des Beschwörungsrituals? Sogar Njiru erzählte ihm die letzten Blasen, die aus dem Mund eines Ertrinkenden aufsteigen. Er erzählte sie nicht nur. In der für ihn typischen Mischung aus wissenschaftlicher Genauigkeit und intellektueller Ungeduld bestand er darauf, daß Rivers die Worte in der melanesischen Hochsprache lernte, bis der Tonfall jeder Silbe saß. Darauf beruht Njirus Macht, dachte Rivers, während er sich mit den Wörtern abmühte, das war der Grund, weshalb selbst die größten Häuptlinge Platz machten, wenn sie ihm begegneten.

»Und jetzt«, sagte Njiru und hob halb stolz, halb verächtlich den Kopf, »wirst du das alles in dein Buch schreiben.«

Dazu ist es dann nie gekommen, dachte Rivers. Das Buch über Eddystone, das er und Hocart veröffentlichen wollten, war ein Opfer des Krieges geworden, wenn auch – sein Blick wanderte durch den Krankensaal mit den hirnverletzten und gelähmten jungen Männern – gewiß nicht das größte.

Während eines Vortrags vor der Royal Society hatte er die Worte allerdings rezitiert und dabei hocherfreut festgestellt, daß er nicht auf seine Aufzeichnungen zurückgreifen mußte. Er konnte sie noch immer auswendig.

Hinter den Schirmen tat sich etwas. Hallet hatte begonnen, Schreie auszustoßen, und seine Angehörigen versuchten, ihn zu beruhigen. Daraufhin rührten sich die anderen Patienten und murrten, denn sie wollten sich nicht aus dem Schlaf reißen lassen. Doch das Murren hörte auf, als sie erkannten, woher die Schreie kamen. Sie schwiegen, wandten die Gesichter den Schirmen zu, als wäre der Kampf, der dahinter geführt wurde, der Kampf eines jeden einzelnen von ihnen.

Rivers ging ruhig durch den Saal. Die Angehörigen standen wieder auf, als er ans Bett trat. »Schon gut«, sagte er, »bleiben Sie doch sitzen.«

Er prüfte Hallets Puls. Er spürte den Blick der Eltern, sah die rotgeäderten starren Augen des Vaters und das bleiche, grimmige Gesicht der Mutter mit dem zuckenden Mund.

»Ist es soweit?« flüsterte Major Hallet.

Rivers sah, daß Hallet jetzt bei vollem Bewußtsein war. O Gott, dachte er, einer von diesen Fällen. Er schüttelte den Kopf. »Noch nicht.«

Das Sperrfeuer sollte fünfzehn Minuten später einsetzen. Prior und Robson kauerten im feuchten, kalten Nebel dicht beieinander und teilten sich eine Tafel Schokolade. Dann krochen sie los. Da die Pioniere das Material für den Bau der Pontonbrücke auf dem Weg heranschafften, mußten die Manchester über die nassen Felder vorrücken. Es regnete zwar nicht mehr, aber das ohnehin sumpfige Gelände stand stellenweise unter Wasser, und dort lag immer eine dichte Nebeldecke. Konzentrier dich nur auf den jetzigen Moment, dachte Prior, während er auf Knien und Ellbogen vorwärts kroch wie ein Frosch oder eine Eidechse oder wie – wie irgend etwas, nur nicht wie ein Mensch. Erst das rechte Knie, dann das linke, dann das rechte, dann wieder das linke, immer weiter, so robbte er durch weiches grünes Gras, das unglaublich intensiv roch. Über dem Kanal, der zwischen dürren toten Bäumen dahinfloß, war trotz des vielen Nebels ein schwaches Dämmerlicht zu erkennen.

Keinesfalls darf es zu einem Rückzug kommen. So lautete der Befehl. Sie haben uns an den Marterpfahl gebunden, wir können hier nicht weg, sondern müssen uns wie die Bären durchschlagen. Die Männer starrten schweigend in den Dunst. Sprechen, selbst Wispern war verboten. Prior blickte auf seine Armbanduhr, befeuchtete sich die trockenen Lippen, sah, wie der Minutenzeiger auf die Neun vorrückte. Ringsum atemlose Spannung. 5.43 Uhr. Noch zwei Minuten. Prior klemmte sich die Trillerpfeife in den Mund und duckte sich noch etwas tiefer.

Prompt wie immer brach die Hölle los. Heulende Granaten, zuckende Lichtblitze, aufspritzende Fontänen von Wasser, Schlamm und Erde. Eine Granate flog nicht weit genug. Der Boden erbebte, und ein Schauer von Steinen und

Erdklumpen ging über ihren Stahlhelmen nieder. Fünf Minuten davon, fünf Minuten, in denen Druckwellen einem entgegenschlugen, Männer griffen wie betäubt zu den leichten Brücken, die zum Überqueren der überfluteten Gräben gedacht waren, und trugen sie vorwärts in Richtung Front. Dann plötzlich Stille. Rasch durchatmen, dann wieder Lärm, aber weiter hinten, denn das Sperrfeuer ging jetzt über den leeren Feldern nieder.

Prior blies in seine Trillerpfeife, hörte nichts, war schon auf den Beinen und stürmte los, drängte die Männer mit wortlosen Rufen voran. Alles rannte zu den Bäumen. Prior schrie: »Aufpassen! Links nicht so schnell!« Es war wichtig, daß sich bei den Behelfsbrücken keine Haufen bildeten. »Linie halten!« Aber die Männer versanken in Morastlöchern oder stolperten über Grasnarben. Eine Granate, die von der deutschen Seite her angeflogen kam, explodierte in einem Schauer von Schlamm und Wasser. Und noch eine. Prior sah mehrere kleine Gestalten zu Boden sinken, es schien nichts Ernstes zu sein, sie sahen nicht wie Wesen aus, denen man etwas anhaben konnte.

Die Laufstege wurden rasch, effizient ausgelegt, es bildeten sich keine Haufen, nur Stiefelgetrampel auf Holz, dann verließen sie die Deckung der Bäume und traten hinaus auf das entsetzlich exponierte Ufer. Nackt wie ein Augapfel, nicht die geringste Deckung, und die MG-Schützen auf der anderen Seite waren putzmunter. Sie warfen sich zu Boden und gaben den Pionieren, die die Brücke zusammenbauten, Feuerschutz, hatten selbst aber keinen Schutz. Ein Kugelregen ging über ihnen nieder, peitschte die Oberfläche des Kanals, und jetzt starben die ersten Männer. Prior sah, wie sein Nachbar stumm, mit erstauntem Gesicht seitlich wegsackte und gleichzeitig ein dunkelroter Schwall, wie eine riesige sich öffnende Blume, aus seiner Brust schoß. Prior kroch vorwärts, feuerte auf das andere Ufer, obwohl er es durch die herüberwehenden Rauchwolken kaum sehen konnte. Die Pioniere waren noch immer dabei, die einzelnen

Teile der Pontonbrücke mit Draht zusammenzubauen, der unter ihren Händen Funken schlug, wenn Kugeln ihn trafen. Und noch immer dieser entsetzliche Regen. Nur zwei Pioniere waren übrig, dann übernahmen die Manchesters den Brückenbau. Kirk paddelte in einer Kiste hinaus, um ihnen Feuerschutz zu geben, wurde getroffen, wieder getroffen, diesmal im Gesicht, aber er schoß weiter, zielte direkt auf die MG-Schützen, die nur wenige Meter entfernt in ihren befestigten Löchern hockten. Prior wollte sich gerade anschicken, den Kanal mit Munition zu überqueren, als es ihn erwischte, doch es fühlte sich nicht wie eine Kugel an, eher wie ein Schlag mit einem massiven, harten Gegenstand, einem Knüppel oder Kricketschläger, aber es riß ihn um, er stürzte zu Boden, ein Arm hing über den Rand des Kanalufers.

Er wollte wieder in Richtung Stichgräben zurückkriechen, denn er wußte, daß es nur eine Frage der Zeit war, bis er ein zweitesmal getroffen würde, aber die Gasschwaden hingen schwer über der Erde, und er kam nicht an seine Maske heran. Banale, simple Gedanken schossen ihm immer wieder durch den Kopf. *So eine Scheiße. Verdammter Wahnsinn. O Gott.* Er spürte keinen Schmerz, nur eine sich ausbreitende Lähmung, konnte aber klar denken. Er sah Kirk sterben. Er sah Owen sterben. Die Wucht der Kugeln riß ihn hoch, ganz langsam flog er durch die Luft. Der Fall schien eine Ewigkeit zu dauern, und mit ihm sank Priors Bewußtsein. Er blickte auf sein Spiegelbild im Wasser, das ständig von Kugeln zerfetzt wurde und sich immer neu zusammensetzte, doch das Gefühl der Betäubung breitete sich aus, und schließlich verschwand alles vor seinen Augen.

Langsam wurde es hell. Gedämpftes, bräunliches Novemberlicht. Simpson, der selbst schon so hinüber war, daß er nicht mehr begriff, was geschah, brabbelte in einem der hinteren Betten des Saals vor sich hin, doch all die anderen Gesichter waren den Schirmen zugewandt, und jeder mobilisierte das bißchen Kraft, das er noch besaß, um Hallet in seinem Kampf zu unterstützen.

Bis auf die beiden geflüsterten Rufe und das wortlose Gestöhn war Hallet die ganze Zeit stumm gewesen, doch jetzt flüsterte er wieder, nur etwas lauter. *Sisnichwer. Sisnichwer.* Immer wieder, jedesmal ein wenig lauter, er schien all seine Kraft in diesen Ausruf zu legen. Seine Mutter versuchte, ihn zu beruhigen, doch er reagierte nicht. *Sisnichwer. Sisnichwer.* Immer lauter drang der Schrei durch den Saal. Er öffnete das eine Auge und sah Rivers, der hereingetreten war und nun am Fußende stand, unverwandt an.

»Was sagt er?« fragte Major Hallet.

Rivers machte den Mund auf, wollte schon sagen, daß er es nicht wisse, doch dann begriff er. »Er sagt: ›Es ist's nicht wert.‹«

»Nein, von wegen. Es ist natürlich was wert«, rief Major Hallet und packte die Hand seines Sohnes. Der Mann litt Höllenqualen. Er wußte kaum, was er sagte.

»*Sisnichwer.*«

Abermals dieser Schrei, als hätte der Vater nichts gesagt, und nun wurden auch die anderen Patienten unruhig. Ein gemurmelter Protest, nicht gegen Hallet, sondern zu seiner Unterstützung, ein tonloses Gemurmel von verletzten Gehirnen und schiefen Mündern.

»*Sisnichwer. Sisnichwer.*«

»Ich halte es nicht mehr aus«, sagte Major Hallet. Die Mutter wandte den Blick nicht von ihrem Sohn. Ihre Lippen bewegten sich lautlos. Rivers merkte, daß er einen Kloß im Hals hatte, solange der Aufschrei der Patienten noch mal und noch mal wiederholt wurde. Später war er keineswegs sicher, ob es ihm gelungen war, Schweigen zu bewahren, oder er nicht doch mit eingestimmt hatte. Er konnte sich nur noch daran erinnern, daß er die Metallstange des Bettes gepackt hielt, bis ihm die Hände weh taten.

Und plötzlich war es vorbei. Die entstellten Ausrufe verstummten, und kurz darauf, während Brust- und Bauchmuskeln sich merkwürdig zusammenzogen, wie wenn jemand einen zu engen Pullover ausziehen will, starb Hallet.

Rivers trat heran, bevor den Eltern klar wurde, daß ihr Sohn gestorben war, drückte ihm das eine Auge zu und sah aus reiner Gewohnheit auf seine Armbanduhr.

»6.25 Uhr«, sagte er zu Schwester Roberts.

Er deckte Hallet bis zum Kinn zu, legte ihm die Arme an die Seite und zog sich leise zurück, um die Familienangehörigen nicht in ihrem Schmerz zu stören, und während er die Schirme enger zusammenstellte, wünschte er sich, er hätte nicht gesehen, wie sich die junge Frau abwandte, um ihre Erleichterung zu verbergen.

Noch immer liegen die Manchesters mit geöffneten Augen und verzerrten Gliedmaßen am Kanalufer, denn die Sanitäter haben sich mit den letzten Verwundeten entfernt. Die Toten sind jetzt allein. Das Gefecht ist weitergezogen, eine einzige Granate hat die Pontonbrücke zerstört, die sie noch gebaut haben. Etwas weiter abwärts wird eine zweite, erfolgreichere Kanalüberquerung versucht, doch die Rufe und Schreie sind hier kaum zu hören.

Die Sonne ist aufgegangen. Der erste Strahl trifft das Wasser und schleicht sich zum Ufer vor, entdeckt hier einen Handrücken, dort ein Stück Hals, verleiht blutleerer Haut einen rosigen Schimmer, steigt aber, da sich nichts rührt, schließlich über sie hinweg und beginnt, sich über die Felder voranzutasten.

Graues, hellrosa schimmerndes Licht dringt durch die hohen Fenster. Rivers sitzt zusammengesunken im Zimmer der diensthabenden Nachtschwester und versucht, wach zu bleiben. Im Halbschlaf hört er Njiru, dessen Stimme die Beschwörung von Ave wiederholt.

O Sumbi! O Gesese! O Palapoko! O Gorepoko! O du Ngengere am Fuß des Himmels. Steigt hinab, hebt euch hinweg.

Und plötzlich, alles andere als geisterhaft, überhaupt nicht *blong tomate*, sondern ganz er selbst, den Gang des Krankensaals entlang, begleitet von seinem schemenhaften Gefolge, wie Rivers ihn so oft auf dem Küstenpfad von Eddystone gesehen hatte, kam Njiru.

Menschen haben ein Ende, Häuptlinge haben ein Ende, Witwen von Häuptlingen haben ein Ende, Kinder von Häuptlingen haben ein Ende – steigt jetzt hinab und geht. Sehnt euch nicht nach uns, den Fingerlosen, den Verkrüppelten, den Zerbrochenen. Steigt hinab und geht fort, oh, oh, oh.

Er beugt sich über Rivers, starrt ihn mit seinen durchdringenden, verschatteten Augen an. Ein langer Moment, dann löst sich das braune Gesicht mit den dünnen weißen Kalklinien im Tageslicht des Krankensaals auf.

Nachbemerkung der Autorin

Die folgenden ergänzenden Informationen zu den historischen Figuren dieses Romans mögen für den Leser von Interesse sein.

Oberst »Marschall-von-den-zehn-Wunden« starb bei dem Versuch, den Sambre-Oise-Kanal zu überqueren. Für »seinen selbstlosen Einsatz« wurde er postum mit dem Victoria Cross ausgezeichnet.

James Kirk, der auf den Kanal hinauspaddelte, um seinen Kameraden Feuerschutz zu geben, wurde ebenfalls postum mit dem Victoria Cross ausgezeichnet.

Wilfred Owen wurde für seinen tapferen Einsatz beim Kampf um Joncourt, bei dem er ein feindliches MG erbeutete und »dem Feind erhebliche Verluste zufügte«, postum das Military Cross verliehen.

Rivers nahm in mehreren veröffentlichten Arbeiten Bezug auf die Daten, die er auf Eddystone gesammelt hatte, doch die große Untersuchung, die er und Hocart geplant hatten, wurde nie geschrieben. Seine Notizbücher werden im Rare Manuscripts Department der Bibliothek der Universität Cambridge aufbewahrt.

Njiru, Kundaite, Namboko Taru, Namboko Emele, Nareti, Lembu und das gekidnappte Kind sind ebenfalls historische Gestalten, von denen aber nicht mehr bekannt ist.

Die folgenden Arbeiten sind uneingeschränkt zu empfehlen:

Richard Slobodin, *W. H. R. Rivers* (Columbia University Press, 1978)

Katharine Rivers, *Memories of Lewis Carroll*, mit einer Einführung von Richard Slobodin (Library Research News, McMaster University, 1976)

Wilfred Owen, *Collected Letters* (Oxford University Press, 1967)

Jon Stallworthy, *Wilfred Owen* (Oxford University Press, 1974)

Dominic Hibberd, *Owen the Poet* (Macmillan, 1986)

Ders., *Wilfred Owen, The Last Year* (Constable, 1992)

Douglas Kerr, *Wilfred Owen's Voices. Language and Community* (Clarendon Press, 1993)

Helen McPhail, *Wilfred Owen, Poet and Soldier* (Gliddon Books in Zusammenarbeit mit der Wilfred Owen Association, 1993)

Fernblick auf die Hölle

Pat Barkers Kriegstrilogie

Die wie Schlachtvieh sterben. Eine Halbzeile aus Wilfred Owens 1917 verfaßtem »Anthem for Doomed Youth«, dem Abgesang auf eine zum Kriegstod verdammte Generation; ein Granatsplitter aus Worten, der sich auch späteren Generationen im Gedächtnis festsetzen mag.

Zumindest im deutschen Sprachraum aber evoziert er eine bereits in die Ferne gerückte Epoche: jüngere Ereignisse haben den brutalen Auftakt des zwanzigsten Jahrhunderts so dicht überlagert, daß man versucht ist, ihn vorab als Introitus zum Zweiten Weltkrieg wahrzunehmen. Dies ist historisch insofern konsequent, als sich das Aufkommen des Nationalsozialismus maßgeblich aus der deutschen Niederlage von 1918 herleiten läßt; und in der zynischen Bilanz der Greuel verzeichnet der Zweite Weltkrieg nicht nur einen wesentlich höheren Blutzoll, seine Vernichtungsspuren haben sich auch prägend ins heutige Weltbild eingeschrieben. Während in Frankreich die Schützengräben und Granattrichter des Ersten Weltkriegs unter Gras vernarben, haben die Bombardements des Zweiten insbesondere in deutschen Stadtlandschaften ein Stück historischer Substanz bleibend getilgt; während die Opfer von 1914–18 – noch wenn sie blutjung und verstört an die Front gezwungen wurden – wenigstens nominell als Soldaten starben, errichtete das Dritte Reich seine entsetzlichsten Schlachthäuser für die Zivilbevölkerung. Die Auseinandersetzung mit jener Epoche hat in den vergangenen Jahrzehnten nicht nur das historische Bewußtsein geprägt, sondern auch eine kaum mehr überblickbare Flut literarischer Werke generiert, an deren Rand sich gelegentlich gefährliche Untiefen zeigen: der Holocaust ist – auch – marktfähig geworden.

In England präsentiert sich die Perspektive auf die beiden Kriege zumindest insofern anders, als nicht – wie im Falle Deutschlands und Österreichs, aber auch der Schweiz – die Debatte um die eigene historische Schuld das Geschichtsbild dominiert. Die Briten standen beide Male auf der »richtigen« Seite, und die Erinnerung an die für Europa gefallenen Helden mochte das Selbstbewußtsein der Nation nicht zuletzt auch einigermaßen intakt über den Zerfall des Empire hinwegtragen. Sogar die Dichtungssprache, in welcher der Erste Weltkrieg Ausdruck fand – der bittere, negative Idealismus, der aus der reiferen Lyrik der »War Poets« spricht –, scheint im englischen Sprachraum weniger gegenwartsfern als das fiebrige Kolorit des Expressionismus im deutschen.

Freilich genügt auch unter solchen Umständen der einfache Rückgriff auf die Vergangenheit nicht mehr für eine historisch *und* literarisch verbindliche Auseinandersetzung mit dem Ersten Weltkrieg. Wer, wie die 1943 geborene Pat Barker, in der letzten Dekade des zwanzigsten Jahrhunderts einen solchen Versuch unternimmt, wird Authentizitätsansprüche nur mehr mittelbar, durch Zitat und Recherche einholen können; und sie gleichzeitig brechen müssen in einer Perspektive, die über die historische Rekonstruktion hinaus in die Denkstrukturen der Gegenwart reicht.

Pat Barker sucht die Verpflichtung auf geschichtliche Realität und die Ansprüche zeitgemäßer Interpretations- und Darstellungsformen auf eine Art zur Deckung zu bringen, die moderner ist, als es auf den ersten Blick anmuten mag. Ihre Kriegstrilogie konfrontiert den Leser, trotz der Fülle des eingebrachten Materials und eines entsprechenden Aufgebots an Handlungsträgern, nicht mit den Fußangeln postmoderner Erzähltechnik; eher mag der kräftig durchgezogene Spannungsbogen, welcher sowohl in den einzelnen Bänden als auch im Gesamtablauf der Trilogie auszumachen ist, die unendliche Feinarbeit vergessen machen, die in seine Konstruktion investiert wurde. Gelegentlich mag diese – als Konstruktion – sichtbar werden, wo besondere Sympathie für eine Figur oder das Interesse an einer Idee der Autorin die Feder führt; solch momentanen Belastungen hält der Bau der Romantrilogie insgesamt jedoch mühelos stand. Sein Fundament bilden Sachwissen und extensive Recherche der studierten Historikerin und Wirtschaftswissenschafterin; seinen Apex der Berührungspunkt mit den großen surrealen Visionen moderner Kriegsliteratur – etwa Thomas Pynchons *Gravity's Rainbow*, Kurt Vonneguts *Slaughterhouse-Five* oder Joseph Hellers *Catch 22* –, die den schieren Irrsinn des Kriegsgeschehens exponieren. Pat Barker – und dies ist das Verblüffende an ihrem Werk – erzielt einen vergleichbaren Effekt, fast ohne dabei die Ebene des Faktischen zu verlassen. Sie erfaßt einen Krieg, der auch im Urteil nüchterner Historiker lediglich »tragisch und unnötig« war, indem sie ihn einfühlsam, aber unsentimental und gelegentlich mit sarkastischem Witz entlang seiner »lunatic fringe« von Verstörten und Besessenen einkreist.

»Wer über gewissen Dingen den Verstand nicht verlieret, der hat keinen zu verlieren«, heißt es in Lessings *Emilia Galotti*. Der deutsche Student Hugo Steinthal schreibt 1915 von der französischen Front nach Hause: »Wer so lange in den Gräben stand wie unsere Infanterie, wer in solch höllischen Angriffen nicht den Verstand verlor, muß zum mindesten für viele Dinge das Gefühl verlieren.« Genau so ist es um die Patienten bestellt, die dem Psychologen W. H. R. Rivers – der historischen Figur, welche neben der fiktiven Gestalt des Leutnants Billy Prior im Zentrum der Romantrilogie steht – zur Behandlung anvertraut werden: Frontoffiziere, die für ihre paralysierten Beine, ihre streikenden Stimmbänder, ihre revoltierenden Magennerven keine medizinisch valablen Ursachen vorzuweisen haben. In einem Sanatorium im schottischen Craiglockhart – wo *Niemandsland*, der erste Band der Trilogie, hauptsächlich handelt – konnten sich zumindest die höheren Dienstgrade der britischen Armee psychiatrischer Behandlung unterziehen; die zahlreichen Fallgeschichten, welche im Verlauf des Erzählgeschehens beleuchtet werden, dürften in den meisten Fällen auf authentisches Material zurückgehen, das jedoch in ganz unterschiedlicher Weise präsentiert und interpretiert wird. Kleinere, ätzend scharfe Vignetten – etwa der Mediziner Anderson, dessen berufliche Zukunft sich damit erledigt hat, daß er nach dem Fronteinsatz schon beim Anblick eines blutenden Kratzers in einen Paroxysmus verfällt, oder der solide Wansbeck, dem das eigene, nur allzu gesunde Gewissen allnächtlich die Gestalt eines sinnlos abgeschlachteten Kriegsgefangenen ans Bett führt – stehen neben detaillierter ausgeführten Porträts, unter denen vor allem die Gestalt David Burns' aus dem ersten Band der Trilogie unvergeßlich bleibt: dieser im Entsetzen erstarrte Halbwüchsige, der sich nach seiner ekelhaften Feuertaufe zum Schatten abgemagert am Rand des Lebens entlangquält.

Im Brennpunkt von *Niemandsland* allerdings steht eine Figur, die nicht nur in den Annalen des Sanatoriums von Craiglockhart festzumachen ist: Siegfried Sassoon, der neben Wilfred Owen, Robert Graves und Rupert Brooke zu den bedeutendsten Vertretern der britischen »War Poets« zählt. Sassoon hatte bis zum Kriegsbeginn das müßig-zerstreute Dasein eines nicht sonderlich ambitionierten jungen Mannes der britischen Oberklasse geführt, von dem er später in seinen *Memoirs of a Fox-Hunting Man* berichtete; wie anderen seiner Generation und Herkunft schien ihm der Krieg zunächst die erlösende Katharsis über eine Gesellschaft zu bringen, deren bürgerliche Fundamente unter dem beschleunigten Takt technologischer Fortschritte und sozialer Veränderungen unbehaglich zu vibrieren begannen.

Was ihm dann an der Front begegnete, war freilich die genaue – und über vier Jahre hin mit unerhörter Grausamkeit bestätigte – Konkretisierung dieser Asynchronie. Die Möglichkeit, mit Hilfe der Eisenbahn Truppen schnell und weiträumig zu verschieben, hatte die strategischen Szenarien, welche im Vorfeld des Ersten Weltkrieges entwickelt wurden, entscheidend mitbestimmt – so auch den Schlieffenplan, dessen stur eingehaltene Regie es überhaupt erst »nötig« machte, daß man nach dem Attentat von Sarajewo nicht einfach gegen die unbotmäßigen Serben vorging, sondern zunächst durch bewußte Provokation die Westfront eröffnete. Die Armeen freilich waren nach Verlassen der Züge nach wie vor zu tagelangen Gewaltmärschen mit durchschnittlich sechzig Pfund Last in den Tornistern verurteilt; und sie traten in Uniformen an, die teilweise mit ihren aufwendigen Zuschnitten noch dem romantischen Heeresstolz des vergangenen Jahrhunderts entsprachen, gegen moderne Schnellfeuergewehre und Granatwerfer aber ebensowenig Schutz boten wie gegen den kalten, klebrigen Morast, der die Soldaten in den Schützengräben erwartete. Einen entscheidenden Unterschied zu früheren kriegerischen Auseinandersetzungen machte schließlich die Tatsache, daß der Generalstab seine Strategien fern der Front, auf weitgehend sicherem Terrain entwarf: »Die Generäle«, schreibt der Kriegshistoriker John Keegan – ein so kompetenter wie sachlicher Chronist der Epoche –, »waren wie Männer ohne Augen, ohne Ohren und ohne Stimme – nicht in der Lage, die Operationen zu sehen, welche sie in Gang gesetzt hatten, Berichte über deren Entwicklung entgegenzunehmen oder sich nach Beginn der Aktion erneut mit denjenigen abzusprechen, die ihre Befehle entgegengenommen hatten.«

Als »glückliche Legion« hatte Siegfried Sassoon 1915, im noch vor seinem ersten Fronteinsatz verfaßten Gedicht »Absolution«, sich selbst und seine künftigen Kriegskameraden bezeichnet. Im Juli 1917 war er – inzwischen ein mit dem Military Cross dekorierter und für seinen persönlichen Wagemut wie auch für sein Verantwortungsgefühl gegenüber den Truppen hochgeschätzter Frontoffizier – soweit, daß er in einem von ebensoviel Zorn wie Courage diktierten offenen Brief gegen die »politischen Irrtümer und Heucheleien« protestierte, mit denen seiner Überzeugung nach der Krieg »von jenen, die ihn beenden könnten, absichtlich verlängert« wurde. Die Intervention Robert Graves' ersparte Sassoon eine Verhandlung vor dem Kriegsgericht, die mit dem Aufgebot des Erschießungskommandos hätte enden können; statt dessen wurde der brillante junge Offizier als ein bedauerlicher Fall von Kriegsneurose nach Craiglockhart in die Obhut von W. H. R. Rivers gegeben.

Regeneration lautet im Original der Titel des ersten Bandes von Pat Barkers Kriegstrilogie; der Begriff bezieht sich konkret auf ein neurophysiologisches Experiment, in dessen Rahmen Rivers und ein befreundeter Arzt die Regenerationsfähigkeit verletzter Nerven untersuchten. Im Roman wird er auf Rivers' für die damalige Zeit äußerst fortschrittliche psychologische Methode bei der Behandlung seiner auf ganz andere Art nervenkranken Patienten übertragen. Als Militärpsychiater suchte er die Oberfläche ihrer neurotischen Verhaltensmuster zu durchdringen und die darunterliegenden, verdrängten Kriegstraumata im Prozeß der Erinnerung und Bewußtwerdung zu überwinden. Die Qualitäten dieses Ansatzes werden im Roman noch apostrophiert durch die Gegenüberstellung von Rivers' Methode und der Elektroschocktherapie des schon zur damaligen Zeit nicht unumstrittenen Lewis Yealland, eines jungen kanadischen Arztes, der in einer neurologischen Klinik in London praktizierte und mit seinem brachialen Vorgehen etliche Erfolge zeitigte. Yealland gerät in Barkers Darstellung zum eigentlichen Exponenten der entseelten Autorität, welche die Maschinerie des Krieges antrieb: wenn er einen an Mutismus leidenden Patienten »zum Reden bringt«, verkehrt sich der Therapieraum in eine Folterkammer.

Freilich scheint im Roman ein Nachbild dieser erschreckenden Szene in einem Traum Rivers' auf: er selbst ist es nun, der die Elektrode in die Rachenhöhle eines sprechunfähigen Patienten zu zwingen sucht – und plötzlich feststellt, daß er den Mund des jungen Mannes statt dessen mit einer Trense malträtiert. Die Traumsequenz markiert den Höhepunkt des inneren Konfliktes, den Barker insbesondere in Rivers' Beziehung zu Siegfried Sassoon zum Austrag kommen läßt. Pflicht des Arztes ist wohl die Heilung der ihm anvertrauten Patienten – jedoch mit direktem Blick auf ihre Wiederverwendbarkeit in der Mordmaschinerie des Krieges. In Sassoons Fall potenziert sich der schiere Zynismus der Aufgabe, insofern der Patient zwar tatsächlich an einer Kriegsneurose litt – die Verstümmelten und Toten von der Front suchten Sassoon in nächtlichen Angstvisionen heim –, die Handlung jedoch, welche zu seiner Einweisung in Craiglockhart führte, nichts war als ein Aufschrei des gesunden Menschenverstandes. Mit dem kalten Gewicht der Trense, so weiß Rivers seinen Traum zu deuten, hat er *diese* Stimme zum Schweigen gebracht.

Während der Gewissenskonflikt des Arztes wohl weniger aus realem Quellenmaterial denn aus der Vorstellungskraft und den Intentionen der Schriftstellerin heraus gestaltet ist, läßt sich im Falle Siegfried Sassoons eine ähnliche Zerrissenheit aus Lebenslauf und Schriften unmittelbar ableiten. Kaum hatte sich der kühne Frontoffizier zum Pazifisten erklärt, drängte es ihn schon zurück in die Schützengräben; der Antrieb, erklärt er im Gedicht »Banishment«, war beidemal derselbe: »Liebe trieb mich zur Rebellion / Liebe treibt mich zurück.« Gewiß ist den Gedichtzeilen Pathos eingeschrieben, gewiß schwingen Sassoons homoerotische Neigungen darin mit; wer seine Kriegserinnerungen liest, wird aber auch die konkreten, anrührenden Manifestationen dieser Liebe kennenlernen: die Sorge bei der Inspektion der durch Gewaltmärsche und das Ausharren in nassen Gräben wüst mitgenommenen Füße seiner Infanteristen, die Freude über eine irgendwie ergatterte Zusatzration für die Truppe. Die »bittere Sicherheit«, die Craiglockhart ihm bot, hielt Sassoon am Ende nicht mehr aus; er erkämpfte die sofortige Relegation an die Front, um wieder bei seinen Leuten und – endgültiges Paradox – von der Erinnerung an den Krieg befreit zu sein. In seinem autobiographischen Roman *Sherston's Progress* ist der Moment festgehalten:

»Ich würde in den Krieg zurückkehren, ohne Glauben an das, was ich tat; ich würde ihn einsam und distanziert durchstehen müssen, weil es keine Alternative gab. Zurückzugehen war der einzige Ausweg aus einer unmöglichen Situation. An der Front würde ich zumindest Vergessen finden.«

Sassoons Entlassung aus dem Sanatorium von Craiglockhart beschließt den ersten Band der Trilogie; mit dem rebellischen Leutnant Billy Prior, der schon in *Niemandsland* als Patient Rivers' neben Sassoon und Burns zu den ausführlicher dargestellten Charakteren zählte, tritt im Folgeband, *Das Auge in der Tür*, eine fiktive Figur ins Zentrum des Geschehens. Allerdings lassen sich – in solchen Entdeckungen liegt eine besondere Faszination für diejenigen, die sich durch Barkers Werk zu weiteren Lektüren aus dem historischen Quellenmaterial anregen lassen – auch in Priors Fallgeschichte dokumentarische Elemente ausmachen. Nachzulesen wären sie etwa in *Undertones of War*, den Kriegserinnerungen des Dichters und Literaturwissenschafters Edmund Blunden; das am Schluß der im folgenden zitierten Passage erwähnte Auge wird Inbild für Priors Kriegstrauma und ein Leitmotiv für den zweiten Band der Trilogie:

»Nicht weit entfernt vom Einstieg zum Schützengraben ging ich eines warmen Nachmittags an einem jungen Obergefreiten vorbei, der sich eben einen Tee zubereitete. Ich ging drei Feuerstellungen weiter, eine Granate explodierte hinter mir, ich sah den Rauch sich verflüchtigen und dachte, das sei gerade noch einmal gutgegangen. Gleich darauf rief mich ein

Aufschrei an die Stelle zurück; die Granate hatte Schlimmes angerichtet. Ihr Einschlagtrichter, schwarz und stinkend in der Rückwand des Laufgrabens, befand sich genau dort, wo vor drei Minuten noch die Gamelle des Obergefreiten über einer kleinen Flamme geblubbert hatte. Was ihn selbst anging – wie konnten die Fetzen geschwärzten Fleisches, die blutgetränkte, fleischgespickte Grabenwand, das Auge am Boden unter dem Lattenrost, die zermatschten Knochen die einzige Antwort auf diese Frage sein?«

Leicht variiert taucht diese Episode in *Niemandsland* als Ursache von Priors Mutismus wieder auf – wobei der junge Offizier seine Sprechstörung in einer irritierend störrisch-koketten Manier zu behaupten scheint, die dann insgesamt sein Verhältnis zu Rivers bestimmen wird. Die nur mit feinsten Strichen gezeichneten Bindungen zwischen den zentralen Männergestalten – Rivers' unausgesprochene Zuneigung zu Siegfried Sassoon, Priors gelegentlich mit charmanter Zweideutigkeit artikulierte Bindung an den Arzt – gehören ebenso zur lebendigen Substanz der Kriegstrilogie wie die Liebesgeschichte, die Prior am Ende in den engen, mit ebensoviel Wärme wie Ironie skizzierten Familienkreis der Fabrikarbeiterin Sarah Lumb führt.

Prior teilt den bescheidenen sozialen Hintergrund nicht nur mit seiner fiktiven Verlobten, sondern auch mit seiner Schöpferin. Wie Pat Barker selbst stammt er aus einer nordenglischen Arbeiterfamilie; auch ihm verschafft eine zähe Intelligenz Zutritt zu »besseren Kreisen« – und damit ein geschärftes Bewußtsein für die so ungeschriebenen wie unverbrüchlichen Gesetze der britischen Klassengesellschaft. Prior ist, daran wird er mit schöner Regelmäßigkeit erinnert, bestenfalls ein »Gentleman auf Zeit«, der nach Kriegsende mit seiner Stellung als Offizier auch das Anrecht auf den Verkehr mit der Oberklasse wird aufgeben müssen.

Den Klassenkonflikt legt Barker schon in Priors Elternhaus an: in einem quälenden Stellungskrieg, der seitens der gesellschaftlich ambitionierten Mutter mit Sticheleien und pikiertem Schweigen, seitens des so loyal wie dumpf in der *lower class* verhafteten Vaters mit Brachialgewalt ausgetragen wird und seinen direkten Niederschlag in Billy Priors ambivalenter Sexualität und seinen gelegentlich sinistren erotischen Neigungen zu finden scheint:

»Er stand nicht darüber, er war das Produkt. Vater und Mutter – Naturgewalten, die fast nichts Individuelles charakterisierte – zerfleischten sich in jeder Zelle seines Körpers, bis an sein Lebensende.«

Aus dieser Selbstanalyse spricht die – machmal fast an die Grenze des Glaubwürdigen reichende – psychologische Hellsichtigkeit, mit der Pat Barker diesen Charakter investiert. Gleichzeitig jedoch haben, wie sich im zweiten Band der Trilogie erweisen wird, die traumatischen Kindheitserfahrungen in Prior einen blinden Fleck hinterlassen, in dem sich wie in einem vergessenen Brennglas die Reflexe seines unberechenbaren Innenlebens gefährlich bündeln und brechen können.

Zu Beginn des Romans wird Prior, seines prekären Gesundheitszustandes wegen vorläufig zum Verbleib in London gezwungen, vom Rüstungsministerium als Spitzel gegen die Exponenten der pazifistischen Bewegung engagiert: »Sie *kennen* diese Leute«, tut man ihm, dem Parvenu, mit einmal mehr unüberhörbarer Geringschätzung dar. Nur allzu vertraut sind ihm freilich auch die wie schwarzer Schorf auf Englands bukolischer Landschaft haftenden Bergarbeiterdörfer, die miserablen Armenquartiere, die Steinwüsten der Industriestädte: ein Terrain, auf dem Vaterlandsliebe und Kampfbereitschaft mit gutem Grund nicht allenthalben gedeihen wollen. Die unmögliche Gratwanderung zwischen alten und neuen Loyalitäten – als ehemaliger Frontsoldat haßt und verachtet Prior die pazifistischen »Drückeberger«, denen er gleichzeitig durch den sozialen Hintergrund und in einzelnen Fällen durch persönliche Beziehungen verbunden ist – führt den Protagonisten in die offene Schizophrenie. Als Kind hatte er gelernt, mittels einer Art primitiver Selbsthypnose aus den elterlichen Zwisten zu flüchten, und derselbe Reflex läßt ihn nun minuten-, stundenweise sich selbst abhanden kommen; während dieser Fugen treibt der psychische Druck einen unheimlichen »Anderen« aus ihm hervor, der jenseits von Priors Wissen und Willen Verrat an den Jugendfreunden übt. Wiederholt taucht in diesem Kontext das Augenmotiv auf: wenn Prior sich der Erinnerung an das ausgerissene Auge am Boden des Schützengrabens wie eines »Talismans« versichert, der ihm seine Loyalitätspflicht gegenüber den Frontsoldaten bestätigen soll; wenn er in der Zelle einer wegen »verräterischer Umtriebe« verurteilten Pazifistin das detailliert ums Guckloch in der Tür gezeichnete Auge entdeckt; wenn er in einem Angsttraum plötzlich ein widerwärtiges, lebendiges Auge in die eigene Wohnungstür eingelassen findet. Das »Auge in der Tür« wird Symbol einer entfremdeten Bewußtseinsinstanz, die Prior den gelegentlichen, beängstigenden Blick auf seine Selbsthintergehung und seinen Selbstverlust gewährt.

Prior ist damit freilich, und trotz seiner Verstörung, sozusagen noch ein Einäugiger unter Blinden. In Großbritannien hatte 1917 der – ohnehin nur fern der Geschütze aufrechtzuerhaltende – unbedingte Glaube an Krieg und Sieg nachgerade paranoide Züge angenommen; zwangsläufig wohl, denn die Folgen des entsetzlichen Aderlasses an der Front konnten zu jenem Zeitpunkt nicht mehr übersehen, sondern bestenfalls noch gewaltsam verdrängt werden. Ideale Ablenkung boten hierbei Scharmützel an der Heimfront – die giftige Pazifistenhatz, die Barker in *Das Auge in der Tür* mit aus dem Leben gegriffenen Exempeln schildert, oder der ebenfalls ins Romangeschehen eingebrachte Skandalprozeß gegen den rechtsextremen Politiker Pemberton Billing, der in seiner Zeitschrift *Imperialist* nicht weniger als 47 000 Britinnen und Briten aus gehobenen Kreisen der pikanten Kombination von Sodomie und Landesverrat bezichtigt hatte. Die Gerichtsverhandlung, die ihre Höhepunkte in namentlichen Anschuldigungen und abenteuerlichen sexualkundlichen Exkursen fand, hielt das zivile England im Frühling 1918 ordentlich in Atem, während an der Westfront der deutsche General Ludendorff den britischen Truppen mit den mörderischen Offensiven der »Operation Michael« zusetzte; Billing brauchte in seinen Plädoyers lediglich großtönende patriotische Worte ins Feld zu führen, um – jedem Sinn und Anstand zum Trotz – freigesprochen zu werden.

Hatte *Niemandsland* in den Fallgeschichten der Patienten von Craiglockhart und in den Gewissenskonflikten Rivers' und Sassoons die individuelle Psyche als Kriegsschauplatz präsentiert, so erweitert *Das Auge in der Tür* die Perspektive auf eine vom kollektiven Wahn bedrohte Gesellschaft. *Die Straße der Geister* dehnt noch einmal das räumliche und gedankliche Spektrum: für Billy Prior schließt sich mit der Rückkehr an die französische Front der – letale – Kreis seiner »Regeneration«, Rivers wird eingeholt von Erinnerungen an seine anthropologischen Forschungen bei Kopfjägern in Melanesien – die sich wiederum in der Wahrnehmung des Lesers immer enger mit der Kriegsthematik verzahnen. Eine Beschwörung der verstorbenen Ahnen auf der fernen Insel findet ihr Widerbild in einer spiritistischen Séance im kleinbürgerlichen englischen Salon, wo die Geister der gefallenen Ehemänner und Söhne mit Hilfe eines gottesfürchtigen Mediums frohen Bericht vom Paradies geben. Die muschelgeschmückten Schädelhäuser der Kopfjäger erkennt man als gespenstische Präfiguration der in Verdun zur Schau gestellten Gebeine. In der Geschichte der Häuptlingsfrau schließlich, die der Ritus nach dem Tod ihres Mannes zu qualvoller Reglosigkeit verpflichtet, bis ein Menschenopfer sie befreit, klingt ein Thema an, das schon in *Niemandsland* angeschlagen wurde: Rivers führte die psychische Anfälligkeit seiner Patienten nicht zuletzt auf die Konditionen des Stellungskriegs zurück, der sie während des Verharrens in den Gräben zu Immobilität und Passivität, in den Attacken zu völliger und sinnloser Selbstpreisgabe zwang. Das »männliche« Geschäft des Krieges war zu einem Wechselbad aus Ohnmacht und Todesangst geworden, das – entsprechend? – »weibliche« Symptome provozierte: Rivers selbst hat die Kriegsneurosen seiner Patienten, allerdings ohne den gängigen herablassenden Beigeschmack, als »hysterische« Reaktionen bezeichnet.

Um den Bann über der trauernden Häuptlingsgattin zu lösen, braucht es in der geschilderten Episode – Pat Barker hat sie wiederum authentischen Aufzeichnungen Rivers' entnommen – freilich keine frisch erbeuteten Köpfe mehr: keinen Sturm, sozusagen, auf die feindlichen Gräben. Ein auf der Nachbarinsel eingefangenes Kind mit Rotz- und Tränenspuren im Gesicht muß als »Opfer« genügen; eine armselige Beute, die bald und verschämt abseits in Sicherheit gebracht wird. Denn die Kopfjagd gehört dank dem Gebot und den nachhaltigeren Überzeugungsmitteln der Kolonialverwaltung der Vergangenheit an; damit aber – und hier liegt der tiefschwarze Zielpunkt von Barkers Kriegstrilogie – ist Melanesien mitnichten zum wiedergewonnenen Paradies für seine Bewohner geworden, sondern zu einem Limbus, in dem sie sich kränkelnd und lustlos nach ihrer großen Vergangenheit und der Freiheit zum Töten verzehren.

Das Paradies, welches entlang der »Geisterstraße« allenfalls zu finden wäre, liegt gewiß nicht im Krieg; aber auch nicht im Himmel, wie es der frömmelnde britische Spiritist vorgaukeln will, und nicht fern der vom Fortschritt überrollten »zivilisierten« Welt. Es liegt allenfalls in dem zerschossenen französischen Dorf, wo Billy Prior vor der letzten Attacke einige arkadische Tage mit seinen Kampfgefährten verbringt; wo die labyrinthisch durchs wuchernde Grün getrampelten Pfade, die verwilderten Rosenhecken wie eine mit dem Zauber vergänglichen Lebens begabte Replik der Schützengräben und Stacheldrahtverhaue anmuten. Prior, die Romanfigur, wird wenig später an die Front vorgeschickt und stirbt im Verlauf jener späten, sinnlosen Attacke, der auch der Dichter Wilfred Owen zum Opfer fiel. Siegfried Sassoon dagegen, zur Wirklichkeit verurteilt, hat den Krieg um Dekaden überlebt: jedoch, wie Rivers' Melanesier, in den Bann der Vergangenheit geschlagen, unstet, seines Daseins nicht mehr froh.

»*Hast du schon vergessen?*« beginnt Sassoons nach Kriegsende entstandenes Gedicht »Aftermath«; und fragt dann, mitten aus den beschworenen Erinnerungen an Schanzarbeiten und durchwachte Nächte, an Ratten, Leichengestank und schmutzigweiße, frostkalte Morgendämmerungen heraus: »Wird all dies wieder geschehen?« Der Weltgeschichte jedenfalls blieb die heilende Kraft des Eingedenkens versagt. »Regeneration« – das deutet sich schon im ersten Band der Kriegstrilogie an und bestätigt sich in der Finsternis des Endes – bedeutet lediglich ein Kräftesammeln für den Wiedereintritt ins Grauen.

Angela Schader